KB154136

이별서약

떠날 때 울지 않는 사람들

한 알의 딸기 맛을 그리워하다 떠난 딸 최윤정,
딸의 청춘을 아까워하다 떠난 아내 김정자에게
이 책을 바친다.

이별서약

떠날 때 울지 않는 사람들

최철주 지음

기파랑 에크리 Ecrit

책으로 들어가며

죽음이 삶의 주제였다

빛과 그림자에 감춰진 인간의 내밀한 고통을 들여다본다는 것은 결코 쉬운 일이 아니다.

삶과 죽음을 사이에 두고 고뇌하는 사람들 곁으로 다가가서 눈인사를 하며 마음을 얻고, 그다음에 말을 섞는 절차가 필요하다. 나는 인내하는 훈련을 거듭했다. 사랑하는 사람들과 이별을 서약하는 사람들의 슬픔이 내 가슴으로 몰려왔을 때 나는 침묵했다. 그들의 얼굴에 마음의 평화가 어른거릴 때쯤, 우리는 수십 개의 채널을 열어놓고 대화하는 다중 미디어의 센터에 앉아 있는 것처럼 오만 가지 희로애락을 자유롭게 이야기할 수 있었다.

나는 그들의 말과 행동을 자유롭게 기록했다. 가능하다면 그들의 가슴속 세포의 활동과 두뇌의 우주적 영상까지도 스케치하고 싶었다. 삶에 서려 있는 그림자를 놓치고 싶지 않아서였다. 삶이 고귀한

만큼 죽음도 그래야 한다는 욕심에서였다. 각 인터뷰가 중반에 이르렀을 때 세월호 참사가 일어나 마음들이 아팠다.

나는 9년 전부터 웰다잉이나 호스피스를 공부하며 봉사하는 사람들의 활동에만 시선을 두지 않았다. 강사로 활동하면서 내 주변에 수많은 죽음이 널려 있다는 착각에 빠지기도 했다. 그런데 그것은 착각이 아니고 현실이었다. 죽어가는 과정에 있는 사람들까지 생각하면 세상이 온통 죽음의 바다인 것처럼 느껴진다. 그래서 보람 있는 삶이 더욱 중요해졌다. 경계선에 있는 저명인사들이나 그들 가족의 움직임에도 관심이 쏠렸다. 이별 과정이 인생의 종착역으로 표현되지만 그것이 결국 삶의 결정체였다. 이별 서약이 더 무게 있게 다가왔다.

이 책에 등장하는 인물들의 인터뷰는 각각 4~7회에 걸쳐 연중으로 이뤄졌다. 어떤 사람은 10회를 넘는 경우도 있었다. 그만큼 오랜 시간 그들 주변을 탐색하고 맴돌면서 진솔한 이야기를 듣는 노력을 게을리하지 않았다. 그들이 치르고 있는 고통은 그들의 얼굴에 나타난 웃음보다 몇백 배 처절하다는 것을 나는 안다. 통곡의 벽에 기대고 있는 환자나 그들의 가족을 인터뷰할 때 인터뷰어인 필자는 더 진지해야 하고, 별이 떨어질 때까지 기다리는 심정으로 인내심 훈련이 필요했다. 인터뷰어도 똑같이 고통을 치러야 그들 마음속으로 발을 들여놓을 수 있었다.

철학자 최진석 서강대 교수를 만나 그의 어머니와의 이별연습을 듣기까지에는 반년 이상의 기다림이 있었다. 삶과 죽음을 탐구하는 그의 철학적 주제가 막상 어머니의 말기암으로 변신했을 때, 그의 인생과 학문의 세계는 도대체 어떻게 달라지고 있을까 나는 심히 궁금했다. 알고 보니 그는 하마터면 대학 교수직을 잠시 내려놓을 뻔했다. 어머니의 마지막 삶과 동행하기 위해서였다. 육친의 투병생활을 지켜보는 그의 생사관은 너무 직설적이고 구체적이어서 독자들에게 깊은 감동을 줄 것이다.

그는 누구나 내보이고 싶어 하지 않을 모든 프라이버시를 다 내던졌다. 나는 어느덧 그의 알몸을 보게 되었다. 줄곧 TV 앞에 나서서 중국의 장자와 노자 철학을 논하던 유명인사가 자신의 정형화된 틀을 깨버리고 알짜 인생철학으로 들어가는 모습을 보게 된 것이다. 그와 나는 삶과 죽음이라는 철학적 주제를 가장 비철학적으로 다루었다. 우리는 논쟁적이 아니었다. 차를 마시며 물 흘러가듯 이야기하는 식으로 어려운 문제들을 풀어나갔다. 그러다 보니 죽음이 삶의 주제였고 삶이 죽음의 주제였다는 것을 다시 알아차렸다.

지난해 세상을 떠난 소설가 최인호 씨의 죽음 세계는 그의 반세기 친구였던 정준명 씨의 도움으로 어느 정도 탐색이 가능해졌다. 암 투병 중에도 치열한 글쓰기를 열망했던 작가는 마지막에는 손가락 상처를 보호하기 위해 골무를 끼고 원고를 메워나갔다. 어머니와 아버지, 형, 누나들이 차례로 세상을 떠나고 난 후 심한 정신적 동요를 일으켰던 그는, 죽음을 응시하며 고비 고비마다 심리적 동요를 나타냈다. 작가가 마지막 투병과정에서 정준명 씨에게 외친 "나는 가짜다!"라는 말에는 자신이 걸어온 인생에 대한 회한과 후회, 그리고 그를 둘러싼 꼭두각시 같은 세상 사람들에 대한 못마땅한 시선들이 뒤섞여 있음을 나는 느꼈다. 작가가 끈질기게 던지는 "나는 누구인가, 나는 이제 어디로 가는 것일까?"라는 질문을 독자 여러분에게 그대로 전달하고 싶다.

내가 이 글을 쓰는 과정에서 가장 외로웠던 순간은 대안학교 정은주 교사와 꽃동네 최효숙 간호사를 인터뷰하고 난 뒤였다. 어린 딸이 하늘나라로 떠난 뒤 고등학교 교사직을 그만둔 정은주 씨는, 학생들에게 죽음교육을 시켜야 삶도 튼튼해진다는 신념을 펴기 위해서 여러 차례 웰다잉 교육을 받으며 그가 활동할 수 있는 교육현장을 찾아 나섰다. 나는 자주 그를 수소문했다. 그가 중고등학교 학생들에게 웰다잉 교육을 시키는 곳으로도 발걸음을 옮겼다.

학생 수가 극히 제한되긴 했지만 그들은 죽음교육이 자신들의 성장통을 이겨나가는 데 크게 도움이 된다는 것을 알고 있었다. 세월호 침몰로 같은 또래의 학생들이 희생된 데 대한 분노도 컸다. 그러나 여전히 죽음교육의 필요성을 인정하지 않는 속 좁은 교육현장 때문에 정 교사가 서 있는 자리는 심하게 흔들리고 있다. 나는 그의 신념이 무너지지 않기를 바라면서 그의 죽음교육 실험장인 교실을 들여다보기도 했다.

우리 주변에는 다운증후군으로 고생하는 어린이들이 의외로 많다. 그러나 충청도 산골짜기에 버려진 그런 아기를 서울 큰 병원으로 옮겨 수술을 받게 하고, 14년 동안이나 지극정성으로 보살펴온 최효숙 간호사의 생사관은 작은 거인의 그것과 다를 바 없었다. 그는 신부전증 환자로 일주일에 세 차례나 신장투석을 해야 할 만큼 내일의 운명이 불확실한 사람이다. 그런데도 전신마비가 된 다운증후군 아이를 간병하기 위해 무급으로 봉사하고 있다. 나는 그와의 인터뷰를 위해 자주 소(小)속리산을 오르내렸다. 가을에도 봄에도 여름에도 그랬다. 신부전증 간호사와 다운증후군 환자가 서로 생과 사를 주고받으며 한 덩어리가 되는 놀라운 과정을 목격하는 순간에 나는 더욱 작아졌다.

여전히 우리 사회에는 야만주의자라고 불러야 할 만큼 불친절하고 냉혹하며 선민의식에 사로잡힌 의사들이 이곳저곳에 있다. 환자들로부터 존경을 받는 수많은 의사들의 활동이 제대로 평가를 받기 위해서라도, 편견과 오만에 빠진 야만주의 의사들을 내가 목격한 대로 여기에 고발해야겠다는 생각을 하게 되었다.

울산의대에서 죽음학 강의를 진행하는 정현채 서울의대 교수와, 죽음강의 편성을 적극적으로 지원해주는 울산의대 유은실 교수의 강당과 연구실을 자주 드나들었다. 나는 의사들을 위한 인성교육이 대학에서 왜 무시되고 있는지를 아직도 이해하지 못한다. 작년에 내가 서울의대 주최의 건강포럼에서 발표한 「시대는 서울의대의 변화를 요구한다」라는 원고를 이 책에 포함시켰다. 의과대학 교육과 병원에서 일어나고 있는 문제의 일부를 이해하는 데 큰 도움이 되리라고 생각한다.

독자들은 혹시 '시신 장사'를 아는지 모르겠다. 사망한 부모의 시신을 놓고 효도 경쟁을 하고 체면치레를 하려고 애쓰는 부도덕한 현대인들을 말한다. 부모의 죽음이 임박하면서 배웠다 하는 사람들이 드러내는 인간의 본성을 시립병원 영안실에서 읽었다. 망자의 명예를 위해서 관계자의 이름 등을 익명으로 처리했다.

나는 이 책을 통해서 다양한 죽음의 과정에 들어선 삶을 설명하려고 애썼다. 이별 서약을 준비하는 사람들이 의외로 많았다. 그들은 보람찬 삶을 위한 서약을 한 것이나 다름없다. 마음으로만 준비하고 행동으로 옮기지 못하는 사람들의 특징은 삶이 거칠거나 지루해 보인다. 언제나 모든 것에 한발 늦는 사람들이었다.

이 책은 현장 리포트를 중심으로 꾸몄다. 주요 대담도 현장에서 이뤄졌다. 이론과 길고 긴 사설을 제치고, 가장 낮은 자세로 이야기를 들으며 오늘을 사는 지혜로 삼을 만한 것들을 모아서 정리했다. 이 책에 실린 글 가운데 약 15%에 해당하는 부분은 필자가 2년 전에 동아일보에 반년 동안 연재했던 「최철주의 삶과 죽음 이야기」 일부를 2014년의 상황으로 보완한 것이다. 7년 전부터 관찰해오던 사람들의 변화에 주목하고 대담을 통한 상대방의 진심을 확인하면서 나는 많은 기쁨을 얻었다.

그러나 생과 사의 이야기가 때로는 나를 지치게 했다. 그때마다 같이 언론계에 있었던 최우석 선배의 달콤한 채찍질이 나를 일으켜 세웠다. 역시 이런 주제에 관심이 많았던 기파랑의 조양욱 편집주간과 호흡이 맞아떨어진 것도 글쓰기에 큰 도움이 되었다. 나를 아껴준 모든 분들에게 감사드린다. 내 아들 정환, 며느리 김은영, 다섯 살 된 손자 지호에게도 고마움을 전하고 싶다.

2014년 여름

최철주

제1부 삶과 죽음의 사이에서

제2부 의학교육과 의료현장의 한복판에 서서

제3부 '길'을 묻다

제1부
삶과 죽음의 사이에서

나는 왜 웰다잉 강사가 되었나?

딸과의 약속

환절기마다 나는 심한 갈증에 시달린다. 겨울이 가고 다시 봄이 오고 또 여름의 무더위가 지나가고 선들바람이 얼굴을 간질이는 초가을까지 갈증은 계절 따라 번갈아 나타난다. 해를 거듭할수록 그 증상은 더 심해진다. 곰곰이 생각해보면 나의 목마름은 울창한 숲의 끝자락에서 느끼는 허전함을 메우지 못해 나타난 신체적 반응이었다. 잃어버린 사람들에 대한 추억은 여름 땡볕에서도 시들지 않고 겨울의 삭풍에도 날아가지 않았다. 계절의 막바지마다 그리움의 색깔이 짙어져서 더 큰 갈증을 일으키는 것인지 모른다.

여행에 나설 때 나는 두 사람의 추억을 안고 간다. 등에 멘 하늘색 배낭은 3년 전에 세상을 떠난 아내가 즐겨 쓰던 것이고 그 안에 챙겨

넣은 검정 털모자는 9년 전 숨을 거둔 딸의 애용품이다. 배낭은 거울이다. 나는 거울을 등에 지고 아내와 딸에게 세상의 구석을 보여줄 수 있어서 덜 외롭다. 산과 바다와 도시에 다시 추억을 뿌린다.

재작년 여름 중앙아시아의 키르기스스탄 산골짜기에서 딸의 털모자가 얼마나 따뜻했는지 나는 기억한다. 낮에는 무덥고 밤에는 우박과 눈비가 쏟아지는 곳에서도 목이 말랐다. 기후변화가 어찌나 심한지 하루에 사계절을 경험하고 꾸역꾸역 물을 마셨다.

작년 여름 바이칼 호수에서 보낸 짧은 여행에서도 역시 마찬가지였다. 한민족의 시원지를 바라보며 수만 년 동안 이어진 우리들의 생과 사가 어떻게 되풀이되어 왔을까 궁금했다. 그들의 삶의 방식은 후손들에게 어떤 영향을 주었을까.

나의 선조들이 이 호수를 떠나지 않았더라면 나는 지금 러시아 국민으로 그 부근 어딘가에서 살고 있을지도 모른다. 그러면 나는 누구의 남편이며 누구의 아버지가 되었을까. 깊고 푸른 바이칼 호수가 내 목마름을 축여주었다.

내가 호스피스 강사가 된 것은 두 사람의 죽음에서 시작된다. 자궁경부암으로 투병 중이던 딸은 말기 상태에서 수술을 거부하는 소동을 몇 차례 벌였다. 중환자실에 들어가는 것조차 막무가내로 거부해 가족을 자주 울렸다. 더 이상 치료 방법이 없는 상태에서 중환자실에 들어가는 것은 지옥으로 가는 고통이나 마찬가지라고 딸은 메모지에 적었다.

영양 급식 튜브가 목을 가로질러 꽂혀 있어 소리 내지 못하고 대신 메모지에 눈물 젖은 문자를 날리는 딸의 모습을 보는 것은 형벌이었다. 당시 서른두 살의 딸은 직장을 그만두고 아기를 기다리던 보통의 주부 생활에 흡족해하다가 어느 날 암 진단을 받으면서 수난의 길을 걸었다. 그런데 이 젊은 여성이 무엇 때문에 이처럼 빨리 무너지는지 아빠인 나는 이해하기 어려웠다.

심폐소생술과 인공호흡기 사용도 거부하는 서류에 서명하던 날, 딸은 나에게 호스피스 아카데미 교육을 받아보라고 권했다. 입원해 있던 국립암센터가 국내 여러 병원의 의료진이나 성직자 등에게 시행하는 특별교육이었다. 딸이 병원 복도에 붙어 있는 모집광고를 눈여겨본 것이다.

내가 잘 아는 의사도 이 교육이 세상을 헤쳐 나가는 데 도움이 될 것이라고 귀띔했다. 딸은 입원 중에 터득한 것이라면서 어떻게 투병 생활을 해야 치료에 도움이 되는지, 삶의 좋은 마무리라는 게 어떤 것인지 고통받고 있는 환자와 가족에게 알려야 한다고 말했다. 말기 환자에게도 무조건 수술을 권장하는 것은 좋은 간병이 아니라며 핀잔을 주었다.

6개월 코스의 호스피스 고위과정에 들어간 후 세 번째 주에 딸은 병실에서 눈을 감았다. 장례식이 끝난 다음 날의 호스피스 교육에도 난 빠지지 않았다. 죽음교육을 잘 받겠다는 딸과의 약속을 지키기 위해서였다. 태연하게 교육을 받는 것도 지독한 고통이었다. 강사들이 암환자의 통증이나 존엄사에 대해 구체적 설명을 할 때마다 내 몸의 온 신경이 저려왔다. 어느 날부터는 강의실 맨 뒷줄에 앉기 시작했다. 다른 사람의 눈치를 덜 볼 수 있는 공간이 필요했다.

숲 속의 이끼로 돌아간 아내

좋은 죽음이란 무엇일까. 그것이 삶에 어떤 의미를 주는 것일까를 나는 늘 생각했다. 우리들 주변에서 보는 추한 죽음은 어디서부터 비롯된 것이며 환자와 가족의 고통을 줄이기 위해 사회는 어떤 제도를 갖춰야 할 것인가를 더듬기 시작했다. 6년 전에 『해피 엔딩-우리는 존엄하게 죽을 권리가 있다』라는 책을 쓰기 위해 국내 여러 지역을 관찰하고 미국과 일본 등을 방문 취재했을 때 아내를 동반했다. 아내가 딸의 애달픈 죽음을 완전히 이해한 것은 미국의 호스피스 병동에서 좋은 삶의 마무리를 하고 있는 많은 환자들의 모습을 보고 나서였다. 그 뒤로 아내는 "딸이 편안하게 갔다. 잘 갔다. 그것도 제 복이지."라고 자주 중얼거렸다. 그러다 자신에게 큰일이 벌어졌다.

나는 시민단체나 대학 또는 지방자치단체에서 웰다잉, 호스피스 강사로 활동하면서 슬픔을 이겨내려고 안간힘을 다했으나 아내는 너무 허약했다. 딸을 먼저 보낸 슬픔이 쌓이고 쌓여 독이 되는 것을 풀지 못했다.

아내에게 난소암 말기 판정이 내려진 것은 딸이 떠난 지 6년 후, 이미 손을 댈 수 없는 상태였다. 아내는 투병 중에도 내가 웰다잉 강사로 나가는 일을 적극 권장하기도 했다가 어느 때는 몹시 씁쓸한 표정으로 손을 가로저었다. 그 짓도 그만두라는 신호였다. 마음속에서 갈등과 충돌이 일어나고 있음이 분명했다.

누구도 통제할 수 없는 슬픈 감정이 얼굴에 스쳐 지나가는 것을 나는 자주 보았다. 몸이 여위어갈수록 감정의 기복도 커졌다. 그러나 아내는 중환자실을 드나들지 않았다. 아내의 간절한 바람이었다. "제발 중환자실에는 넣지 말아줘."

아내가 되뇌던 그 말이 자주 내 귀에 메아리치는 것은 절박한 상태에서 쥐어짜듯 나온 간절한 호소였기 때문이다. 아내는 딸과 똑같은 인생 마무리를 하고 가족의 품에서 떠났다. 그리고 숲 속의 이끼로 돌아갔다.

나는 고통의 시간을 통해 아내와 딸에게서 배운 삶과 죽음의 일부, 그리고 국내외 여러 현장에서 겪고 목격한 것을 다른 웰다잉 강사들에게 설명하려고 애써왔다. 나는 죽음교육 강사나 호스피스, 웰다잉 강사로 불리기도 한다.

서울이나 지방 소도시에서 여는 웰다잉 강의에는 여러 질문들이 쏟아졌다. 죽음이라는 어두운 주제가 등장하다 보니 강당의 분위기는 다소 무겁다. 시간이 흐르면서 이야기가 자신들의 문제로 느껴지면 참석자 모두들 눈을 반짝인다. 궁금증으로 가득 찬 시선이 몰려온다. 첫 번째 질문이 터진 후에야 쑥스러워하던 표정이 풀어진다. 그들이 진짜 본심을 보이며 내게 다가올 때는 강의가 끝난 후 커피 타임에서이다.

질문의 종착점은 내 아내에게로 돌아온다. 아내의 사전의료의향서(事前醫療意向書)가 어떻게 쓰였는지, 그 서류에 요청한 것처럼 실제로 연명치료가 중단됐는지 설명해달라는 것이다. 이때마다 나는 늘 난감한 상황에 빠지곤 했다. 아내가 떠날 때의 모습을 그리기 싫어서였다. 묻는 사람들도 내 상처를 건드리려 하지는 않았지만 그래도 궁금해한다. 결국 나는 다 털어놓는 게 좋을 거라는 생각이 들었다. 눈앞에 보이는 가장 가까운 실례를 들어야 산교육이 된다고들 했다.

아내는 악성종양 수술 이후 두 차례 항암주사를 맞았으나 상황은 더 악화되어 두 달 만에 말기 상태로 넘어갔다. 아내의 희망에 따라 모든 치료가 중단되었다. 의사가 처방한 진통제 등으로 재택치료가 시작되었다. 그러나 환자가 자주 고열에 시달려 응급실로 실려 다니기를 여러 차례. 응급실에 가면 전쟁터의 야전 병원에서처럼 복도 바닥에 누워 있는 신세를 면치 못했다. 어느 때는 꼬박 이틀 동안을 그랬다. 누구나 보잘것없는 신세가 되어버린다. 아내는 자신이 세상에서 멀어지고 있다는 것을 동물적 감각으로 느꼈다. 환자의 이름을 확인하는 간호사의 느린 목소리, 레지던트가 가슴에 밀어 넣는 청진기의 이물감, 백혈구 수치의 위험도를 설명하는 응급실 주치의의 피로에 지친 얼굴을 뒤로하고 병원을 떠났다.

그럴 때마다 환자는 이번이 마지막 응급실 방문이 될 것이라고 중얼거리곤 했다. 휠체어에서 차에 옮겨 탄 뒤 아내가 다시 꺼낸 말은 "내가 서류에 사인한 그대로 해줘요."였다. "내가 불치병에 시달리며 죽음에 가까워졌을 때를 대비해 나의 가족과 나를 담당하는 의료진에게 다음과 같이 선언합니다."로 시작되는 아내의 사전의료의향서를 기억하라는 것이었다.

시적(詩的) 언어로 다가온 소멸

불교도인 아내가 작은마리아 수녀회가 운영하는 포천의 호스피스 병동에 가자고 조른 것은 응급실 수난을 여러 차례 겪고 난 후였다. 아내가 아프기 훨씬 전부터 우리는 여러 차례 그곳에 들러 수녀들의 세상 이야기를 듣곤 했다.

사실 아내가 그곳에서 마지막을 보내고 싶다는 이야기를 꺼내기 전까지 나는 호스피스 병동의 '호' 자도 들먹이질 못했다. 너무 예민한 언어였다. 거의 모든 사람들이 그 말에 '꺼져가는 인생의 종점'이라는 의미를 얹어 썼다. 입에 담아서는 안 될 비밀스럽고도 어두운 암호나 다름없다고 생각하는 사람들이 많았다. 그러나 아내는 호스피스 병동의 평화와 사랑을 깊이 알고 있었다.

입원하던 날 아내는 인공호흡기 사용과 심폐소생술 시술을 거절하는 서류에 또 한 번 서명했다. 이곳에 있는 거의 모든 환자가 신용카드 입회원서를 작성할 때 그러하듯, 삶을 마무리하는 '안녕 카드'를 마주하며 잠시 생각에 잠겼다가 거침없이 이름을 적었다.

카리타스 수녀는 어느 날 새벽 호스피스 병동 부근에 있는 한 사찰의 비구니 스님을 병실까지 모셔 와 아내를 온종일 들뜨게 만들었다. 불자 환자를 위해 기도해달라는 수녀의 배려가 아주 따뜻했다. 그 스님은 아내의 침대 앞 벽에 커다란 연꽃을 달아놓았다. 병동의 모든 수녀들이 그 연꽃을 소중히 여겼다. 종교를 넘어선 봉사였다.

노래 솜씨가 좋은 아내는 앞을 보지 못하거나 몸이 마비된 다른 말기환자들의 병실을 찾아가 흥얼거리며 이야기 상대가 되었다. 〈황성옛터〉에서부터 〈칠갑산〉, 〈사랑을 위하여〉에 이르기까지 그들의 신청곡을 모두 소화시키는 노래봉사도 하며 웃고 떠들었다. 밤에는 침대에 누워 한없이 눈물을 흘렸다. 나더러 잘 지내라며 손을 잡아주었다.

시간이 갈수록 아내는 못 견디게 집을 그리워했다. 전혀 내색하지 않던 향수를 드러냈다. 몸은 점점 말라갔다. 의사는 아내에게 남아 있는 시간이 기껏해야 한 달이라고 했다. 어느 날 원장수녀에게 아내를 퇴원시켜 집에서 간호하게 해달라고 말했다. 서울 한 병원 의사의 왕진과 가정간호사의 도움으로 아내의 통증도 잘 조절되었다. 아내는 집에서 7개월을 더 지냈다.

아내의 모든 애장품은 눈을 감기 일주일 전에 이곳저곳에 기증되었다. 아내의 뜨거운 체온 때문에 주치의에게 전화하면 나에게 놀라지 말라고 당부했다. 스스로 연소하며 소멸하는 중이라고 했다. 몸이 타들어 간다는 말을 어렴풋이 이해했다.

대학 시절 화학실험에 열중했던 나는 많은 물질이 각각의 특성을 지니며 공기 중에서 타들어 가는 연소과정을 눈여겨보는 데 익숙했다. 그러나 마지막 불꽃과 함께 빛과 열을 내고 사그라지는 모습을 생명체에 비교한다는 것은 상상할 수 없는 일이었다. 더구나 나와 함께 오랜 세월을 지낸 반려자의 임종을 앞두고 연소라는 단어를 떠올리는 것은 낯설고 몰상식한 운명의 장난으로 여겨졌다. 이윽고 떠돌이별이 우주에서 임무를 다하고 영원히 사라지는 것처럼 소멸이 시적 언어로 내게 다가왔을 때 나는 심한 갈증을 느꼈다.

임종 때 울지 말라던 아내의 당부

나는 아내의 간청에 따라 편안한 임종을 위해 마지막엔 앰뷸런스를 부르지 않기로 했다. 의사도 환자의 뜻을 받들어주라고 일렀다. 그러고도 또 3일이 지나갔다. 내가 우유를 사러 간 사이 도우미 아줌마의 숨넘어가는 목소리가 휴대전화에서 울렸다. 급히 달려온 아들에게 손목을 맡긴 채 아내는 눈을 감았다.

모든 건 순식간에 벌어졌다. 단 5분 사이에 불꽃이 꺼졌다. 5분 전까지 "물 좀 줘."라고 말하던 사람이 시동 꺼진 자동차처럼 푹 내려앉고 말았다. 심장도 식어가는 엔진이 되어 박동을 멈추고 체온은 서서히 내려갔다. 우리 가족은 이미 울지 않기로 했다. 자신의 임종 때 울지 말라고 신신당부한 아내의 말을 따랐다. 나는 아내가 무서움을 타지 않도록 조용히 손을 잡아주고 얼굴도 감싸 안았다. 육신을 떠나가는 그의 영혼이 슬퍼해서는 안 된다고 생각했다.

나는 아내의 귀에 입을 대고 "여보, 잘 가, 잘 가." 하다가 그만 꽉 목이 메었다. 마지막까지 세상을 향해 문을 열어놓았을 아내의 귀는 우리들이 울음을 참고 있는 것을 알아차렸을 것이다. 아내의 귀를 만지작거렸다. 침묵의 대화를 지속하기 위해서라도 그럴 필요가 있는 것 같은 느낌이 들었다.

잠시 후에야 정신을 차리고 호스피스 간호사에게 전화를 걸었다. "침착하게 참 잘하셨어요." 차분한 목소리가 들려왔다. 초등학교 선생님이 아동을 칭찬하는 듯한 말투였다. 지금도 그 간호사의 목소리를 떠올리면 나도 모르게 쓴웃음을 짓는다. 어쩌면 그렇게 긴박한 순간에 정겨운 목소리로 나이 든 사람을 칭찬해줄 수 있는지, 알 수 없는 일이었다.

집 부근에 있는 대학병원에 부탁해 앰뷸런스 편으로 아내를 응급실로 옮기면서, 그동안 치료해준 의사의 소견서와 아내가 작성한 사전 의료의향서 파일도 건넸다. 당직 여의사가 시신을 꼼꼼히 들여다본 후 옆 사무실에서 서류를 검토했다. "환자가 존엄사 선언도 하셨군요."라고 말했다. 그는 전공의에게 '병사(病死)처리' 하라고 지시했다. 만약 아내가 임종하기 직전에 응급실로 데려갔더라면 심폐소생술 등에 시달린 그의 영혼은 끝도 없이 나를 원망했을 것이다. 그날 밤 참았던 눈물이 쏟아졌다.

나는 아주 조용하고 차분하게 아내의 임종 과정을 지켜보았다. 웰다잉 공부를 하고 강의하고 또 호스피스를 담당하는 의료진에게 실무를 배우면서, 나름대로 이미지 트레이닝을 거듭했기 때문에 환자의 삶의 마무리를 도와줄 수 있었다고 생각했다. 내 마음 훈련의 중심은 아내의 존엄을 지켜주는 데 있었다. 그러나 내가 허상을 좇고 있는 것 같은 아픔을 억제할 수 없었다. 생명의 소멸과 사랑은 이미지 트레이닝만으로 심리적 통증을 해결할 수 없었다. 삶의 허탈감이 자주 내 가슴에 들어앉았다.

버려진 생명 …… 17년의 환희

밀물처럼 가슴을 스친 생명의 환희

두 살 아기처럼 왜소한 아이를 만난 것은 7년 전이다. 그가 열 살 때였다. 생전의 아내와 내가 소속리산 자락에 있는 꽃동네의 호스피스 병동에서 그를 만났을 적에 '연꽃잎의 이슬'이라고 불리던 아이였다. 초등학교 3, 4학년쯤 되어야 할 아이치고는 정말 가냘픈 생명이었다. 뒤틀린 다리와 꼬인 손이 밖으로 드러나 있었다.

눈 가장자리에 뎅그렁 맺혀 있는 눈물 한 방울이 서럽게 느껴졌다. 우리 엄마는 어디로 갔어요, 하고 울다 지쳐 잠이 든 모습이 떠올랐다. 상처가 생기면 어쩌나 하고 걱정될 만큼 하얀 피부가 아내의 눈물샘을 자극했다. 한 발자국 뒤로 물러섰다가 다시 다가서면서 두 손으로 앙증스러운 발을 감쌌다. "아, 따뜻해." 하는 소리가 아내의 입에서 흘러나왔다.

태어나자마자 낯선 곳에 버려진 이 아이는 심한 다운증후군 증세를 보였다. 구급차로 서울성모병원으로 옮겨지고 응급치료를 통해 기관지절개 수술을 받은 다음 충청도 산골짜기 마을을 안식처로 삼았다.

그때 이곳 의료진은 아이의 수명이 얼마나 갈지 아무도 예측하지 못했다. 한 줌의 아기로 축소된 아이의 생명이 어느 날 이슬처럼 사라질지 모른다는 두려움이 있었다. 그래서 간호사들이 더욱 지극정성을 다해 보살피고 있다는 이야기를 들었다. 그 뒤 어느 땐가부터 나는 이 아이를 잊어버리고 있었다.

몇 년의 세월이 구름처럼 흘러가면서 아내마저 하늘로 데려간 어느 날 나는 아이의 소식이 궁금했다. 산골짜기를 오가는 사람들로부터 그가 잘 자란다는 이야기를 자주 전해 들을 때마다 내심 경탄해마지 않았다. 아침 이슬처럼 내일을 기약할 수 없었던 아이가 살아 있다는 것에 대한 생의 경외감이 나의 호기심을 일깨웠다.

그 아이의 눈에 뎅그렁 맺힌 눈물이 기억에 선명했다. 딱 한 방울이었다. 누군가와 이야기하다가 '뎅그렁, 뎅그렁 종소리 울리고'라는 말이 나온 적이 있었는데 그때 그 아이의 눈물이 떠오르곤 했었다. 다시 되짚어보니 뎅그렁은 내게 한 줄기 생명줄을 연상시키는 언어로 박혀 있었다.

한 방울의 눈물에 매달리는 것 같았던 그 아이가 벌써 열여섯 살 소년이 되었다는 것이다. 그런데 아직도 아이처럼 왜소하단다. 생명의 환희가 밀물처럼 가슴을 스쳐 지나갔다. 아이의 이름은 리노. 가톨릭 성인의 이름을 세례명으로 받았다.

꽃동네 최효숙 간호사

작년 가을 나는 시골 버스를 타고 꽃동네 입구에 내렸다. 온 산이 붉게 물든 골짜기는 오직 고요에 파묻혔다. 병원으로 올라가는 가파른 길목에 서서 산 아래를 굽어보면 세상은 평화 그 자체였다. 고개 위 산 중턱에는 아프고 상처받은 사람들이 보호를 받고 있다.

서울성모병원 내과 의사였던 신상현 수사의 조그마한 사무실에서 차 한 잔을 마셨다. 생명 보살핌에 대한 그의 열정이 찻잔에 넘쳐흘렀다. 서울 큰 병원의 화려한 명의 자리를 던지고 구도자의 길을 찾아 나선 그의 삶이 옛이야기로 들렸다. 그는 간간이 내가 만나고자 했던 최효숙 간호사를 입에 침이 마르도록 칭찬했다. 리노를 전담해 온 여성의 이야기였다.

모두들 아예 '리노 엄마'라고 부르는 그 간호사가 병동 안내 창구에서 서성거리고 있었다. 작달막한 키에 테가 두터운 안경을 썼다. 그를 따라 5층 병동 안에 들어서자마자 나는 직감적으로 리노가 누워 있는 침대를 알아봤다. 여전히 발육이 더딘 두 발이 먼저 눈에 들어왔고, 이어 목에 끼어 있는 인공호흡기 튜브에서 시선이 멈췄다. 다시 얼굴로 올라갔다. 그다음 오래전에 뎅그렁 눈물 한 방울을 달고 있었던 눈 주변에서 그만 혼란이 일어났다. 볼살이 오르면서 몇 년 전 보았던 눈 주변의 애잔한 분위기가 묻혀버린 것 같았다.

그러나 여전히 아이였다. 순간 나는 브래드 피트가 주연한 영화 〈벤자민 버튼의 시계는 거꾸로 간다〉의 주요 장면들이 떠올랐다. 80세의 외모로 태어난 벤자민이 양로원에 버려지고 해마다 젊어지는 자신을 발견한다는 줄거리였다. 그런데 리노는 태어나면서부터 계속 어린 아기 모습이었다가 지금도 계속 자라는 속도가 늦어져 초등학교 1, 2학년 아이로 머물러 있었다. 이 아이에게서 그 나이에 맞는 고1의 모습은 떠오르지 않았다. 낯선 사람에게 살짝 반응하던 시선도 그냥 멈춰 섰다. 최효숙 간호사가 손가락으로 볼을 간질이자 미소 신경이 살아났다. 사슴 같은 표정이었다. 눈동자가 바삐 돌아다녔다. 고개를 젓기도 했다.

"10여 년 훨씬 전이었어요. 어느 집에 세 들어 살던 분이 식당에 갔다가 버려진 아이를 발견했대요. 음성군 통동에 있는 시설에 곧 맡겨졌어요. 그런데 아이를 자세히 보니 태어날 때부터 전신마비인데다 호흡곤란으로 고생을 했던 것 같았어요. 곧장 서울의 큰 병원으로 옮겨져 7개월 동안이나 치료를 받고 이곳으로 왔어요. 그때가 2002년 월드컵 축구로 전국이 떠들썩할 때였지요.

기관지절개를 하고 인공호흡기를 달고 왔어요. 당시부터 제가 리노 간호를 맡기 시작했습니다. 움직이다가 뼈에 금이 가기도 해서 통 깁스를 한 때도 있었습니다. 발과 엉덩이, 가슴에 이르기까지 모두 붕대로 감았어요. 아주 심각한 경우에는 리노를 다시 서울성모병원으로 옮겼다가 이곳으로 또 후송하는 과정을 몇 차례 겪었습니다."

최 간호사는 이때부터 자신의 운명이 리노에게 묶여졌다고 생각했다. 통 깁스를 한 아이란 마치 작은 미라처럼 보였을 것이다. 바람결에 날아갈 것 같은 작은 생명을 보살피다가 어느 날 그는 리노가 방긋 웃는 모습을 발견했다. 머리털이 쭈뼛할 정도의 짜릿한 기쁨이 솟았다.

"세상에 저 아이가 나를 보고 웃네." 하고 중얼거렸다. "그때였어요. 저 아이는 내 아들이다, 내가 계속 돌봐야겠다고 생각했어요. 왜냐고 물어본다면 사실 할 말이 없어요. 그냥 그런 마음이 들었어요. 내가 이 병원에 와서 그 아이를 간병한 지 얼마 안 된 시점이었어요. 그다음 날부터는 내가 병실에 들어갈 때마다 리노가 웃었어요. 리노가 나하고 대화를 하나 보다 하고 여겼어요.

어느 날은 리노 베개 옆에 거울을 가져다놓았어요. 그런데 거울 속의 자기 얼굴을 보려는 시선이 느껴졌어요. 나는 점점 아이의 이런 변화에 하루가 바빠지기 시작했어요. 또 어떤 때는 장난감을 흔들어 주었더니 아이의 시선이 따라다녔습니다. 열여섯 살 총각이 아이의 모습으로 장난감에 호기심을 나타내고 그 호기심을 쫓아가는 제 즐거움은 또 얼마나 크겠어요."

미혼의 자원봉사자

이 병원에서 근무한 지 벌써 12년. 리노의 손발이 된 긴 세월이었다. 병원 기숙사에 묵으면서 매일 아침 저녁으로 리노의 침대에 들러 인사를 나눈다. 그는 리노뿐 아니라 다른 뇌졸중, 뇌종양 환자들도 돌보아왔다. 그런데 그가 월급도 받지 않는 40대 중반의 자원봉사자라는 것을 나는 한참 후에야 알았다. 그는 여전히 미혼이었다.

나는 지난 5월에 네 번째로 충북 음성군 꽃동네를 방문했다. 이제 열일곱 살이 된 리노의 생의 환희만을 들여다보기 위한 것은 아니었다. 리노의 옆은 미소에 가려져 있는 최 간호사의 인생 발자취가 궁금해서였다. 그가 여태까지 털어놓지 않은 사연들이 꼭 눈물 젖은 옛날이야기 수준은 아닐 것이라는 짐작이 앞섰다.

동서울 터미널을 떠나 꽃동네를 지나가는 버스는 매 시간마다 한 대가 있을 정도로 교통사정도 좋아졌다. 이제 사람들의 왕래도 약간 잦아졌고 이곳을 찾는 젊은이들도 눈에 띄었다. 한 해에 몇 번은 멋쟁이 아가씨들이 이곳에 있는 호스피스 병동의 말기환자나 다운증후군 환자들을 만나고 간다. 아시아나 항공사 스튜어디스들이 봉사하는 시간이었다.

사회봉사 명령을 받은 김승연 한화그룹 회장과 정몽구 현대자동차 회장 등 재벌총수들도 잠깐 발걸음을 했다. 미모의 여성들이건 재계 판도를 저울질하는 총수들이건 이곳에서 머무르는 순간은 사색과 반성, 봉사의 시간으로 계산된다. 값진 삶으로 환산이 될 수도 있다.

산 속에 있는 병원 입구에 최효숙 간호사가 서 있었다. 나는 서울을 떠나기 몇 주일 전부터 그를 만날 수 있는 시간을 계산했다. 시간이 맞지 않아 약속은 몇 차례 연기되었다. 그가 자유로운 시간은 일요일 오후뿐이었다. 반년 만에 만나는 그의 모습이 조금 달라졌다. 머리카락이 짧아졌다. 내 시선이 그의 머리 부분에서 떠나지 않자 그가 먼저 자신을 드러내기 시작했다.

"내 별명이 고슴도치가 됐어요. 머리도 짧고 일어서기까지 했다고 그러나 봐요. 엉겁결에 나는 리노의 고슴도치 엄마가 됐어요."

머리숱이 빠졌단다. 그런데 그도 내 머리를 쳐다보면서 "얼른 못 알아봤어요." 하며 깔깔 웃었다. 내 머리에도 탈모현상이 나타나고 있느냐는 질문을 생략해준 것이 고맙기 그지없었다. 우리가 세월의 상처를 엿보일 만큼 스스럼없는 사이가 됐다는 안도감이 밀려왔다. 이제는 무얼 물어봐도 되겠다는 자신감이 생겼다.

"아침에 일어나면 무슨 생각이 드세요?"

병원 계단을 오르면서 그에게 물었다. 나는 그의 오랜 산골짜기 병원 생활이 궁금했다. 다운증후군 어린이 환자를 아들이라 여기며 돌봐주고 있는 그의 삶은 도대체 무엇일까. 더구나 그 아이, 리노는 삶과 죽음의 경계선에서 호흡하며 항상 미래가 불안한 환자이다.

"아, 내가 살아 있구나, 리노는 잘 잤을까를 생각해요."

그의 대답은 의외였다. 죽을지도 모른다는 불안감을 떨치지 못하고 리노에 대한 사랑과 걱정으로 삶을 이어가고 있다는 느낌이 강했다.

"저녁에 잘 때는요?"

"제가 몸이 좋지 않아서 일주일에 세 차례씩 신장투석을 합니다. 한 번 하는 데 보통 네 시간씩 걸리지요. 투석 중에 죽는 사람도 많이 봤어요. 그래서 저도 각오하고 있어요, 항상. 이 순간이 마지막일 수도 있다는 생각이 떠나지 않아요."

미소로 번져가는 사랑의 확산 효과

의외로 대화가 심각해졌다. 우리는 리노의 병실로 들어가면서 말문을 닫았다. 리노의 코밑에 솜털이 자라고 있었다. 이젠 열일곱 살 총각이다. 그런데 여전히 아이의 모습이었다. 목과 코로 연결된 인공호흡기와 영양 튜브는 그의 인체의 일부로 작동하고 있었다. 리노가 호흡할 때마다 인공호흡기 튜브도 리듬을 타고 오르내렸다. 다른 침대에 누워 있는 여덟 명의 환자들도 모두 제각기 튜브를 통해서 열심히 호흡하는 생명운동이 진행되고 있었다.

최 간호사는 리노의 뺨에 검지를 문질렀다. 손가락을 보기 위해서 리노의 눈동자가 아래쪽으로 내려갔다.

"안녕, 리노, 엄마야. 손님 오셨어. 이쪽을 봐." 하며 얼굴을 간지럽혔다. 리노가 귀찮다는 듯 얼굴을 반대쪽으로 돌렸다. 간호사가 다시 콧줄을 살짝 흔들며 "리노, 안녕." 하며 볼을 비벼대자 그때서야 리노의 눈 아래쪽 좌우 신경이 동시에 활처럼 올라갔다. '그래, 이게 저 아이에게는 미소라는 감정표현이구나.' 하고 생각했다.

간호사 엄마가 저토록 사랑을 쏟아부어야 순간의 웃음을 만들 수 있는 것 같았다. 값비싼 웃음이라고 해야 할까 천금의 웃음이라고 해야 할까. 그런데 리노의 얼굴이 잠깐 사이 다시 평상심으로 되돌아갔을 때 이번에는 최 간호사의 얼굴이 한참 동안 웃음을 머금고 있었다. 리노의 웃음 1초가 간호사 엄마에게는 10분의 미소로 번져가는 사랑의 확산 효과가 나타나고 있는 것을 목격했다.

"우리 둘 사이는 웃음으로 의사표시를 하지요. 그러나 낯선 사람에게는 리노가 반응하지를 않아요. 커가면서 더 그런 것 같아요."

"리노가 통째로 최 간호사 인생이 되어버렸네요." 하고 내가 말했다.

"리노는 내 가슴에 들어가 있어요. 같이 사는 거죠. 몸이 견딜 수 있을 때까지…… 그런데 저 아이에게도 질투가 살아 있어요. 아주 신기해요. 전신마비의 아이가 질투라는 감정을 내보이다니. 제가 다른 뇌성마비 환자를 안고 있으면 분명히 삐친 투의 몸짓으로 얼굴을 돌리거든요."

"최 간호사는 오래전부터 신장투석을 해야 할 정도로 몸이 안 좋은 상태잖아요?"

"신장투석을 해온 지 벌써 12년이 넘었어요. 내가 언제 죽을지 모른다는 생각을 갖는 건 아주 당연하지요. 그런데도 리노를 보살펴주는 힘은 아직 남아 있어요. 나는 이런 식으로 살다 떠나갈 겁니다. 내가 사라지면 다른 간호사가 리노를 간호하겠지요. 그런데 막상 그런 시간이 닥치면 리노가 둔한 시선으로 더듬더듬하며 나를 찾겠지요. 우리 엄마 어디 갔느냐고요. 궁금해하는 그 시선을 누군가 붙잡아주고 풀어주어야겠지요."

영원한 이별주가 된 한 모금의 과일즙

최 간호사는 마치 다른 이야기를 하듯이 자기 생각을 펼쳤다. 내 마음이 가라앉다가 다시 차분해져갔다. 최 간호사가 세상을 떠난 뒤 엄마를 쫓는 리노의 시선을 과연 누가 읽을 수 있을까. 사랑하는 사람은 사랑을 갈구하는 사람을 온몸으로 느낄 것이다. 인간이 냄새를 맡고 코를 흥흥거리고 눈을 두리번거리면서 사랑의 감정을 작동시킬 때, 일체의 오감은 제각각의 역할에 충실하며 사랑하는 상대를 위해 몸을 던질 것이다. 만약 사랑이 사라지면 스위치가 내려간 계기판이 될 것이다. 냉장고나 전자레인지, 오디오 기기, TV, 수도 등 사용이 올스톱되듯 저 어린 생명도 숨을 이어가기 어려울 것이다. 그래, 최 간호사가 파워다, 아니 동력원이고 에너지원이다, 라고 나는 생각했다.

"리노에게는 영양식만 먹이나요?" 내가 화제를 바꾸었다.

"네, 저 콧줄 튜브를 통해 영양주사액을 넣지요. 어쩌다 몇 번 홍시를 입에 넣어준 적이 있어요. 맛을 보라고요. 잘못하면 배 속에서 큰 일 나니까 아~주 조금요."

순간 여러 해 전에 콧줄 튜브를 달고 병원 침대에 누워 있던 내 딸아이가 "아빠, 나 먹고 죽을래, 수박 좀 사 와."라고 휘갈겨 쓴 메모가 기억 속에서 뛰쳐나왔다. 그렇게 앞가림을 잘하던 딸이 어느 날부터는 먹고 싶다는 인간의 욕망을 제어하지 못했다. 부모 앞에서 한사코 떼를 쓰는 다 큰 자식의 응석이 사무치도록 아픔으로 다가왔다.

말기암환자로 고생하던 딸은 방사선 치료에서 오는 부작용으로 심한 장 유착증세를 나타냈다. 목이 심하게 부어 메모지에 필문필답으로 의사소통을 했다. 딸은 세상을 떠나기 전 4개월 동안 음식을 입에 대지 못하고 영양주사로만 버텨냈다.

그런데 TV에서 맛 기행이나 요리시간 프로그램이 진행되면 어김없이 "나, 딸기 먹고 싶어. 나, 수박 먹고 싶어." 하고 메모한 종이를 침대 옆에 붙여놓았다. 알아서 해달라는 강력한 호소였다. 환자의 미각이 살아 있다는 것은 듣던 중 반가운 일이었다. 누구에게나 먹는 것은 인생에서 가장 큰 즐거움이다. 그러나 환자에게 맛을 알게 하는 것에는 고통이 따랐다. 담당의사는 환자가 뭔가 먹었다 하면 응급조치를 해서 위장 청소를 해야 하고, 장 유착증세에 따라 소장을 또 절단해야 하는 사태가 발생한다며 한사코 손사래를 쳤다.

"딸아이가 저렇게 먹고 싶어 하니 어떻게 해요. 일단 음식 맛이라도 보고 그냥 뱉어내는 것으로 합시다." 아내의 절충안이 나왔다. "그러다 자신도 모르게 꿀꺽 삼켜버리면 어떻게 하지?" 하는 걱정을 털어버릴 수 없었다. 어떻든 딸에게 식욕이 살아남아 있다는 것을 안 뒤에 식품점으로 달려가는 발걸음이 가벼워졌다. 아내는 찔끔찔끔 눈물을 짰다.

한겨울에 온실 재배한 수박을 타서 과육을 체에 밭은 다음 즙으로 만들었다. 한 번 체로 거르고 또 거르기를 반복하면서 알갱이가 없는 수박 주스를 만들었다. 서둘러 병원에 도착한 아내가 딸에게 새삼 주의사항을 나열했다. 딸이 손을 휙 저었다. 알았으니 제발 걱정 말라는 몸짓이었다.

수박즙 한 모금을 머금은 딸의 표정이 밝아졌다. 딸은 입을 오물거리며 수박 맛과 향에 취한 듯 눈을 감았다. 수박에 무슨 향이 있을까 하고 나는 미심쩍게 생각했다. 그러나 몇 개월 만에 처음 음식을 입에 넣은 딸아이에게는 대단한 모험이었다.

그의 한 모금에 온 가족의 시선이 모아졌다. 딸이 다시 메모지에 휘갈겨 썼다. “나 쳐다보지 마. 시선들이 너무 무거워.” 병실에 있던 가족이 일제히 시선을 딴 데로 돌렸다. 아내는 딸이 ‘에라, 모르겠다!’ 하고 수박 물을 삼켜버릴지도 모른다는 초조감에 안절부절못했다.

아내는 빈 사발을 딸의 턱 밑에 가져갔다. 딸은 큰 결심이나 한 듯 입안에 머금은 수박 물을 뱉었다. 그러고 다시 한 모금 또 한 모금을 머금고 뱉고를 반복했다. 그러다가 ‘음’ 하는 신음 소리를 냈다. 한번 목으로 넘겨볼까 말까, 아냐, 그러다 나 죽어, 하고 갈등하는 모습이었다.

다시 뱉어냈다. 모두가 안도의 숨을 내쉬었다. 긴장의 순간이었다. 수박 물의 목 넘김을 끝내 참아내는 딸이 위대한 결정을 내렸다고 생각했다. 넌 대단해, 대단해.

딸은 어느 날 딸기를 요구했고 다음 날은 복숭아 맛이 그립다고 말했다. 그동안 맛보지 못했던 모든 과일들이 그의 입안을 맴돌고 있는 것 같았다. "아니, 이 겨울에 복숭아가 어디 있어? 복숭아는 저장이 안 되는 과일이야. 가공 처리한 복숭아 캔밖에 없어." 그런 설명을 듣고 나서야 딸은 복숭아 맛보기를 포기했다.

딸기에 이어 배와 사과도 시도했다. 한 번도 삼키지 않았다. 잘도 참아냈다. "우리 딸, 장하다!"며 아내는 딸의 어깨를 다독여주었다. 목 넘김 없이 과일 맛을 안다는 것은 거짓말일 것이다. 그러나 혀만으로 만족할 수 있다는 것도 천만다행이었다. 감사합니다, 감사합니다, 하고 우리 부부는 고개를 숙였다.

얼마 후 딸은 세상을 떠났다. 딸의 마지막 식사가 된 한 모금의 과일즙은 영원한 이별주였다. 즙을 만드는 데 사용했던 체는 오랫동안 우리 집 부엌에서 생명의 상징으로 남아 있었다.

샘솟듯 사랑을 뿜어내는 숨겨진 삶

최 간호사는 리노의 침대 옆에서 잠시 상념에 빠져 있는 나를 쳐다보았다.

"리노는 맛을 잃어버렸지요. 네 살 때 기관지절개 수술을 하고는 혀를 써본 적이 없으니까요. 그래도 어쩌다 입안으로 홍시를 약간 넣어주는데 정말 조심스러운 일이지요." 태어나면서 잠시 우유로 키워지고 그 뒤 인간의 식욕과 거리가 멀어져버렸다. 그 아이에게 맛의 세계를 조금이라도 알려주고 싶어 하는 최 간호사의 따뜻한 마음이 느껴졌다. 몸을 꼼짝도 하지 못하는 전신마비의 인간에게 맛을 가르쳐준다는 것은 마음이 저리도록 아름다운 그림이었다.

“고교 시절에는 수녀가 되려고 했어요. 그러나 몸이 약해서 포기했지요. 그냥 이렇게 남을 돕는 일이 좋아졌어요. 하루하루 30여 명씩 다른 뇌성마비 환자들도 간호하지만 리노를 만나면 그날 스트레스가 다 날아가 버려요. 제가 생각해도 참 신기하게 여겨져요.”

그는 고향 상주에서 고교 3학년 때 길에서 울고 있는 다섯 살쯤 돼 보이는 어린아이를 발견하고 집을 찾아 나섰다. 그런데 그 아이 집에는 아무도 없었다. 나중에 알고 보니 모녀가족이었는데 아이를 재우고 난 엄마가 일터로 나간 뒤 아이가 엄마 찾아 길을 헤매고 있었던 것이었다. 그는 한밤중까지 아이를 달래며 지내다가 같이 흐느껴 운 적이 있다고 말했다. 그때부터 그의 인생은 봉사로 시작되었다.

간호대학을 졸업한 후에는 서울에 있는 화상환자 전문병원에서 근무했다. 얼굴을 다친 환자들을 많이 보았다. 그러다가 이천 외진 곳에 있는 정신병원 근무를 자청했다. 그 후에는 두 가지 이상의 장애를 지니고 있는 사람들을 돌봐주는 병원에서 또 5년을 보냈다.

“지내놓고 보니 저는 다람쥐 같은 인생을 살았어요. 몸이 성하지 못한 사람들만을 간호하느라 하루해가 어떻게 가는지를 몰랐어요. 제 몸이 점차 나빠져 신장투석을 하면서도 장애환자 옆을 떠나본 적이 없어요. 그러다가 13년 전에 이곳으로 옮겼어요. 하다 보니까 또 한참 외진 곳을 찾아온 거지요. 결혼도 못 했지만요. 어떻든 어렸을 때부터 장애인들이 달리 보였어요. 그들과 함께 지낸다는 게 봉사한다는 것보다는 일상적인 생활이 되어버렸어요.”

"데이트도 안 해봤어요?"

"해봤지요. 그런데 남자 친구들을 만나면 아무 재미도 못 느꼈어요. 영화 보고 차 마시고 하는 게 너무 맨송맨송하고 흥미조차 생기지 않았어요. 우선 마음이 편치 않았어요. 데이트가 이어지지 못하는 이유가 거기에 있었어요. 친구들이 저를 볼 때마다 그래요. 야, 너 참 대단하다, 몸이 불편한 환자들 돌보느라 십수 년을 다 보내고 청춘도 보내고, 라고요. 내 가족한테 이따금 다운증후군 환자인 리노 사진을 보내면서 야, 이 아이 너무 예쁘지, 라는 말을 붙여 넣지요. 그러면 곧장 '그런 사진 좀 그만 보내!'라는 메시지가 떠요."

최 간호사는 이 병원과 10분 거리에 있는 다른 의료시설에서 신장투석 치료를 매주 받아오다가 한 소년을 발견했다. 자신의 옆 침대에서 역시 투석 치료를 받는 중학생이었다. 그가 정신장애까지 겹쳐 학업에 어려움을 겪고 있다는 것을 알았다. 서로 낯이 익으면서 최 간호사는 그 소년까지 돕기 시작했다. 그가 기꺼이 소년의 멘토를 자청했다.

최 간호사는 낄낄 웃었다. "그런데 이런 직업이 나한테는 딱 맞아요." 그가 신비롭게 느껴졌다. 도대체 이 여성이 뿜어내는 사랑은 어디서 솟아나는 것일까, 나는 그 원천을 찾기라도 하듯 얼굴을 들여다보았다. 거의 15년 동안 신장투석을 받아오며 리노를 보살피고 거기다 무료봉사로 다른 환자들 치료까지 돕는 그의 숨겨진 삶에 나는 고개를 숙였다. 돌아가는 길에 꽃동네를 관리하고 있는 신상현 수사를 만났다.

"최효숙 간호사 때문에 리노가 사는 게 아닙니다. 리노 때문에 최 간호사가 살고 있어요."

그가 최 간호사의 인생을 압축해서 표현했다. 최 간호사가 모든 것을 줘버리기 때문에 오히려 도움을 받고 있다는 이 역설은 오직 사랑으로만이 설명이 가능하다. 어린 환자와 간호사는 자기 안에서 생과 사를 주고받고 있다. 아주 특이한 인간 연대였다. 서로의 삶을 도와주면서 서로의 삶을 받고 있는 한 덩어리 존재인 것이다.

"버림받은 아이들의 특성이 뭔지 아시겠어요?" 그가 다부지게 물었다. 내가 멈칫했다.

"한 번 누군가 붙잡으면 떨어지지 않으려고 바둥바둥 댑니다. 분리불안증에서 나오는 몸부림입니다. 누가 그걸 가르쳐주겠어요. 그 아이들이 본능적으로 사람을 꼭 붙잡는데 그때 나오는 힘은 엄청나게 큽니다. 한마디로 괴력이에요."

나는 어느 고아원에서 두려움에 떨고 있는 한 아이를 껴안은 적이 있었는데, 다음 날 아침에 일어나며 어깨 쪽에 뭔가 묵직하게 뭉쳐 있다는 느낌이 어디서 왔는지를 알지 못했다. 아이가 내 어깨에 매달린 기억밖에 없었다. "설마 아이 한 번 안았다고 이렇게 어깨가 뻐근해?" 하고 대수롭지 않게 여긴 기억이 되살아났다. 신 수사 이야기를 듣고서야 그때의 뻐근함이 아이한테서 나온 괴력 때문이었을지도 모른다고 생각했다.

리노도 괴력을 지닌 채 최 간호사의 도움을 받고 있나 보다. 사랑이 죽음을 넘어선다는 말은 최 간호사에게는 난해한 철학적 종교적 개념에 지나지 않는다. 나는 그가 더 멀리 떨어진 곳에서 몸으로 베풀고 있는 모습에 머리를 숙인다.

2009년, 한국에 죽음을 가르치다

스티브 잡스, 훌륭했던 죽음교육 전도사

그해에 우리는 많은 이별을 겪었다. 사랑하는 사람은 언젠가 떠나간다. 어떻게 그들을 보내야 하는가 하고 모두를 상념에 잠기게 했던 2009년은 특별한 한 해였다. 죽음문화가 조금씩 변화하는 놀라운 일들이 벌어졌다. 아름답게 떠나가고 그리운 사람으로 보내기 위해 각자 자신의 삶을 되돌아보는 해였다. 2009년은 우리에게 죽음을 가르쳤다.

2009년 새해가 밝아지기 전부터 화제에 오른 세브란스병원 김 할머니에 대한 존엄사 논의가 뜨거워졌을 무렵이었다. 두 달 전 탤런트 최진실의 자살이 던진 우울한 영상이 2008년 말과 2009년 정초까지 이어졌다. 더 정확하게 이야기하면 이 사건은 2013년까지 무려 4년 동안이나 우리 일상에 짙은 그늘을 드리웠다. 한 사람이 몸을 던지고 그다음에 다른 가족이, 그리고 이어서 또 다른 측근이 생명을 끊어버리는 일이 반복해서 일어났다. 그들의 이름이 오르내릴 때마다 가슴을 스쳐가는 아픔을 호소할 만큼 충격적인 이별이었다. 대중의 인기를 독차지했던 한 연예인의 죽음이 우리네 삶의 리듬을 통째로 흔들었다. 몇몇 사람들이 그들 따라 목숨을 버리는 이른바 베르테르 효과가 나타나기 시작했다.

웰다잉은 삶을 소중히 여기는 것에서부터 시작한다. 삶을 아끼고 진지하게 살아야 한다는 게 미국 애플의 최고경영자 스티브 잡스의 주장이었다. 그는 그해 정초에 병가를 내고 경영 일선에서 물러나면서 한마디를 던졌다. "내 건강 문제가 애초 생각했던 것보다 복잡함을 알게 되었다."

그의 발언은 미국의 증권 금융가인 월스트리트뿐 아니라 정보기술업계에도 비상을 걸었다. 한 국가 실권자의 건강이상설이 알려진 순간의 술렁거림과 같았다. 그가 치료를 위해 종적을 감추면서 우리나라 웰다잉 교육장에서도 그의 인생이 다시 클로즈업되었다.

스티브 잡스는 우리나라에서 훌륭한 죽음교육 전도사였다. 웰다잉 강사들이 2005년 스탠포드대학 졸업식에서 발표된 스티브 잡스의 연설문을 교재로 사용할 정도로 그는 삶과 죽음에 대해 진지한 생각을 하고 있었다. 그의 연설 내용을 요약하면 '삶이 만든 둘도 없는 발명이 죽음이다, 죽음은 삶을 변화시키는 역할을 한다, 오늘 하고 싶은 일을 오늘 하라'는 것이었다.

그는 어렸을 때부터 그 같은 생사관을 갖고 살아왔다. 다시 몸이 쇠약해진 스티브 잡스가 병원에 입원하면서 죽음에 대비하는 모습을 우리에게 상기시키며 1월을 맞이했다. 나는 그가 남긴 업적이 오직 테크놀로지와 인문학을 결합시킨 것에만 한정되어 있다는 것을 늘 못마땅하게 생각해왔다.

2월 중순. 나는 연세의료원 교수회의실에서 열린 병원윤리위원회에 자문위원으로 참석했다. 박원순 아름다운재단 상임이사(현 서울시장), 이화여대 교수인 최준식 한국죽음학회 회장도 나왔다. 며칠 앞서 서울고등법원이 존엄사를 처음으로 인정한 1심 판결에 이어 인공호흡기를 제거할 수 있는 네 개의 원칙까지 제시했다. 회생 불능한 상태에서는 자신을 치료하지 말아달라는 환자의 진지한 의사표시가 있어야 한다는 것을 포함한 존엄사 가이드라인이었다.

50여 명의 전문가들이 참석한 이 모임처럼 엄숙하고 무거운 회의를 나는 본 적이 없었다.

연세의료원 신촌 세브란스병원에 입원해 있는 김 할머니의 운명이 시계 초침을 따라가며 카운트다운 되고 있었다. 중환자실장이 임상 소견을 밝혔다.

"환자는 불가역적 반 혼수상태에 있습니다. semicoma입니다. 자발적 호흡이 불규칙하고 이름을 불러도 반응이 없습니다. 삽관(호흡보조용 관을 끼우는 것)과 호흡기 보조 장치를 하고 항생제와 영양제 투여는 계속하고 있습니다." 불가역적이라는 말은 환자가 개선될 수 없는 상태에 있다는 것을 의미했다. 주치의와 간호책임자도 별도의 소견을 내놓았다.

회의장은 서류를 넘기는 바스락 소리마저 모두 삼켰다. 손명세 위원장(당시 연세대학교의과대학 예방의학 교수)은 긴장을 풀지 못했다. 연세의료원이 법원 결정을 수용하지 않는다면 대법원에 상고를 할 것인가 여부를 결정해야 한다. 어떻든 모든 내용은 환자의 생명줄인 인공호흡기를 떼느냐 마느냐 하는 문제로 귀착된다. 전문가 집단 가운데 의사를 제외한 철학 교수도 법학 교수도 윤리학 교수도 힘든 발언을 이어갔다. 병원윤리위원회는 비공개회의이므로 각 전문가의 의견을 여기에 소개할 수는 없다. 김 할머니 문제는 40여 년 전인 1975년 미국에서 일어난 캐런 퀸런과 똑같은 존엄사 사건으로 초점이 맞춰질 수밖에 없었다.

웰다잉이라는 마지막 선물을 남긴 김수환 추기경

그해 2월 봄은 유독 쌀쌀했다. 존엄사 논쟁이 일고 있는 가운데 우리는 슬프면서도 아름다운 선물을 받았다. 입원 중이던 김수환 추기경이 웰다잉이라는 마지막 선물을 남기고 하늘 소풍을 떠났다. 그는 자신의 몸으로 편안한 이별을 실천했다. 그의 주치의였던 정인식 가톨릭의대 교수가 한 신문과의 인터뷰에서 말했다.

"추기경님은 인위적인 치료를 하지 말라고 당부했습니다. 의식이 없었을 때는 매우 힘들게 호흡을 하셨는데 그때 내가 고민을 많이 했습니다. 삽관이라도 했더라면 금방 해결할 수 있었을 것입니다. 하지만 추기경님과의 약속 때문에 삽관을 하지 않았습니다."

김 추기경은 각막까지 기증하며 선종했다. 종교 지도자의 아름다운 마무리가 주는 울림이 컸다. 김 할머니의 선택을 보는 세상의 시선과 겹쳐 죽음 논의가 활발해졌다. 일부 대학이 웰다잉에 대한 특별 강좌를 마련하는가 하면 시민단체나 공공기관에서도 죽음에 대한 교육을 실시했다.

정치가 이런 문제에 재빨리 뛰어든 것은 의외였다. 여당과 야당이 존엄사 입법을 서두르는 세미나와 포럼을 만들었다. 어떤 의원은 '존엄사법안'을 제출하고 어떤 의원은 '호스피스 완화의료 법안'을 만들고 또 다른 의원은 '암관리법 일부개정법률안'을 손질하자고 했다. 그들이 서둘러 만든 세미나에는 방청객이 엄청 몰렸다. 자치단체 인사들이 단체로 참석한 것을 보면 지역 주민들의 관심사가 대단하다는 것을 알 수 있었다.

존엄사와 관련한 국회의원들의 잽싼 입법 활동은 민심을 반영한 것이다. 암환자가 늘어나고 각종 희귀병과 치매 등으로 고달픈 삶을 겪고 있는 유권자들의 호소가 표밭에 적지 않은 영향을 주었다. 김형오 국회의장마저 포럼에 참석해 자신의 모친 사망을 계기로 느낀 무의미한 연명치료에 비판적인 견해를 쏟았다.

그 뒤 크고 작은 지방도시에서 존엄사라는 이름으로, 혹은 죽음교육이나 웰다잉이라는 이름으로 특강을 실시하지 않는 지역이 없을 정도로 죽음 이야기는 전국을 몇 바퀴 돌았다. 죽음 이야기가 드디어 우리의 밥상머리에까지 올라가기 시작했다.

그러나 이런 화제는 각 가정의 분위기나 전통에 따라 엄청나게 달리 전파되었다. 한 집안의 어른이 이 주제를 잘 잡아주면 자식들도 속내를 털어놓고 푸근하게 이야기할 수 있었다. 그 반대인 경우도 있었다. 어떤 가정은 오히려 자식이 존엄사 문제를 꺼내기 싫어했다.

섣부르게 화제에 올리면 부모에게 상처를 줄지 모른다고 걱정했다.

그런 와중에 우리는 영국에서 들어온 작은 뉴스에 귀를 기울였다. 데이비드 캐머런 현 영국 총리가 보수당 당수였던 당시에 희귀병을 앓고 있던 여섯 살 맏아들을 잃었으며 영국 전체가 슬픔에 잠겼다는 소식이었다. 영국 하원이 15년 만에 처음으로 정부에 대한 질의를 중단하기까지 했다.

영국 상류층 출신인 캐머런이 주목받는 이유는 한밤중에도 아이를 업은 채 응급실로 달려가는 일이 잦으면서 질병에 시달리는 다른 계층 사람들의 고통을 이해하기 시작했다는 것이다. 그가 특권층 의식을 버리게 된 계기가 되었다. 캐머런이 벌이는 모든 보건 건강 정책의 뒤에는 맏아들의 죽음이 존재하고 있었다.

대통령의 죽음, 덩샤오핑의 죽음

죽음은 이처럼 가족과 사회, 국가에 깊은 영향을 주었다. 죽음이 삶과 똑같은 존엄의 무게와 가치를 지니고 있다는 것을 우리는 대한민국 법원으로부터 다시금 알게 되었다.

그해 5월 대법원이 내린 존엄사 판결은 삶의 아름다운 마무리에 대한 일반의 관심도를 한층 높였다. 판결문에는 존엄사라는 용어가 존재하지 않았다. 대법원은 김 할머니에 대해 무의미한 연명치료 중단을 인정한 것뿐이다. 그러나 언론은 판결의 의미를 보다 쉽게 전달하기 위해서 '존엄사 인정'으로 표현하며 그 의미를 강조했다.

1년 전과는 완전히 달라진 모습이었다. 그때까지만 해도 언론은 존엄사를 안락사로 혼동해서 썼다. 일부 종교계에서도 역시 마찬가지였다. 생명경시 현상이 엿보인다는 비판을 달았다.

대법원의 존엄사 판결이 내려진 후 꼭 일주일 지난 시점에 우리는 노무현 전 대통령의 자살이라는 충격적인 뉴스에 귀를 의심했다. 죽음의 존엄을 생각하기 이전에, 봉하마을 부엉이 바위에서 투신한 전직 대통령에 대한 통절한 아픔 때문에 모두가 멍멍해버린 경험을 한동안 털어내기 어려웠다. 우리는 죽음의 공상열차를 타고 산봉우리에서 골짜기로 급전직하 내려 꽂혔다가 봉우리 쪽으로 급상승하고, 그리고 온몸을 떨며 곤두박질치는 듯 격한 이별의 슬픔을 겪었다. 자살은 또 전염병으로 나타났다. 부엉이 바위 부근에 추종 자살을 방지하기 위한 안전펜스가 설치되었다. 그래도 같은 장소에서 사건이 잇따랐다. 펜스는 더 높아지고 목재는 철재로 바꾸어지기까지 했다.

다시 그해 8월 중순. 불과 두 달 반 사이에 우리는 또 다른 죽음을 받아들이는 시험을 치러야 했다. 김대중 전 대통령도 세상을 떠났다. 그는 6년 반째 신장투석을 계속해왔었지만 늘 건강하게 지낼 만큼 놀라운 생의 의지를 보였다. 신촌 세브란스병원에 입원해서 30여 일 가깝게 치료받는 기간에도 다름이 없었다.

최종 사인은 폐렴 합병증이었다. 그는 운명하기 한두 시간 전에도 눈빛으로 가족들과 의사소통을 했다. 장준 호흡기내과 교수 등 의료진은 "마지막에는 김 전 대통령이 심폐소생술을 해서 살아난다는 판단을 할 수 없어 편안하게 가시는 모습을 지켜봤습니다."라고 말했다.

두 명의 정치 지도자에게 국민이 안녕이라는 인사를 전달할 틈은 주어지지 않았다. 김영삼 전 대통령은 영원한 라이벌이라고 불리던 김대중 전 대통령의 병실을 찾아가 쾌유를 빌면서 화해했다.

또 한 사람, 전두환 전 대통령도 병실에 들어섰다. 한때 그를 사형으로 몰아갔던 숙적이었다. 그의 이별인사는 많은 회한을 담은 시선으로 남았을 것이다. 마지막 한 사람의 전직 대통령인 노태우 씨만이 모습을 보이지 않았다. 그도 오랜 병고에 시달리고 있었다.

죽음의 충격이 가라앉으면서 지자체가 운영하는 복지관이나 교회, 사찰 부근에는 다음과 같은 플래카드가 더 많이 나부끼기 시작했다. '하늘 소풍 준비하기' '아름다운 생애 마감을 위한 시니어 죽음준비학교' '유언장 쓰기' '죽음에 관한 독서 모임' '자살예방 교육'. 시골 곳곳에 자리 잡은 군민회관이나 자치센터, 하다못해 레저타운 부근에도 웰다잉 열풍이 불었다. 죽음이 삶의 패션이었다.

패션이든 멋이든 죽음을 일단 화제로 등장시킨 한국의 이 같은 변화는 놀라움 그 이상이었다. 김제시의 독서 연구회에 초청받았을 때 참석한 시민들이 저녁을 김밥으로 대신하며 웰다잉 강의에 귀를 기울이는 모습에 나는 감격했다. "암 4기 환자와 말기환자는 어떻게 달라요?"에서부터 "삶의 아름다운 마무리 요청을 이해하지 못하는 의사를 만나면 어떻게 해야 해요?"까지 많은 질문이 쏟아졌다.

나는 그때 중국 최고 지도자를 지낸 덩샤오핑의 죽음에 관한 이야기를 꺼냈다. 1997년에 사망한 그는 호화 장례식을 피했다. 묘지도 만들지 않았다. 그의 유해는 홍콩 앞바다 등에 뿌려졌다. 그로부터 12년 뒤인 2009년 8월에 그의 부인도 숨을 거두었다. 그런데 부인의 유해도 남편과 똑같은 바다를 찾아갔다. 최고 권력자 부부가 12년 만에 바다에서 상봉한 로맨틱한 스토리는 두고두고 중국인들의 추억이 되었다. 베이징에서 열린 부인의 영결식에는 당시 후진타오 국가주석과 시진핑 부주석 등 중국 지도부 수천 명이 조문했다.

생명의 가치를 깨우치는 동화

그해 우리나라 대법원의 존엄사 판결은 일본에서도 지대한 관심을 불러일으켰다. 국회의원회관이나 시민단체가 주관하는 포럼에 참석하는 일본인들도 있었다. 일본존엄사협회는 김 할머니 사건의 원고 측 소송을 담당했던 한국 변호사를 초청해 세미나까지 열었다. 그들은 한국의 죽음의 문화가 어떻게 달라질 것인지를 관찰했다.

일본의 이 단체는 1975년 미국에서 발생한 캐런 퀸런의 존엄사 사건을 계기로 발족했다. 그 이후 거의 40여 년 동안 줄기차게 미국과 같은 존엄사법 제정을 촉구하는 활동을 벌여왔다. 7년 전 일본 정부가 의료현장에 적용할 가이드라인을 만든 것도 시민운동의 결과였다.

말기환자의 의사가 분명히 확인되면 무의미한 연명치료를 중단할 수 있다는 내용이 정부 가이드라인에 담겼다. 이 단체가 전국 각 지부별로 활동하면서 우리나라 대법원의 판결 내용까지 주민들에게 알려준 것은 삶의 질을 바라는 주민들에 대한 서비스였다. 치밀하게 삶을 관리하는 일본인의 습성에서 나온 것이었다.

그해 봄부터 가을에 이르기까지 어린이들이 죽음을 이해할 수 있도록 일깨워주는 동화책이 나오기 시작했다. 안데르센 동화 나라의 작가들이 쓴 작품을 번역한 것이 주류를 이뤘다. 죽음을 받아들이는 일은 어른보다 아이들이 더 힘들고 충격도 크다. 이 아이들을 위한 책이 우리들에게는 너무 부족했다. 그해 줄이어 출판된 것 가운데 내 눈길을 끈 동화는 『오래 슬퍼하지 마』라는 책이었다. 다음과 같은 이야기가 나온다.

"눈물이가 죽던 날 웃음이도 같이 죽었단다. 함께 있는 게 너무 좋았기 때문에 웃음이는 눈물이 없이 살 수가 없었던 거야. 기쁨이와 슬픔이도 그랬지. 삶과 죽음도 마찬가지란다, 얘들아. 죽음이 없다면 삶이 무슨 의미가 있겠니? 비 오는 날이 없어도 햇빛의 고마움을 알 수 있을까? 밤이 없다면 아침을 기다릴 필요가 없겠지?"

몇 년 후에는 고정욱 작가가 쓴 『여름 캠프에서 무슨 일이?』라는 동화가 죽음을 주제로 한 어린이 체험 프로그램을 소개했다. 소아마비를 앓아 장애인으로 살고 있는 작가는 스스로 목숨을 끊는 아이들이 늘어나는 세태를 안타까워하면서 이렇게 말한다.

"금붕어가 죽고, 화초가 시들고, 달이 기울고, 계절이 바뀌는 것도 모두 생활 속 죽음 체험입니다. 아이들에게 생명 탄생과 죽음의 원리를 깨닫게 하는 교육이 필요합니다."

애완견이 죽었을 때 나무 그늘 밑에서 아이들에게 이런 글이라도 읽어줄 수 있다면 우리는 슬픔을 이겨나갈 수 있을 것이다. 생명에 대한 가치를 깨닫게 하기 때문이다. 아이들을 위한 동화책은 결국 어른들에게 주는 교훈이었다. 치유와 희망의 이야기는 동화에서 시작해 영화, 연극으로 발전한다. 많은 사회단체나 종교단체가 죽음이야기를 개발했다. 말기환자들을 둘러싼 호스피스 병동이야기를 다룬 〈죽이는 수녀들 이야기〉도 그해부터 몇 년 동안 연극무대를 장식했다. 인문학적 접근을 통해 마음을 다스리는 방법을 도와주고자 하는 것이다.

데미안 허스트,
해골과 다이아몬드 사이에서

인간의 해골에 8,601개의 다이아몬드를 박은 영국 작가 데미안 허스트의 〈신의 사랑을 위하여〉라는 작품이 나왔을 때 관람자들은 묘한 감정을 느꼈다. 죽음을 체험한다는 사람도 있고 공포감을 느낀다는 사람도 있었다. 죽음의 상징인 해골에 사치의 상징인 다이아몬드를 씌운 작품은, 죽음과 욕망 사이에 우리를 세워놓고 잠시 번민하라는 명령을 내렸다. 서양화가 권정호 씨의 작품에도 수없이 등장하는 해골은 삶에 대한 물음이었다. 그해 6월에 있었던 그의 작품 전시회는 작년까지도 '삶을 비추는 죽음의 거울'로 이어졌다.

존엄사 판결 이후 3개월이 지난 그해 8월 의료단체들이 사회적 논의에 적극적으로 참여하기 시작했다. 2002년 이후 7년이 지나서야 다시 움직이기 시작한 것이다. 대한의사협회는 당초에 존엄사를 인정하자는 의사윤리지침을 만들었다. 그러자 일부 언론들이 이를 소극적 안락사를 허용하는 것으로 과장보도하면서 사회적 비판이 들끓는 등 혹독한 시련의 시기를 맞았다.

이번에는 의사협회 이외에 대한의학회와 대한병원협회 등도 연명치료 중지에 관한 지침 제정위원회를 만들어 국회에서 열리는 공청회에 주요 내용을 공개했다. 적극적인 치료에도 효과가 없는 말기환자나 말기 에이즈 환자, 2인 이상 전문의가 판정한 뇌사상태 환자, 수주 이내에 사망할 것으로 예상되는 임종환자, 그리고 3개월 이상 지속되는 식물인간 상태의 환자를 연명치료 중지 가능 대상자로 보았다.

환자와 가족이 요청하면 말기환자에 대한 심폐소생술과 강심제 투여, 심장박동을 되살리는 전기충격기, 인공호흡기 사용이 중단 또는 유보될 수 있다. 이 밖에 수혈, 항암제, 장기이식, 고단위 항생제 등도 중단된다. 다만 튜브를 통한 영양공급과 수액공급 등 일반적인 치료는 중지할 수 없다고 명시했다. 이를 위해서는 환자 스스로 연명치료를 원치 않는다고 결정했다는, 혹은 그런 의사를 가졌다고 추정할 만한 증거가 있어야 한다. 대표적인 형태가 '사전의료의향서'이다.

이보다 앞서 서울대학교병원에서도 의료윤리위원회의 승인을 거쳐 말기암환자의 심폐소생술 및 연명치료 여부에 대한 사전의료의향서 제도를 공식적으로 운용했다. 이에 따라 일부 말기암환자들은 본인의 의향서에 따라 연명치료를 받지 않고 삶을 마감했다. 국립암센터나 서울아산병원 등 대부분의 종합병원도 뒤를 이었다.

그러나 연명치료 거부 결정을 누가 하느냐로 항상 논쟁이 일었다. 서울대병원의 예에서는 사전의료의향서의 99%를 환자 본인이 아닌 가족이 작성했다. 의향서를 작성한 시점도 대부분 환자가 세상을 떠나기 일주일 전이었다. 환자가 혼수상태에 빠져 있는 상황에서 가족이 연명치료 거부를 결정하는 일이 관행처럼 돼버린 것이다.

의료현장에서 혼란을 막고 존엄사의 본래 취지를 살리려면 결국 사전의사결정제도 등 존엄사 관련 규정을 마련하는 것이 시급해졌다. 2009년 그해 봄부터 활발해졌던 국회의 입법 활동은 1년이 지난 2010년 봄이 돼서야 암관리법개정이라는 형태로 나타났다. 또다시 1년이 경과한 2011년 5월부터 가족 대리 결정도 법적 효력을 갖게 되었다.

그러나 암환자가 아닌 경우에는 어떻게 해야 하는지에 관한 문제가 생겼다. 다른 질병으로 인한 말기환자의 경우는 대리 결정을 법으로 인정하지 않았기 때문이다. 희귀병을 앓는 자식을 둔 아버지가 아들의 인공호흡기를 떼거나 뇌사한 엄마의 호흡기를 딸이 제거한 이야기는 언제라도 재발할 수 있었다. 그런 사건이 발생할 때마다 누가 누구에게 돌을 던질 수 있겠는가 하는 여론이 일다가 잠들곤 한다.

2009년은 우리에게 죽음이라는 참으로 무거운 주제를 던지며 생각하고 행동하게 만들었다. 달리 보면 우리가 이렇게 거칠게 죽어야 하느냐, 고통스러워하며 앓다 가야 하느냐 하는 물음을 늘 받게 되었다. 그러면 어떤 삶을 살아야 하지, 하는 의문으로 이어졌다. 결국 죽음은 삶에 대한 질문이었다. 그런데 우리는 삶의 질만 먼저 따지기 시작했다. 죽음의 질을 살펴보기까지에는 많은 시간이 걸렸다.

21세기가 열리면서 웰빙의 열풍이 불었을 때만 해도 잘 먹고 잘 사는 것이 웰빙인 것으로 여겨졌다. 그로부터 10여 년이 채 못 돼 웰빙이 그늘 속에 감추어져 있는 웰다잉을 찾아갔다. 웰빙이 웰다잉을 받아들이는 문화에 우리는 겨우 눈을 뜨게 되었다. 한국 사회에 이러한 미세한 변화를 촉발시킨 해가 2009년이었다.

그때까지 TV 드라마 시청률은 주인공의 죽음을 어떻게 다루느냐에 따라 달라지는 경우가 많았다. 걸핏하면 불치병 환자를 등장시켜 극적 효과를 노렸다. 특히 암환자는 반드시 죽는 것으로 묘사되는 장면이 수두룩해 같은 질병에 시달리고 있는 환자들의 심리적 의지를 꺾어버리는 일이 잦았다.

뉴스에는 온갖 끔찍한 일들뿐인데 자살과 타살, 사고사 등을 안방

극장에 쏟아내 죽음을 방송의 도구로 삼는다는 비판을 불렀다. 드라마에 몰려오는 죽음은 추억하기 싫고 오직 두려움의 대상이 되었다. 끊임없이 눈물샘을 자극하는 주인공 죽이기에 열심이었지만 항상 시청자의 몰입을 유인하는 데 성공하는 것은 아니었다. 죽음의 방식이 달라지고 있었기 때문이다. 편안하고 아름다운 인생 마무리를 바라는 사람들이 늘어나고 있다는 것을 눈여겨보지 못했다.

존엄사 판결을 전후해서 '나는 이런 죽음을 바란다'고 선언하는 행사들이 전국 곳곳에서 개최된 것만 보아도 시대의 흐름을 감지할 수 있었다. 이른바 죽음의 자기결정권을 행사하기 위한 시민강좌가 곳곳에서 열렸다. 나중에는 지방자치단체가 주관하는 모임으로 점차 확대되면서 나는 웰다잉 강사라는 이름으로 이곳저곳에 불려 다녔다.

무의미한 생명 연장치료를 바라보는 언론의 시각이 달라진 것은 예전에 기대하지 않았던 변화였다. '존엄사'와 '소극적 안락사' 사이에는 애매한 경계선이 항상 존재했다. 그러나 모든 존엄사를 무조건 소극적 안락사로 몰아가거나 존엄사 자체를 충분히 이해하지 못해 오보가 빚어지는 해프닝이 크게 줄어들었다.

청빈과 무소유, 법정 스님의 입적

그해 전재희 보건복지부 장관은 간암으로 투병 중인 남편의 간병을 위해 병원에서 밤을 새우는 일이 잦아졌다. 낮에는 정부청사에서 일하고 밤에는 남편 병실을 찾았다. 이대로 남편을 보낼 수 없다는 심정에서 그는 장관과 아내의 힘든 역할을 다 해냈다. 암환자와 가족의 애환을 그는 절실하게 느꼈을 것이다.

그 시기에 국립암센터는 몇몇 드라마 작가들을 초청해서 말기암환자들이 어떤 삶을 사는지를 엿볼 수 있는 '죽음의 견학'을 시도한 적이 있었다. 판사로부터 사형선고를 받은 죄인처럼 말기환자를 그리지 말 것과, 그들의 투병 의지를 짓밟는 무신경한 대사가 없도록 신경 써달라는 요청을 담았다. 죽음 안에는 우리의 삶에 뭔가를 남기고 떠나는 깨우침이 있다는 교훈을 선물로 주었다. 나는 그들이 또 다른 드라마를 통해 시청자에게 좋은 삶의 선물을 다시 돌려주었는지를 알지 못한다.

존엄사 가이드라인이 만들어짐에 따라 사전의료의향서를 작성하는 시민들이 증가하고, 각 병원의 윤리위원회가 환자 측의 입장에 더욱 주의를 기울이면서 확실히 세상은 달라져 갔다. 환자도 품위 있게 죽을 권리를 보장받아야 한다는 소리가 높아진 것이다. 몇 년 후에는 정부의 질병관리본부와 연세대보건대학원이 주최한 '질병과 고통, 의료의 인문학적 접근'이라는 좌담회에 의사들과 문화인들이 참석해 죄지어 암에 걸렸다고 여기는 환자들의 마음을 치유하는 방안 마련을 서둘렀다.

치료의 마지막 단계에서 연명치료 중단을 희망하는 사람들은 늘어났으나 이를 뒷받침할 법 제정은 계속 더뎠다. 2013년에야 대통령 소속 국가생명윤리심의위원회가 연명의료 결정에 관한 권고안을 발표하고, 제도 정착을 위해 특별법 제정을 정부에 권고하기에 이르렀다.

인간의 존엄과 사랑을 강조하던 김수환 추기경이 선종하고 1년이 지난 2010년 3월 법정 스님도 입적하면서 청빈과 무소유, 웰다잉을 화두로 남겼다. 그들은 똑같이 아름다운 마무리로 우리의 찌든 일상을 깨웠다. 우리는 지칠 때 그들에게 기대며 마음의 양식을 찾았다. 그들의 강렬한 메시지가 죽음 앞에서 더욱 빛났다. 서울 성북동에 있는 길상사 꽃길에는 아름다운 마무리에 대한 법정 스님의 어록이 이렇게 팻말에 적혀 있다.

"우리들이 어쩌다 건강을 잃고 앓게 되면 우리 삶에서 무엇이 본질적인 것이고 비본질적인 것인지 스스로 알아차리게 된다. 무엇이 가장 소중하고 무엇이 그저 그런 것인지 저절로 판단이 선다. 그동안 자신이 살아온 삶의 자취가 훤히 내다보인다. 값있는 삶이었는지 무가치한 삶이었는지 분명해진다."

2009년은 죽음을 홀대했던 지난 세월에 대한 반성이 앞섰다. 삶도 더 진지해졌다. 우리는 자신도 모르게 모두 전환점에 서 있었다.

죽음을 넘어서는 사회

하늘로 가버린 딸과의 약속, 정은주 교사

아이를 잃어버린 부모는 가슴 한쪽이 없다. 상실감에 가슴 반쪽이 떨어져 나간다. 경기도 고양시에 사는 정은주 교사도 빈 가슴으로 산다. 7년 전 세 살 된 딸을 뇌종양으로 떠나보낸 뒤 고등학교 교사직을 그만두었다. 세월이 가도 어디서나 마음 붙이기가 어려웠다. 그가 어느 날부터 텅 빈 가슴에다 사랑을 채워넣기 시작했다. 연속해서 네 차례나 웰다잉 교육을 받으며 자신의 삶을 아끼는 사랑을 배우고 있었다. 나는 2년 전 그가 우수에 찬 모습을 털어내고 당당하게 살아가는 현장에 있었다.

그는 중환자실 침대에 묶여 있던 딸에 대한 잔인한 기억을 지워나가면서 똑같은 처지에 있는 다른 부모들의 슬픔을 치유하는 교육을 해야겠다고 마음먹고 있었다. 중고등학교 학생들에게도 죽음교육이 필요하다는 믿음이 굳어져 있었다.

"어린 시절부터 죽음을 이겨낼 힘을 길러주는 교육이 정말 필요해요. 제가 몸으로 겪어보니 그런 교육의 힘이 있어야 되겠다는 것을 알았어요. 우선 대안학교에 가서 그걸 가르쳐보고 싶어요. 세계 각국의 어린이들은 어떻게 죽음교육을 받고 있는지 자료도 수집하고 있어요. 앞으로 내 삶은 아이 잃은 부모를 위해 사는 것이지요. 하늘로 가버린 제 아이와의 약속이기도 하고요."

우리나라 공교육에서 죽음을 가르친다는 것은 상상할 수 없는 일이다. 정부에서조차 죽음 이야기를 터부로 여기는데 이를 학생들 앞에서 꺼낸다는 것은 큰일 날 일로 여겨졌다. 그가 고등학교 교사직까지 내던지고 혼자 이런 계획을 추진한다는 말에 내 귀를 의심했다. 그냥 하는 이야기겠지, 하고 흘려들었다. 어느 날 그가 나에게 던진 말을 기억해냈다.

"딸의 유골을 대관령 골짜기에 날려 보낸 후 학교에 사표를 제출했을 때의 기억이 새롭습니다. 그 무렵에는 교단에 설 힘이 없었어요. 하늘로 가버린 아이가 항상 눈앞에 어른거렸지요. 그 아이의 사진으로 어른이 된 모습을 시뮬레이션 하는 프로그램에 잠시 눈을 팔며 딸을 그리워했으나 그것마저 그만두었습니다. 그런데 이 땅에서 딸의 생명은 끝났지만 나 자신 안에서 되살아나는 질문이 있었습니다. 아이의 삶에 어떻게 답해야 할까, 하는 것이었습니다."

나는 자주 그에게 전화를 걸었다. 그가 나에게 했던 말이 그저 허망한 심정을 일으켜 세우기 위한 것이었는지, 아니면 새로운 삶을 알차게 그려가려고 했는지 궁금했기 때문이다. 그러나 딸아이의 삶에 대한 해답이 무엇인지 물을 수는 없었다. 그는 작년 늦가을까지도 죽음교육을 할 수 있는 현장을 물색하고 있었다. 올봄에 그가 한 대안학교에서 드디어 소망하던 웰다잉을 가르친다는 이야기를 들은 후 나는 그의 교육현장으로 발걸음을 옮겼다.

서울 북부의 고양, 일산, 파주 지역에는 대안학교가 많이 몰려 있다. 상대적으로 문화 교육 수준이 높은 중간 소득층 부모들이 입시 위주의 공교육에 반발해 자녀들에게 대안교육을 시험하고 있는 곳이다. 홈스쿨링을 시도하며 고군분투하는 부모들도 있다. 나는 경기도 북부의 한 지하철역에 내려서 작은 숲을 지나고 십여 군데의 농원을 거쳐 2층 가건물에 들어섰다.

영화 〈굿바이〉와 대안학교 학생들

세월호 참사 소식으로 모두가 우울해 있지만 봄기운은 산골짜기마다 넘쳐흘렀다. 대안학교를 선택한 학생들의 편안한 교육을 위해 나는 그들이 공부하는 장소를 구태여 여기에 밝히고 싶지 않다. 휴식시간을 이용해 30여 명의 학생들이 데스크톱에서 집시 음악을 끌어내 흥겹게 듣고 있었다. 중고등학교 5년 과정의 학생들이었다. 남자 고교생 한 명은 골프 샷을 할 때 사용하는 티를 양쪽 귓불에 뚫린 작은 구멍에 꽂고 있었다.

"골프 티가 이렇게 훌륭한 액세서리가 될 수 있구나. 잘못하면 티가 목을 찌르겠다." 하고 내가 말을 걸었다.

"아, 그런 적 없어요."

유쾌하게 터뜨리는 그의 웃음소리가 내 마음을 가라앉혔다.

정은주 교사의 웰다잉 교육이 시작되었다. 중1 남학생과 고1 남녀 학생 각 한 명, 중3 여학생 한 명이 새 학기부터 이 과목을 선택했다. 학생들의 책상 위에는 리처드 도킨스의 『이기적 유전자』라는 제목의 영어 원서와 『세계 종교 둘러보기』 등 상당한 이해력을 요구하는 책들이 놓여 있어 나는 약간 놀랐다.

정 교사는 지난주에 여러 해외 유명 인사들의 묘비명과 유언에 대해 토론한 후 학생들 스스로 자신의 묘비명을 만들도록 주문했다고 한다. 한 학생은 '와준 거야?' 다른 학생은 '내일 아침 8시에 나를 깨워주세요'라는 묘비명을 내놓았다. 나이에 맞지 않게 냉소적이고 시니컬한 반응도 없지 않지만, 자신의 죽음을 일상적인 것으로 받아들이거나 가볍게 접근하며 멋도 부리는 것 같다고 정 교사는 설명했다.

지난주에 이어 이번에도 영상을 통한 죽음교육이 시작되었다. 일본 영화 〈굿바이〉의 후반부가 돌아갔다. 잘나가던 첼리스트가 오케스트라단 해체로 백수가 된 후 여행 도우미를 모집하는 한 회사에 취직한다. 그런데 알고 보니 장례회사의 염장이 일을 해야 하는 곳이었다. 주인공이 그 일을 감수하면서 삶을 깨닫기 시작한다. 이날 영화는 그동안 매우 불편한 관계에 있었던 자신의 아버지 시신을 염하는 장면부터 나왔다. 아들은 아버지의 수염을 깨끗이 밀어준 후 입관까지 한 다음 옛 추억에 잠긴다.

그 장면에서 고1 남학생이 갑자기 물었다.

"죽은 사람에게 영혼이 있을까?"

"영혼은 없어." 중1이 잘라 말했다.

"그렇다고 판단하는 근거가 뭐지? 영혼이 없다면 화학적인 뇌의 작용이 있는 것일까. 사후세계를 보고 왔다고 주장하는 사람도 있는데 그건 어떻게 설명하지?"

고1이 중1을 쳐다보며 말을 이어간다.

"넌 나보다 3년 아래야. 사람이 죽기 전에 환각이 생길 수도 있지 않아? 내가 이해할 수 있도록 너 설명할 수 있어?"

사사건건 따지는 말투였다.

"내 사촌의 친척이 사후체험을 했다는데 어디선가에서 꽃동산을 둘러보고 난 후 깨어났다는 이야기를 전해 들었어."

"그건 물리적인 현상이겠지. 산소 부족 때문에 생기는 현상일 수도 있고 아니면 호르몬 문제로 영향을 받았을지 몰라."

"영혼이 없다는 걸 전제로 말한 거야? 학문하는 사람이 뭘 정해놓고 말하는 건 문제가 있어."

"일단 가설을 세워서 관찰하는 단계를 거쳐야지." 고1 여학생이 끼어들었다.

세월호 참사가 일깨운 것

꽤나 흥미로운 대화가 전개되었다. 죽음을 다루는 영화를 보다가 영혼 문제로 넘어가고 다시 학문하는 자세가 무엇이어야 하는지를 이야기하기 시작했다. 선생은 학생들의 지원 요청이 있을 때까지 토론에 끼어들지 않았다. 학생들은 데카르트와 피타고라스의 철학까지 살짝 건드리고 지나갔다. 나도 어리둥절할 정도의 이야기가 튀어나왔다.

그러더니 잠시 후 양자역학으로 넘어갔다. 나는 더욱 구미가 당겼다. 중1의 말수가 줄어들었다. 참견하기에는 대화 내용이 너무 어렵다고 여긴 모양이었다. 이들의 호기심이 도대체 어디로 흘러갈지 짐작조차 할 수 없는 지경이었다.

"자꾸 이야기를 그렇게 넓혀가면 마침표보다 물음표가 더 많아져." 하고 고1 남학생이 스톱을 걸었다. 고1 여학생이 새침해졌다. 학생들의 토론을 지켜보던 정 선생이 빙긋이 웃으며 거들었다.

"물음표가 많다는 건 아주 희망적인 일이야. 그런데 이 문제는 우리들이 다루기엔 좀 어려워. 여기서 우리들의 문제로 한번 넘어가 보면 어떨까. 한 달 전에 발생한 세월호 참사 말인데 거기에서 우리가 보고 느낀 걸 이야기해보면 어떨까 하는데……."

정 선생은 중1을 지목했다.

"너 어떤 생각을 했지?"

"엄청 큰 사건이었어요."라고 말하며 잠시 생각을 가다듬는다.

고1이 갑자기 휘파람을 불었다.

"야, 큰 사건의 정의가 뭐야?"

"많은 인명 피해가 났고 재산상 손해도 엄청났잖아. 그러니 큰 사건이지."

"우리나라 청소년 교육비가 얼마인지 알아? 1인당 2억 원이나 든다고 하잖아. 그러면 희생 학생들 수에다 곱하기 2억 원 해봐. 그 총액이 얼마야. 그뿐인가. 희생자 중에 몇몇 사람은 나중에 뛰어난 인물이 될 수도 있어. 알파에 해당하는 그 손실도 감안해야 돼. 거기에다 정신적 보상과 치료비 등을 따지면 엄청난 액수를 우리가 날린 거야.

그래서 큰 사건이지."

고1 남학생이 낱낱이 따진다. 철저하게 감정이 배제된 것처럼 보인다. 아니, 감정을 자제하고 있는 건 아닐까, 하고 나는 생각했다. 자신이 더 이지적인 사람인 것으로 과시하고 싶은 욕심도 있을 것이다. 학생들의 대화 내용이 어른들 수준보다 깊고 차갑다는 느낌을 지울 수 없었다. 대안교육을 받는 학생들에 대한 나의 선입관이 무너지기 시작했다. 그들의 학력이나 사고 수준이 입시준비에 몰입하고 있는 특수학교보다 낮을 것이라고 여겼던 나의 관점이 몹시 부끄러웠다.

고1 여학생이 입을 열었다. 그런데 매우 시니컬한 말을 던졌다.

"세월호 참사가 났는데 선장이 도망가고 책임지는 사람도 없고 한심하다고 느꼈어요. 이런 나라에 태어난 게 부끄러워요. 정말 쪽 팔려요. 부모님도 다른 나라로 이민 가고 싶어 했어요."

"그런데 어느 나라로 가지?" 선생님이 물었다.

"말은 그렇게 했지만 사실 못 떠나지요. 가긴 어디로 가요. 갈 데가 없잖아요."

"화성으로 가면 어때?" 고1 남학생이 거들었다.

"어지간한 나라 둘러보아도 다들 문제투성이잖아요. 그래서 막막하긴 해요." 고1 여학생이 입을 삐죽거렸다.

"인간으로 태어난 게 후회돼." 중3 여학생이 말했다.

"그런데 책임을 누가 져? 정부 여당인가? 야당은 자기네들이 여당일 때 뭘 했지?"

"그렇게 자꾸 돌리게 되면 책임질 사람이 없어져. 모두의 잘못이니까."

"희망이 없는 거야. 우리에겐."

"그래도 온라인에 아무렇게나 막말하는 사람들 꼴도 보기 싫어."

학생들의 이야기가 갈수록 흥미를 끌었다. 세상의 흐름을 나름대로 꿰고 있었고 생각도 균형점을 갖추고 있었다.

웰다잉 교육이 두 시간을 가득 채우자 정 선생이 학생들 이야기를 정리해주었다. 세월호 침몰 사건을 통해서 생명이 얼마나 소중한 것인지를 다시 알게 되고 그 생명을 지키기 위해 사회가 해야 될 일이 무엇인지를 생각해야 한다고 말했다.

내가 만약 세월호 선장이었다면……?

일주일 후에 나는 다시 이 학교에 나타났다. 학생들의 수업을 한 번 더 참관하고 싶다고 정은주 선생에게 부탁했다. 정 선생은 웰다잉 교육에서 한 시간을 떼어줄 테니 학생들과 직접 대화를 해보라고 말했다. 발랄하고 개방적이며 때로는 멋대로라는 느낌과 냉소적인 태도가 섞인 학생들과 이야기를 나눈다는 것도 매우 흥미 있는 일이었다.

내가 교실에 들어섰을 때 고1 남학생이 보이지 않았다. 데카르트와 피타고라스 철학을 꺼내든 아이였다. 친구들과 다투다가 거친 언어 때문에 학교 측으로부터 '자기반성'을 하는 시간을 갖게 되었다는 설명을 들었다.

학생들 앞에 앉자마자 나는 지난 시간에 정 선생이 질문했던 이야기로 되돌아갔다.

"세월호 참사가 발생한 데는 여러 가지 이유가 많이 나오고 있지만 너희들이 만약 세월호 선장이었다면 어떻게 했을까, 나는 그게 궁금해." 나는 중1 남학생을 가리켰다. 아주 귀엽게 생긴 소년이었다.

"저는 도망칠 것 같아요. 우선 무서우니까요."

다른 학생들이 깔깔 웃어대자 중1은 얼굴이 새빨개졌다. 거친 바다 위에서 세찬 파도가 일고 사람들은 아우성치며 배는 기울어지고…… 하는 장면이 연상되면서 겁부터 날 것이다. 무서워서 우선 도망칠 것이라는 중1의 답변을 이해하는 반응이 고1 여학생에게서 나타났다.

"그렇겠죠. 그런데 본능적으로 모두가 공포에 휩싸여도 선장은 정신 차려야죠. 승객들을 구조하지 않고 배 안에 갇힌 채 놔두고 도망칠 수는 없는 일이에요."

"특히 학생들이 희생되도록 내버려두지는 않을 거 같아요. 선장으로서 결코 가만있을 수는 없잖아요." 중3 여학생이 말했다.

"그런 생각이 어디서 나오는 것일까?"

"선장이라는 책임감이 본능적으로 작동한 것이겠지요."

"그런데 이번 실제 사건에서는 선장의 책임감이 작동 안 했거든."

"평소에 깨닫지 못했기 때문이 아닐까요."

"너희들은 웰다잉 공부를 하고 있잖아. 이제 3개월이 다 차가지만. 우리나라에서 그런 교육을 받는다는 건 아주 특이한 일이야. 웰다잉 공부를 하면서 너희들은 뭐가 달라졌을까 나는 그게 궁금해."

"두려움이 많이 없어졌어요. 삶이 중요하다는 걸 깨달았어요." 중3 여학생이 말했다.

"죽음을 다각도로 보게 됐어요. 아, 이 죽음은 이렇고 저 죽음은 저렇고 하는 식으로 들여다보게 됐어요."

고1 여학생의 설명이었다. 나름대로 여러 가지 죽음을 보면서 어떤 것이 삶에 교훈적인지를 이해한다는 것이다.

"너희 친구들은 어떤 반응을 보이지? 웰다잉 공부를 하고 있다는 것에 대해."

"뭐야, 하고 뜬금없다는 친구도 있고 야, 재밌겠다고 말하는 친구도 있어요."

"그래서 어떻게 설명해? 나라면 이렇게 하겠어. 웰다잉은 내가 하고 싶은 공부 하고 놀고 일하면서 재미있게 사는 거다, 그게 내 삶이야, 그런 보람된 인생이 언제 맞게 될지 모를 죽음에 대한 준비야, 이런 걸 선생님하고 이야기하면서 배우는 것이 웰다잉 공부라고, 삶에 대해 자신을 갖게 하는 공부라고, 그렇게 설명할 수 있지 않을까?"

"스티브 잡스의 연설문을 배운 적이 있었는데 거기에도 그와 비슷한 메시지가 있었어요." 중3 여학생이 말했다. 애플의 최고경영인이 스탠포드대학 졸업식에서 죽음에 대한 자신의 각오를 털어놓은 이야기를 꺼냈다.

"너희들은 이미 스티브 잡스를 포함해서 저명인사들의 묘비명이나 유언까지 공부했잖아. '언제 시작해도 늦는 법은 없다. 일단 시작하면 열심히 하라'는 것이 그들이 남긴 인생의 알맹이였지 않나?"

학생들은 고개를 끄덕였다. 나는 다른 질문을 던졌다.

"그런데 집에 돌아가서 웰다잉 공부에 대해 엄마 아빠한테 이야기해본 적 있어?"

"별로요. 학교에서 이러이러한 공부를 했어요, 하면 아, 그래 하는 짤막한 반응밖에 없어요."

중1 남학생의 이야기였다. 그런데 나머지 학생들도 비슷했다. 부모들이 자녀들과 이에 대해 이야기를 나눌 만한 여유가 없거나 관심이 부족한 것처럼 느껴졌다. 아, 그래, 하는 부모들의 답변이 그나마 따뜻하게 느껴졌다. 죽음은 그저 죽음만으로 그늘에 감추어지고 삶으로 연결되지 못한 채 밥상머리에 올라가지 못하고 있다는 기분이 든다.

"너희들 죽음을 본 적이 있어?"

"우리 집 수조에 있는 물고기가 죽은 걸 봤어요. 하루에 두 마리씩 죽은 적이 있어요. 슬퍼할 겨를이 없었어요." 중1 남학생이 느닷없이 물고기 죽음을 꺼냈다. 나머지 학생들이 뜨악한 표정을 지었다.

"아니, 물고기 말고 사람은?"

"없어요. 증조할머니 돌아가실 때도 얼굴을 못 보게 했어요."

"왜?"

"그냥 못 보게 했어요."

"할머니 돌아가실 때 눈물도 안 나왔어요. 입관할 때도 보여주지 않았고요." 하고 고1 여학생이 말했다. 그리고 한참 뜸을 들이고는 "사람들이 참 다양하게 가는구나, 하는 느낌이 들었어요."

고통의 세월이 만든 강한 엄마,
강한 여성

학생들의 반응이 의외로 차갑다. 죽음이 오감으로 파고드는 경험이 아직은 없다. 그러나 단순히 경험의 문제가 아니다. 생활 주변에 죽음이 있기는 한데 그게 모두 남의 일인 것이다. 하다못해 내 가족의 한 사람이었던 할머니 할아버지의 죽음에도 깊은 슬픔조차 느끼지 못하는 것 같다. 건강해 보이는 몸이, 메마른 땅에 뿌리를 박고 있는 것처럼 이중적이다. 나는 한 걸음 더 나아가서 청소년 자살 문제를 꺼냈다.

"청소년 자살 사건이 발생할 때마다 가정, 학교, 사회가 모두들 야단법석이잖아. 어떻게 생각해?" 하고 물었다.

"왜 목숨을 끊어야 하는지 알 수가 없어요." 중1이 말했다.

"나는 적극 말리겠어요. 친구가 만약 그럴 위험이 있어 보인다면 불러서 말하겠어요. 야, 네가 살 이유가 없다면 그 이유를 대봐. 100가지를 대보란 말이야, 하고요. 그렇게 해서 말문이 트이면 얘가 헛소리까지 하겠지요. 그러다 보면 진짜 이유를 캐낼 수 있을 거예요. 그때 도움을 줘야지요."

학생들과 대화하는 데 한 시간이 훌쩍 지나가 버렸다. 정은주 선생이 나머지 한 시간 수업을 끝낸 뒤 나는 그에게 웰다잉 교육 이후 학생들의 생각이 어떻게 달라졌는지를 가늠할 수 있느냐고 물었다.

"학생들의 가치관이랄까 생각을 정리하는 기초를 다지는 데 도움이 됐다고 봅니다. 학기말에 학생들로부터 피드백을 받아봐야 알겠지만 지금까지 그들의 의식에서 작은 변화가 눈에 띄어요. 죽음을 다룬 몇몇 영화를 보고 토론하고 의문을 제기하고 의견을 정리하는 과정에서 스스로 성찰하는 모습이 엿보였어요."

"고등학교에서 오랫동안 제자들을 길러낸 입장이신데 만약 자신이 세월호 참사를 겪은 안산 단원고등학교 교사였다면 학생들을 어떻게 치유해나가는 게 좋다고 보세요?"

"우선은 치열한 애도 과정을 밟을 수밖에 없지요. 마음을 가라앉히면서 같이 책을 읽고 적절한 영화를 함께 골라 보며 눈물 흘리는 모임을 갖지 않을까요."

"학생들과 같이 배를 탄 교사였다면?"

"대답하기 어려운 질문입니다. 절체절명의 순간에 개인이 보이는 행동은, 편한 자리에서 상상하는 행동과는 매우 거리가 있지요. 다만 지난 교직생활을 통해 추정해보자면 저는 아이들 속에 묻혀 있었을 것 같습니다. 교사들과 함께 있을 때보단 늘 그쪽을 선호했기 때문에요. 그러나 모든 상황을 파악하고 죽음이 목전에 있다고 생각했다면 과연 이타적으로 행동할 수 있었을까요? 구명조끼도 없이 사고현장으로 다시 헤엄쳐 들어간 학생처럼 행동할 수 있었을까요? 대답하기가 정말 자신 없습니다. 침몰되는 배에서 구조된 후 죄책감에 못 이겨 스스로 삶을 등진 단원고 교감선생님의 심정엔 진정으로 깊은 공감이 갑니다."

"자신이 여러 차례 웰다잉 교육을 받고 또 학생들을 위한 수업도 계속하는 동안 자신의 삶은 어떻게 달라져 가고 있어요?"

"계속 기뻐하는 삶을 살게 될 것 같아요. 공교육에서 하기 힘들었던 토론과 글쓰기 수업을 하면서 저 자신도 계속 성장하겠지요. 그래서 사람은 죽을 때까지 성장하는 존재라는 것을 다음 세대에게 보여주고 희망을 주는 이로 늙어갈 수 있다면 행복하겠습니다. 어떻든 저는 웰다잉 수업을 통해서 아이들에게 크고 작은 상실을 이겨내고 사별에 대한 애도와 치유 방법을 이해하도록 가르치고 싶습니다. 지금 아이들에게 주어진 유일한 시간의 의미를 깨닫게 하는 것이 중요하지요. 삶을 매우 소중하게 여기도록 하겠어요."

공교육에서 불가능하다면 앞으로 대안학교에서 웰다잉 수업을 더욱 늘려가는 데 정성을 다하는 것이 그의 꿈이다. 칼날 위에 서 있는 듯한 고통의 세월을 보낸 후 강한 엄마, 강한 여성으로 변모한 그를 대면하는 것은 언제나 즐거운 일이었다. 죽음을 넘어서서 소중한 삶을 갖도록 가르치는 것이 잃어버린 딸의 인생에 대한 해답이었다는 것을 나는 알아차렸다. 그의 딸은 어떻게 세상을 떠났을까.

"7년 전 세 살 된 딸을 치료하기 위해 제가 다녀보지 않은 병원이 없어요. 서울의 큰 병원은 다 찾아다녔지요. 의사들은 아이의 뇌종양을 치료하기 위해 우선 머리를 열고 수술해야 한다고들 했어요. 중환자실에서 다른 아이들이 팔다리가 묶여 있는 현장을 목격했는데 그 침대에 우리 아이도 눕게 될 것이라고 생각하니까 눈앞이 캄캄해졌어요. 상상하기 싫은 장면이었어요. 거기에다 수술에 대한 구체적인 설명도 듣기 어려워요. 어떤 병원에서는 '아이 수술하면 죽어요.' 하고 겨우 한마디 해줬어요. 아이가 너무 어려서 수술을 할 수도 없고 치료효과도 없다는 뜻이겠지요. 의사가 그렇게 딱 잘라 이야기하는데 그다음 대책이 없었습니다. 아이에게 방사선 치료도 할 수 없고 그냥 모든 게 고통스러운 삶의 연장이라고 느껴졌어요. 그런데도 우리 아이에게 자꾸 수술하자고 하는 의사도 있었어요.

처음에는 어쩔 수 없이 아이를 중환자실에 두었어요. 면회 시간에 아이 얼굴만 쳐다보고 나오고 또 그렇게 하고. 어느 날 내 아이의 삶이 저런 식으로 끝나도록 해서는 안 되겠다는 생각이 들었습니다. 내가 집에서 간병하면서 아이와 마지막 시간을 보내겠다는 마음을 단단히 먹었습니다. 의사들에게 퇴원시켜 달라고 했는데 묵묵부답이었습니다. 위험하다는 거지요. 그러다 간신히 퇴원 승낙을 받아 집에서 간병하기 시작했습니다.

호스피스 수녀님의 도움도 받았습니다. 딸아이가 집에 와서는 죽도 먹고 인형을 안고 놀았는데 그 행복한 시간을 저는 어제 일처럼 기억하고 있어요. 아이에게는 마지막 시간이었지만. 시간이 흐르면서 아이의 의식이 떨어지기 시작했어요. 어느 날 자는 듯이 세상을 떠났습니다. 퇴원하고 두 달 후였어요. 그래도 그 아이를 엄마 아빠 옆에서 지낼 수 있도록 한 게 정말 잘한 일이라고 생각합니다. 아이의 마지막 삶을 위해서요. 만약 병원 중환자실에 계속 있었다면, 하고 상상해보기도 하는데 정말 싫었어요."

늘어나는 어린이 암환자

나는 서울의 종합병원에 있는 어린이 병동에 들를 때마다 눈물을 흘리지 말아야겠다고 다짐하고 또 다짐한다. 엄마들이 부스스한 얼굴로 앉아 있는 중환자실 대기석은 세상을 들여다보는 창문이다. 공기는 무겁고 탁하게 느껴진다.

수간호사를 따라 중환자실에 들어섰다. 다섯 개의 침대에 누워 있는 어린이 환자들. 한 아이의 울음소리가 요란하다. 세 명의 어린이는 팔다리가 묶여 있다. 줄줄이 달아놓은 링거 줄이며 영양제, 항생제 등의 튜브를 잡아당기지 못하도록 하기 위해서다. 온종일 잠만 자는 아이들도 있다.

20분 짧은 면회 시간에 엄마 아빠가 아이에게 사랑을 전달할 수 있는 유일한 소통방식은 팔다리를 만져보는 일뿐이다. "아니, 우리 애가 꼭 이렇게 살아야 해?" 하며 한숨 쉬는 엄마의 하소연을 자주 듣는다고 간호사는 말한다. 어느 때쯤 아이들은 엄마도 불러볼 틈도 없이 바람처럼 떠나버린다. 그들을 어린 천사라 부르기에는 너무나 처량하다. 그런데도 엄마 아빠 들은 어쩌지를 못하고 중환자실 밖에서 절망의 시간을 보내고 있다.

일본 오사카 히가시요도가와에 있는 어린이 전용 호스피스 병동은 환자들에게 결코 항암제 등을 주사하지 않는다. 통증 완화의료와 함께 재활치료가 중심이다. 지금까지 어른들 틈에 끼어 치료를 받아온 소아 말기환자들을 2년 전부터 따로 보호하는 이 병동은 벌써 만원사례이다.

어린이 암환자가 계속 늘어나 정부도 민간 의료기관에만 의지할 수 없었던지 전국 10여 군데 병원에 별도의 소아 호스피스 병실을 마련하도록 주선하겠다는 방침을 서둘러 발표했다. 학교 선생님도 친구들도 시간제한 없이 환자를 면회하고 선물을 주고받으며 즐거운 시간을 보낼 수 있도록 환자 치료 스케줄이 짜여 있다. 부모들은 자녀와 병실에서 같이 잘 수 있다. 음악과 미술 치료사들도 어린이 말기환자들과 함께 시간을 보낸다. 삶과 이별하는 시간은 가까워지지만 아이들은 미래를 짐작하지 못한 채 즐겁기만 하다.

부모들은 눈물을 감춘다. 세상과 하직하는 연습시간이다. 일본의 공영방송인 NHK는 가끔 어린이들의 암 투병을 둘러싸고 가족이 어떻게 죽음을 받아들이고 있는지를 방송한다. 그것도 가장 시청률이 높은 저녁과 아침 시간대에 프로그램을 편성한다. 어린이에게도 어른에게도 죽음은 삶의 일부이기 때문이다.

그러나 우리나라의 어린이 말기환자들은 대부분 이와는 다른 세상에서 지내고 있다. 치료에만 매달리다가 고통스러운 모습으로 세상을 떠나는 일이 너무 많다. 가엾은 아이들이다.

멋있는 죽음은 없다

작가 복거일의 소중한 죽음관

지난봄에 이름 있는 작가 복거일 씨가 암에 끌려다니기 싫다며 병원 나들이를 거부한 사실이 알려지자 모두들 놀란 표정을 감추지 못했다. 치료받느라 삶의 마지막 부분을 허비하고 몸까지 쇠약해지느니 차라리 집필에 열중하겠다는 그의 선택에 많은 사람들이 충격을 받았다. 증상에 따라 항암제나 방사선 치료 등을 받고 있는 사람들은 요즘 생각이 많아졌다. 수술을 경험한 환자들의 속마음도 복잡하다. 나는 암 치료 중인 환자들을 만날 때마다 그들이 크고 작은 바람에 심하게 흔들리고 있다는 것을 알았다.

2009년 서강대학교 장영희 교수가 암 투병 중 마지막까지 아름다운 시로 환자들을 위로하다 세상을 하직했을 때 이제 자신들의 운명조차 이끌어갈 힘을 잃었다고 애달파하던 사람들의 이야기에 귀를 기울였다. 웰다잉 강의에 참석했던 한 중년여성도 환우 모임에 갔다가 장 교수의 임종 소식을 듣고 눈물 흘리며 헤어졌다는 뒤 소식을 전해주었다. 그로부터 5년 뒤인 지난 5월 초순 서울 대학로에서 장영희 교수와 절친했던 화가 김점선의 5주기를 맞아 열린 시화전에서 나는 바로 그 두 여성과 깜짝 마주쳤다. 그들에게 희망을 불어넣어 주던 장영희에 대한 향수를 잊지 못해 먼 발걸음을 했노라며 그간의 투병생활 경과를 설명해주었다. 연락이 닿은 당시 환우들 가운데 일부는 장영희-김점선 전시회를 빌미 삼아 대학로에서 재회의 기쁨을 나누며 서로를 격려하는 것을 잊지 않았단다.

나는 이와 비슷한 또 다른 환우들도 알고 있다. 제대로 통증치료를 받지 못했던 가수 길은정이 마지막 방송을 끝내고 번개처럼 하늘 속으로 숨어버린 2005년, 그의 라디오 복음에 목이 메던 환자들의 통곡도 들었다. 매일 저녁 병원 휴게실에서 그의 방송을 들어오던 환자들이 그의 사망 뉴스를 듣고 놀란 장면을 목격했다. 환자들은 늘 선두에 자신을 끌고 갈 대장을 내세우는 졸병들이었고 숲 속의 난쟁이들이었다. 씩씩하게 앞서 가는 투병대장의 뒷모습을 보며 밥을 먹고 잠을 자고 꿈을 꾸는 게 아닐까 생각될 정도로 누군가에게 절대적으로 의지하는 사람들이 꽤 있었다.

그런데 복거일 씨를 대장으로 내세운 환자들이 나타나고 있다. "나도 그처럼 내가 하고 싶은 일을 하다 죽음을 맞이하리라."고 다짐하는 사람을 만났을 때 나는 그의 인생 스케줄이 보람된 일로 채워져 가고 있는 것인지 아니면 그냥 멋을 부리는 말투인지를 궁금한 시선으로 들여다보곤 했다. 나는 단연코 아름다운 인생 마무리 시간표에 관심이 쏠린다. 소설가 복거일 씨가 건강 상태에 따라 다른 결정을 내린다 해도 생명에 대한 그의 존엄은 결코 부스러지지 않을 것같이 단단한 기반 위에 서 있다는 느낌을 준다. 지금까지 그의 삶이 그랬던 것처럼 그의 죽음관도 그의 가치관에 따라 결정될 것이다.

그렇다고 해서 준비되지 않은 사람들조차 복거일 씨처럼 치료를 거부하는 것이 어떻겠느냐며 가볍게 여기는 것은 어찌 보면 삶과 죽음을 모독하는 일이다. 그들이 생각하는 것은 결코 존엄한 죽음도 아니고 멋있는 죽음도 아니다. 복거일 씨를 대장으로 삼고 싶어 하는 환자들이 있다면 그의 생사관을 비틀지 말고 삶을 소중히 여기는 일부터 배워야 할 것 같다.

역사학자 박병선의 아름다운 이별

장영희 교수나 김점선 화가도 삶을 매우 소중히 여기며 투병하다 우리와 이별했다. 두 사람 다 우리들에게 '암에 걸리고 나니 모든 것을 새롭게 배운다'는 말을 남겼다. 열심히 살다가 연명치료 없이 떠나는 모습이 아름다워 시화전까지 열어가며 그들을 추억하고 있는 것이다.

프랑스 문화권에서 오랫동안 살았던 우리나라 역사학자 박병선 박사가 3년 전 파리에서 타계했을 때 그의 죽음에도 경외감을 느꼈다. 그는 고려시대의 『직지심체요절』이 구텐베르크의 성서보다 훨씬 오래전에 만들어진 금속활자 인쇄본이라는 사실을 세계가 인정하도록 만들었고, 외규장각 도서의 한국 반환에도 앞장섰다. 오랫동안 직장암에 시달리면서도 자료 정리와 연구 작업을 진행해왔다. 그는 치료

방법이 없다고 판단되는 시점에도 저술을 계속하며 임종을 앞둔 사람들이 거쳐 가는 전문병원을 찾아갔다. 간간이 수액만을 맞으며 무려 한 달간 호스피스 치료를 받기 시작한 것이다.

깨어날 때마다 "내 책은 어떻게 되고 있느냐?"고 조수에게 물었다. 소박하고도 의미 있는 인생 마무리 작업이었다. 우리가 미처 주목하지 못했던, 그러나 의연한 결단이었다. 파리 15구에 있는 잔가르니에 호스피스 병원에 그의 집념이 스며들어 있다. 아름다운 이별이었다. 그도 우리 인생의 스승이 되었다.

그런데 사람들 가운데는 아름다운 이별 대신 멋있는 이별을 꿈꾸는 사람들이 많았다. 이별에 멋을 부린다는 것은 가식과 위선이 끼어 들어갈 수밖에 없었다. 안이 채워지지 않았기 때문이다. 멋있는 죽음에 대한 나의 환상이 깨진 것은 호스피스 교육을 받으면서부터였다. 실습을 나갔을 때도 그랬다. 그 이후 웰다잉 강의를 할 때는 환상을 부수라는 이야기부터 먼저 꺼내는 경우가 많았다.

우리나라 영화나 TV 드라마에는 이런 장면들이 허다했다. 말기환자로 내일을 기약할 수 없게 된 주인공이 어느 날 세상을 떠난다. 얼굴이 쪼그라들도록 쇠약한 모습으로 분장한 주인공이 간신히 입을 열며 짤막한 유언을 남긴다. 그가 드디어 고개를 떨어뜨린다. 침대 옆에 있던 가족들이 일제히 오열하는 장면이 나오면서 장중한 음악이 흐르고 '그가 눈을 감은 뒤……'라는 내용의 내레이션이 시작된다.

웰다잉 강의를 듣는 대학생들이나 나이 지긋한 중년의 수강생들조차 그런 모습에 익숙해 있었다. 모두에게 인생 최후의 장면으로 묘사되는 그 같은 이미지는 이 세상에 있을 수 없는 별개의 세상이었다.

더 의외의 일은 드라마나 영화에서 보는 죽음 장면이 멋있어 보인다고 생각하는 것이다.

그러나 내가 들어가 본 서울의 5대 종합병원 중환자실은 영 딴판이었다. 고통과 비명, 분노와 앙탈에 시달리고 끝없는 혼수상태에 빠진, 그러나 아주 무생물에 가까운 환자들이 거기에 누워 있었다. 가슴을 쥐어짜는 듯한 통증에 일그러진 모습으로 숨을 거두는 환자가 클로즈업되었다. 이같이 무서운 죽음의 표정들이 가족들 가슴에 깊이 파고든다. 지워지지 않는 잔상이 되어 늘 눈앞에 어른거린다. 그 아픔이 오래도록 남아 유가족이 버텨내는 데 많은 시간이 필요하다.

중환자실은 그토록 고통과 아픔이 쌓여 있는 곳이다. 나와 함께 호스피스 교육을 받았던 중환자실의 한 수석간호사와 드라마의 '멋진 죽음'을 화제에 올린 적이 있었다. 그가 어처구니없다는 표정으로 나를 쳐다보더니 하는 말이 이랬다. "세상을 곧 떠나게 된 환자가 가볍게 미소를 흘리며 몇 마디 유언을 남길 틈이 어디 있어요? 온몸이 아프고 탈진상태나 혼수상태에 빠져 있는데 뭐라고요? 환자가 살짝 웃어요? 유언은 무슨 유언이에요? 말도 안 되는 환상이지요. 당사자라면 그게 가능하겠어요? 어디 한번 해보세요."

그렇게 속사포로 대꾸하며 나를 놀렸다. 그는 세미나에서 연단에 오르자마자 정색을 하며 '드라마의 죽음은 모두 거짓'이라고 비판했다. 참석자들의 반응이 참으로 미묘했다. '우리가 그런 것도 몰랐다니.' 하는 것과 '정말 우리는 형편없이 일그러진 모습으로 떠나는구나.' 하는 감정들이 얽혀 있었다. 체념도 섞여 있었다.

반면교사가 된 히로히토 천황의 죽음

드라마나 영화는 멋있는 죽음을 많이 다룬다. 극적 효과를 노리는 작가의 의도일지도 모른다. 아니면 의료현장을 너무 모르는 게으름의 탓도 있을 것이다. 1970년대에서 1990년대에 이르기까지 TV 드라마에 나타난 암환자들은 극중에서 예외 없이 사형선고를 받았다. 암환자는 그냥 죽어야 했으니 드라마 속에서는 생존자가 있을 수 없다. 참으로 거친 드라마가 판을 쳤다.

멋있는 죽음의 희생자가 된 주인공들이 시청률을 높이는 데 얼마나 기여했는지는 몰라도 우리들의 인생 마무리에는 전혀 도움을 주지 못한 판타지였다. 지금은 암환자의 생존율이 60%를 훨씬 넘어서고 있다. 예전 드라마나 영화의 시각으로 보자면 그들은 죽었어야 할 운명이었는데 어느덧 생존자로 부활해 아름다운 삶을 꾸려나가게 되었다.

1989년 히로히토 일왕이 세상을 떠났을 때 일본 전국이 비탄에 빠졌다. 왕궁 앞에서 우는 사람들의 대열이 끝없이 이어졌다. 언제나 재미있는 드라마나 쇼로 시청자를 옭아맸던 일본의 모든 민간방송조차 관련 프로그램 방영을 일절 중단하고 열흘 넘게 추도방송을 계속할 정도였다. 도쿄나 오사카 유흥가의 네온사인이 일제히 꺼졌다. 전제군주 시대의 통제된 사회에서나 볼 수 있는 풍경이었다. 그때 나는 취재기자로 히로히토 장례식에 참석했지만 그의 병명을 알 수가 없었다. 그가 무슨 병을 앓았는지를 밝혀주는 언론은 없었다.

일본 국민들은 장례식이 끝난 한참 후에야 그가 췌장암으로 쓰러졌으며 장기간 고통스러운 연명치료를 받아왔다는 사실을 뒤늦게 알았다. 하늘처럼 모셨던 그가 무의미한 연명치료를 계속해왔다는 것을 국민들은 전혀 몰랐다. 엄청난 충격이었다. 히로히토는 수십 가지 의료 기구에 둘러싸인 채 단 한 마디 유언도 남기지 못하고 역사의 뒤안길로 사라졌다.

그의 오랜 연명치료에 대한 반작용으로 존엄사를 선택하는 일본인들이 늘어났다. "나는 저런 식의 죽음을 원치 않는다."는 것이었다. 그들은 적어도 인간의 품위를 지킬 수 있는 자연스런 죽음을 희망했다. 그때가 일본의 존엄사 운동이 가장 활발했던 시기였다. 편안한 인생 마무리를 준비해야겠다는 깨우침이 여러 사람에게로 전달되었기 때문이다. 히로히토 천황은 환자들에게 대장이 되지 못했다. 그러나 그는 훌륭한 반면교사로 남았다.

세기의 퍼스트레이디로 불린 미국의 재클린 케네디 여사는 이보다 5년 뒤인 1994년 봄 자신의 장례식에 참석할 사람들에게 감사의 인사말까지 미리 작성한 후 숨을 거두었다. 악성림프종으로 병원에서 힘든 나날을 보내던 그는 어느 날 항암제 중단을 선언했다. 그동안 계속해온 의학적 치료가 많은 부작용을 일으켰다. 결국은 폐렴에까지 걸리게 되자 그는 자택에서 삶의 마지막 시간을 보내기로 결정한 후 두 자녀에게 엄마의 사랑을 전달했다.

그리고 자신의 장례 일정을 짜고 조문객들에게 드리는 인사장도 만들었다. 세계인들은 그가 백악관에 있었던 케네디 대통령 부인으로서의 영광을 추억했다. 그뿐 아니라 그의 아름다운 죽음에 더 감동을 받았다. 수많은 미국인들에게 재클린 케네디는 삶과 죽음의 좋은 교사였다. 환자들의 인생을 이끌어가는 훌륭한 여장군으로 삼을 수 있었다.

우리는 드라마에서 부딪히는 죽음과 전직 대통령을 포함한 수많은 고위직의 투신자살 사건, 한강에 몸을 던진 전 대법원장 이야기 등을 뉴스로 들을 때마다 상심에 빠졌다. 엄청난 파문을 일으켰던 그들의 죽음이 우리 삶을 여러 차례 흔들어버렸기 때문이다. 그들은 우리의 삶을 밝게 비춰주는 거울이었어야 했다.

서울대학교병원은 이따금 비상이 걸린다. 노태우, 김영삼, 전두환 전 대통령들이 여러 가지 증상으로 입퇴원을 거듭할 때마다 일반 환자와 가족들은 언뜻 우리의 삶을 다시 눈여겨보게 된다. 누구를 거울로 삼을 수 있을까. 누구를 대장으로 삼아 뒤를 따를 수 있을까를 생각하는 사람들이 있다. 병원 특실에서 칩거하고 있는 재벌 총수들의 일거수일투족은 뒷이야기로 남아 병원을 돌고 돈다. 그들도 대장이 될 수 있지만 그러나 졸(卒)이 되는 경우가 많았다.

의료현장에서 볼 수 있는 인생의 아름다운 마무리는 오히려 보통 사람들에게서 나온다. 그들이 우리 삶에 작은 울림을 남긴다. 그래서 삶의 배움터는 높은 곳이 아니라 낮은 곳에 있다는 것을 깨닫게 된다. 얼마 전 미국의 한 엄마가 아기를 낳기 위해 항암치료를 포기했다는 무한한 사랑이 화제에 올랐다. 암이 퍼져 극심한 고통에 시달리면서도 엄마가 인공분만으로 딸을 낳은 뒤 숨졌다는 뉴스를 모두들 가슴에 담는다. 우리에게도 풀어헤쳐 놓고 싶은 보통 사람들의 아름다운 삶과 죽음이 있다.

생명연장을 하지 말아주세요!

사전의료의향서

아침부터 저녁까지 시도 때도 없이 울려대는 전화벨 소리가 가끔 환청으로 나타난다. 전화에 매달리는 봉사자들은 마음을 가다듬고 수화기를 든다. 울음을 머금는 소리가 들린다.

"제 아버지가 중환자실에서 손발이 묶여 있어요. 이름 모를 기계 장치에 삥 둘러싸여 있고요. 아버지 평소 소망대로 생명연장 안 하고 편안하게 떠나시게 할 방법은 없어요?"

딸의 간절한 호소에 귀를 기울이고 있던 유명숙 상담사는 그에게 담당의사의 반응을 묻는다.

"주치의는 제 요청엔 상대도 하지 않아요. 인공호흡기를 떼면 자기가 살인자가 된다면서 더 이상 말도 못 붙이게 해요."

상담사는 다시 묻는다.

“아버지 되시는 분이 사전의료의향서나 기타 서류를 통해 무의미한 연명치료 중단 의사를 밝힌 적이 있으신가요?”

“아녜요, 없어요. 연명치료 장치를 제거하면 퇴원할 거냐고 의사가 묻는데 앞이 캄캄했어요. 만약 퇴원하면 어떻게 해야 하나요?”

“그때는 호스피스 병동으로 모셔야 하는데 의사 선생님의 소견서가 있어야 해요. 지금은 어디나 호스피스 병동이 많이 부족해서 옮기기도 쉽지 않을 거예요. 우선 그런 몇 가지 절차를 확인해보세요.”

한숨 섞인 목소리가 들리면서 전화는 끊겼다. 유명숙 상담사는 상담 내용을 기록한다. 그 딸을 도와줄 방법을 찾기 위해서이다. 뒤이어서 울리는 전화벨 진동이 어깨로 전달된다. 받지 않으면 큰일 날 것 같은 예감이 든다. 아니나 다를까 아주 위압적인 남자 목소리가 벼락 치듯 들린다.

“왜 이렇게 전화가 안 돼. 내가 몇 시간이나 전화를 걸어도 계속 통화 중이고. 사전의료의향서에 대해서 물어보려고 그러는데 상담이 이렇게 힘들어서야…….”

그의 불만은 막말로 바뀐다. 험한 말이 오는 것 같다. 꾹 감정을 억누르고 있는 것 같은 봉사자의 얼굴이 붉어진다. 긴 통화가 끝난 뒤 그는 한숨을 쉰다.

“내가 여기서 왜 이런 욕을 먹고 있는지 모르겠네.”

그러나 이어서 오는 전화를 거절하지 못한다. 운명이 경각에 달린 어떤 환자의 존엄사 문제가 신문 방송에 보도되는 날이면 전화에 불이 난다. 응대에 지친 상담사들의 교대 시간이 빨라진다.

모든 것이 변해버렸다. 삶의 마지막 모습을 둘러싸고 사람들의 생각이 이처럼 서서히 그러나 너무나 빨리 변하리라고는 아무도 예측하지 못했다.

"나는 맑은 정신을 가진 성인으로 나 스스로의 뜻에 따라 사전의료의향서를 작성합니다."를 선언하고 싶어 하는 것이다. 그 선언을 둘러싸고 자신이나 가족의 마음을 정리하는 것을 도와주는 사전의료의향서 실천모임(사실모. 전화 02.2281.2670) 사무국 봉사자들은 넉넉한 어머니의 가슴을 닮았다. 이 모임의 중심이 사랑이었다. 상담사들은 죽음에 맞부닥뜨려서 방황하고 고뇌하고 슬퍼하는 사람들의 온갖 감정을 다독거리는 유일한 처방은 사랑과 인내라는 것을 몸으로 깨우쳤다.

선뜻 이해하기 어려운 '사전의료의향서'라는 단어가 죽음과 인연을 맺게 된 것은 불과 3년 전부터이다. 그 이전에는 사전유언서(Living Will), 존엄사선언서, 사전의료지시서 등으로 불려왔다. 이 단어를 둘러싸고 여러 가지 쟁점과 논쟁이 끝없이 이어졌다. 이를 피하기 위해서 사전의료의향서라는 어려운 용어가 태어났다. 의사들조차 얼른 이해하지 못하는 경우가 많았다. 웰다잉과 호스피스 교육을 받은 상담사들의 역할이 더욱 중요해졌다.

손명세 연세대학교 보건대학원장 등이 중심이 되어 사실모 조직을 만들고 삶의 아름다운 마무리 운동을 적극적으로 펴기 시작했다. 이에 앞서 서울대학교 의과대학 허대석 교수는 한국보건의료연구원장을 겸임하면서 무의미한 연명치료 중단을 위한 사회적 합의안을 만들어내는 데 성공했다. 그는 서울대학교병원이 말기환자의 뜻이 분명한 경우 무의미한 연명치료를 중단하기 위한 구체적인 지침을 마련하는 데도 중요한 역할을 했다. 2009년 대법원의 존엄사 판결은 웰다잉에 관한 논의의 물꼬를 확 터버렸다. 20여 년 전 몇몇 사람들의 모임에서만 조심스럽게 입에 오르내리던 죽음의 문제가 국민의 일상적인 화제로 발전한 것이다.

'삶과 죽음을 생각하는 회'

1991년 무역협회 창업에 공헌한 나익진 박사가 세상을 떠나자 그의 부인 김옥라 씨는 배우자와 사별한 박대선 전 연세대 총장과 윤보선 전 대통령의 영부인인 공덕귀 여사를 만나 죽음이라는 문제를 탁상 위에 올려놓았다. 3인 모두 인생 반려자와 이별하는 쓰라림을 겪었다. 죽음을 모르고 사는 삶이 더 고달프다는 것을 체험하고 있었다. 죽음 논의를 터부시하는 우리 사회의 은폐된 문화를 고쳐나가자는 데 합의했다. 이때 발족한 단체가 '삶과 죽음을 생각하는 회'였다. 김옥라 씨가 운영하는 각당복지재단의 산하조직이었다. 죽음에 대한 개념조차 없었던 그 시대에 이 모임이 연세대 백주년 대강당에서 창립 강연회를 연다고 언론에 알렸다. 색다른 단체가 발족한 데 대해 사회의 반응이 엇갈렸다.

"죽음을 생각한다고? 먹고살기도 바쁜데 죽음을 생각하자고?" 하고 비아냥대는 사람들이 있는가 하면 "그분들 주장이 맞아, 죽음을 배워보자." 하고 공감하는 소리도 많았다.

오래전부터 각당복지재단의 총무를 맡아왔고 나중에 '삶과 죽음을 생각하는 회'를 12년 동안 이끈 홍양희 회장이 당시를 회상했다.

"주최 측에서는 창립총회 강연회가 죽음을 다루기 때문에 몹시 초조했었습니다. 그런 주제를 탐탁하게 여기지 않는 사람들 때문에 대강당이 썰렁할지도 모른다는 걱정이 앞섰어요. 그런데 기념강연회가 열리는 그날 연세대 백양로 길을 인파가 메우기 시작했습니다. 대강당이 청중을 다 수용하지 못해 복도에까지 자리를 마련해야 했습니다. 죽음을 입 밖에 내는 것조차 불길한 일이라고 생각하던 사람들이 열심히 경청했어요."

그는 매년 웰다잉 연극단을 만들고 영화제도 열었다. 웰다잉 강사를 키우기 위한 교육 프로그램을 만들고 그들이 전국 지방을 돌아다니면서 교육하도록 멘토 역할을 자청했다. 그가 지금은 사실모의 공동대표로 있으면서 많은 상담사들을 지휘 감독하고 있다.

"그동안 교육을 받고 웰다잉 강사로 배출된 사람이 400여 명이나 됩니다. 모두 전문가로 우뚝 섰어요. 그분들도 다 여러 가지 계기가 있어서 죽음공부를 시작했는데 우리 사회가 웰다잉 문화로 작은 변화를 일으키는 데 헌신했습니다. 그중에 많은 분들은 또 자살예방 전문가나 치유상담 전문가로 활동영역을 넓혀갔습니다."

"그들의 삶은 어떻게 달라졌을까요?"

"웰다잉을 배웠다고 이별이 비통하지 않을 수 있겠어요? 사랑하는 가족과의 강제적 이별이라는 속성은 어쩔 수 없는 아픔이지요. 견딜 수 없는 통증에 대한 두려움도 쉽게 사그라지지 않고요. 어떻든 죽음은 예측불가능해서 고통과 함께 옵니다. 인간의 존엄성이 뭉개지지 않도록 노력하는 거지요."

"오랫동안 죽음교육을 추진해온 자신의 삶은 어떻습니까?"

"지금 현재의 삶을 깊이 성찰하는 힘이 길러졌다고 생각합니다. '오늘의 삶을 충실히 살자'에 생각이 모아집니다."

"지금 사실모에 몰리는 상담전화의 특징은요?"

"사전의료의향서가 법적 효과가 있느냐 없느냐, 어떻게 해야 웰다잉 교육을 받을 수 있느냐 또는 지방에 내려와서 이 서류를 작성하는 프로그램에 대해 사실모가 자세하게 설명해줄 수 있느냐 하는 요청이 많이 포함되어 있습니다. 대개 웰다잉에 적극적인 사람들이 전화합니다. 그들은 생각이 또 단호하지요. 그래서 자꾸 전화해서 확인하고 또 확인하는 사람들이 많습니다. 한 가족이 모두 의료의향서를 쓰는 경우도 있습니다."

사실모의 장진영 씨가 상담사로 봉사하는 날이 왔다. 그는 홍 회장 밑에서 3년 동안 웰다잉 공부를 했다.

"한 할아버지가 전화해 왔어요. 말기암을 앓고 있는 할머니가 중환자실에 있는데 저렇게 마냥 연명치료 하는 거 보기가 안타깝다며 달리 방법이 없는지 알려달라고 통사정을 해요. 환자 본인 의사가 확인된 것도 없고요. 나중엔 의사에게 매달려볼까요? 하는데 그건 소용없는 일이지요. 통화가 끝나면 자꾸 눈물이 나와요. 더 가슴 아픈 건 자식들과 연락이 안 되는 노부부들입니다. 자세히 설명해도 사전의료의향서의 취지를 잘 모르고 자식들과 논의할 수 있는 가족 연줄도 끊겨 앞길이 막막한 분들이지요."

"어쩌다 웰다잉 공부를 시작했어요?" 하고 그에게 물었다.

"미국 시카고에서 고교를 거쳐 대학을 다니던 중에 엄마가 돌아가셨어요. 엄마 나이 49세 때였어요. 당시엔 그 슬픔을 이겨냈다고 생각했는데 막상 제가 전자공학을 전공한 후 결혼해서 아이를 낳고 지내다 보니 뭔가 잡히지 않는 삶을 이어가고 있다는 것을 깨달았어요. 제가 49세가 되었을 때 '아, 엄마의 나머지 삶까지 내가 살아야겠구나.' 하는 생각이 퍼뜩 들었어요. 두 사람 몫의 삶을 내가 책임지겠다는 각오로 3년 전부터 웰다잉과 호스피스 교육을 받았습니다. 그것이 내 마음의 태양이 되었습니다. 더 알차게 살고 싶어서 봉사활동을 하고 내 인생을 살찌우는 것을 배우기 시작했습니다. 웰다잉을 공부한 게 내 인생의 축복이었어요."

환자들의 마지막 희망

죽음을 들여다보는 사람들은 크거나 작거나 모두 변화를 겪는 것 같다. 죽음에서 삶을 사랑하는 기회를 찾는 모습들이 나에게 강렬한 인상을 남겼다. 속은 단단하고 겉은 부드러운 것이 특징이다. 웰다잉 강사들의 그런 이미지가 사실모 사무실 분위기를 지배하고 있었다. 나는 2년 전 여름에도 사실모 사무실을 방문한 적이 있었다. 외부 지원자금이 없어 개인 푼돈으로 운영되는 사실모는 빈 사무실을 찾아 이곳저곳으로 옮겨 다녔다.

여름철 태풍이 몰아치는 계절이었는데도 연명치료 중단 서류에 서명하는 방식에 대한 문의가 폭우처럼 쏟아졌다. 말기환자의 비극을 다루는 뉴스가 있거나 영화 관람객이 늘어날수록 사실모 사무실은 더욱 부산해진다. 삶의 막판에는 심폐소생술도 싫고 인공호흡기 같은 것도 달지 않고 조용히 하직하고 싶은데, 어떤 절차를 밟아야 하느냐고 꼬치꼬치 묻는 사람들이 많아져서 봉사자들이 제때 식사하기가 어려웠다.

그때는 경기도 분당과 수지, 용인, 일산 지역에 사는 사람들이 사전의료의향서 작성에 가장 뜨거운 반응을 보였다. 서울 서초구와 강남구 주민들이 뒤를 이었다. 부산, 창원, 울산 지역도 많았다. 생활이 안정되고 소득이 높은 지역, 은퇴자 인구가 많은 지역들이 다수 포함되어 있었다. 정부가 지정한 생명윤리정책센터가 특별 세미나를 통해 전국을 돌아다니며 바람직한 죽음문화에 대해 또는 아름다운 삶의 마무리에 대해 궁금증을 풀어주는 일을 도맡아 했다. 여성들이 무의미한 연명치료 중단에 훨씬 적극적이었다. 남성들의 관심이 상대적으로 낮은 것은 가정 안팎에서 관련 정보 접근에 뒤지고 사교성이 떨어진 때문으로 보인다.

작년 가을 세미나 참석을 위해 한 종합병원에 들렀을 때 본관 접수창구에서 60대 여인이 내게로 다가왔다. 낯익은 얼굴이었다. 웰다잉 교육장에서 강의를 들으며 질문을 던졌던 사람이다. 그는 눈물을 글썽이다가 잠시 감정을 추스르며 말했다. 남편이 이 병원에 입원해 있을 때 말기환자로서 작성한 사전의료의향서를 주치의에게 제출하며 편하게 죽음을 맞이할 수 있도록 해달라고 요청했단다.

그런데 그 의사는 "이런 게 뭐예요?" 하며 서류를 밀쳐냈다. "우리 남편이 마지막에 심폐소생술 같은 거 하지 말아달라는 부탁이니 제발 들어주세요." 하고 애원했지만 그건 의사가 알아서 할 일이라며 묵살했다. 그로부터 며칠 뒤 남편이 위독 상태에 빠졌을 때 의료진이 달려들어 심폐소생술을 하느라 큰 소동이 벌어졌다. 남편은 오만 고통 속에서 세상을 떠났다. 오죽했으면 남편이 떠나고 반년이 지났는데도 그가 나에게까지 눈물을 보일까. 마음이 아팠다. 60세를 막 넘긴 그 의사는 아직도 환자의 마지막 희망을 이해하지 못할 것이다.

존엄이라는 이름의 인생열차

짐바브웨의 파이널 엑시트(Final Exit)

출구전략이라는 말은 경제적 또는 군사적 위기를 돌파하는 경우에만 쓰이는 줄 알았다. 그런데 미국이나 스위스 등에서는 아주 오래전부터 삶과 죽음을 이어주는 출구전략이 자주 담론으로 등장했다. 유럽의 여러 나라를 유심히 들여다봐도 역시 마찬가지이다. '출구'라는 게 사실은 어떻게 인간다운 모습으로 존엄을 지키며 편안하게 세상을 떠나는가에 초점이 맞춰져 있다.

아프리카의 짐바브웨에서도 존엄사 운동이 펼쳐지고 있는데 이 나라 의료기관에서 통용되는 생전 유언서(우리나라의 사전의료의향서에 해당)의 제목이 파이널 엑시트(Final Exit)이다. 이 서류에는 인생의 마지막 출구에서 마주치게 될 여러 가지 문제에 대해 가족과 의사에게 당부하는 주요 항목들이 나열되어 있다. 그러니 제목을 '마지막 출구에서 내가 남기는 의료적 요구사항' 정도로 길게 풀어써야 알기 쉽다. 이 문서의 첫 번째 문장은 다음과 같이 시작된다. "나는 건전한 정신 상태에서 자발적으로, 주의 깊게 검토하면서 이 서류를 작성합니다. 나는 죽음을 두려워하기보다 나의 존엄이 무너져 가는 것을 두려워하고 있다는 것을 이해해주시기 바랍니다."

서구 여러 나라의 존엄사협회도 상징적으로 'Exit'라는 단어를 단체 이름에 붙여 쓰는 경우가 있다. 누구나 인생의 입구에 들어서는 순간부터 출구를 향해 달리는 셈이고 사방 어디나 출구가 아닌 곳이 없으니 늘 세상을 떠날 마음의 준비를 하라는 의미가 담겨 있다. 출구에서는 예외 없이 사용되는 언어가 인간의 존엄(dignity)이었다.

그들이 '존엄'이라는 말을 입에 달고 사는 이유를 몸으로 느낀 것은 2년 전 4월이었다. 뉴욕 맨해튼에 있는 컬럼비아대학 메디컬센터 응급실 게시판에서 나는 이런 글을 읽었다. "우리는 환자의 존엄을 지킨다." 이 짧은 메시지가 병원을 운영하는 의료진을 경외의 시선으로 쳐다보게 만들었다.

주말에 일어난 교통사고 환자와 일반 응급환자로 어수선한 병원에서 존엄은 환자를 대하는 기본 가치였다. 한국 교포들이 많이 몰려 있는 플러싱의 메너 요양병원도 똑같았다. 1층 엘리베이터 옆 벽에는 "입원 환자들은 존엄하게 대우받고, 존엄하게 치료받으며, 존엄하게 생활할 권리를 갖습니다."라는 글귀가 적혀 있다. 이 병원에는 백인뿐 아니라 한국이나 라틴계 미국 노인들도 많이 입원해 있다. 퀸스나 롱아일랜드 지역의 다른 요양병원도 다를 바 없었다.

6년 전 방문했던 뉴욕 주의 가장 큰 말기환자 병원(뉴욕 호스피스 케어 네트워크)의 다음과 같은 안내문도 내 시선을 붙잡았다. “우리들은 환자들이 육체적으로나 정신적으로나 편안한 투병생활을 하도록 돌보는 데 전념하고 있습니다. 그들은 정말 존엄을 갖춘 여생을 보냅니다.” 이 문구에 대한 힌켈만 병원장의 따뜻한 설명도 감동을 주었다. 존엄사는 그들의 일상적인 언어이기 때문에 구태여 ‘존엄’을 붙이지 않아도 될 정도였다.

거기에는 친절한 의사와 간호사 그리고 사회 여러 분야에서 일하고 있는 자원봉사자들의 부드러운 미소가 있었다. 그림 같은 장면은 초등학교 학생들의 봉사활동이었다. 해가 질 무렵 잔디밭을 산책하고 돌아오는 말기환자들과 어린이 봉사자들의 긴 그림자가 아직도 내 머릿속에 남아 있다.

존엄사와 안락사

그런데 ‘존엄’이라는 글자 다음에 ‘죽을 사(死)’ 자를 붙이면 우리나라에서는 불편한 일들이 벌어진다. 종교계와 법조계에서 ‘존엄사’ 용어에 대해 매우 예민한 반응을 보인다. 미국의 존엄사와 한국의 존엄사는 어떻게 다를까. 왜 한국에서는 존엄사라는 어휘를 둘러싸고 끊임없는 논쟁이 되풀이될까에 나는 많은 궁금증을 가져왔다.

미국은 인권사상의 뿌리나 개인주의 역사가 우리와 다르다. 죽음에 대한 자기결정권을 받아들이는 문화가 같을 수 없다. 그런데도 우리의 존엄사(무의미한 연명치료를 하지 않는 자연사) 개념을 그들의 존엄사법(Death with Dignity Act, 1997년 미국 오리건, 워싱턴 주 등이 제정) 위에 올려놓고 해석하는 사람들이 있다. 논쟁을 벌이는 과정에서 많은 갈등도 빚어졌다. 미국의 존엄사법은 의사가 도와주는 안락사까지 포괄하고 있기 때문이다.

우리나라에서 논의돼온 존엄사 운동은 이와는 달리 마지막 단계에서 심폐소생술과 인공호흡기 사용을 거부하는 데 관한 것이다. 그런 의미에서 미국의 각 주가 만든 자연사법(Natural Death Act, 1976년 캘리포니아 주를 시작으로 각 주가 제정해 연방법과 같은 효력을 가짐)과 비슷하다. 지금 미국 여러 곳에 있는 요양병원을 포함해 각급 병원에서 무의미한 연명치료를 중단할 수 있도록 제도적으로 뒷받침하고 있는 것도 자연사법이다.

우리나라에서도 존엄사를 미국처럼 자연사로 바꿔 부르자는 의견이 있었다. 그러나 이 단어는 환자를 정성껏 돌보지 않고 팽개친다는 뉘앙스로 풍자될 수 있어 기피대상이다. 마지막으로 선택된 단어가 존엄사였다. 일본이 1983년부터 영어를 그대로 번역한 것이다.

우리나라에서는 2000년 전후해서야 안락사와 구분된 존엄사가 국어사전에 등장했다. 세브란스 김 할머니에 대한 대법원의 판결문에는 존엄사라는 단어가 단 한 번도 나오지 않는다. 그저 '무의미한 연명치료 중단'으로 표현됐다. 우리나라 미디어를 포함한 여론이 이를 부득불 '존엄사'라고 부르는 이유는 죽음의 의미와 가치를 전달하는 데 그처럼 명백하고 간단한 단어가 없기 때문이다. 세계의 거의 모든 선진국들이 사용하는 단어이기도 하다.

프랑스는 20자가 넘는 긴 법률명을 아예 존엄사법이라고 불러도 탈이 없다. 그 나라에서 적용되는 존엄사법이나 사전의료의향서 형태의 환자 의견은 모두 인간의 존엄을 바탕으로 한 것이다. 그러나 우리나라에서는 '존엄사'가 생명윤리에 어긋나거나 생명을 가볍게 여기는 풍토가 빚어질 우려가 있다는 주장 때문에 '무의미한 연명치료 중단'이라고 쓰고 말한다. 논쟁을 비켜가기 위해 더 어려운 단어를 고른 것이다. 존엄의 냄새도 피우지 못했다.

그러나 대형 병원들이 시대의 흐름을 거스를 수 없다는 판단에 따라 '존엄'이라는 단어를 환자에게 붙이기 시작했다. 1~2년 사이에 나타난 현상이다. 서울대학교병원이나 연세의료원은 환자의 권리헌장을 제정하고 그 첫 번째 항목에 '존엄하게 대우받을 권리'를 내걸었다. 존엄한 대우가 얼마만큼 위력을 갖는지는 환자의 체험을 통해서만 알 수 있다.

간호사들이 상냥하고 친절해졌다. 의사들도 부드러워졌다. 일단 종합병원들이 환자를 존엄하게 맞아들일 것임을 표방하는 것으로 진료방침을 전환했다는 것은 대단한 의미를 갖는다. 환자의 존엄을 지켜주려는 노력은 인간적이며 인도적인 문제에 눈을 떠간다는 신호이다. 또 한편으로는 병원 간의 경쟁이 낳은 부산물이기도 하다.

장기기증자를 위한 기도

자신이 세상에서 제일 고독할 것이라고 털어놓는 사람에게 나는 한 가지를 제안한 적이 있었다. 큰 병원에서 장기기증을 끝내고 난 환자의 모습을 지켜보라고 했다. 그러면 당신은 북극 빙하 속에 묻힌 생물처럼 수만 년 전의 고독을 맛보게 될 것이라고 설명했다.

종합병원에서는 간간이 뇌사자의 장기기증에 따라 그의 심장이나 간 등을 다른 환자에게 이식시키는 장기이식팀이 가동된다. 이식할 장기를 적출하고 이를 기증받게 될 환자를 담당하는 병원의 준비과정에는 엄청난 의료진과 보조인력이 동원된다. 이런 응급상황에서는 수술이 끝나고 한참의 시간이 흐를 때까지 장기기증자는 누구의 주목도 받지 못한다. 그의 몸에서 주요 장기가 적출되면 모든 의료진은 이를 기증받게 될 환자들에게 옮겨간다. 장기기증자는 수술실 특실 방에 혼자 덩그러니 누워 있을 뿐이다.

그는 그의 심장이나 간이 누구에게 옮겨간 줄도 모른다. 오로지 그와 그의 가족의 숭고한 뜻에 따라 몸의 일부를 떼어주었을 뿐이다. 장기기증자는 자신의 모든 것을 주어버린 육체를 활짝 열어놓은 채 차가운 방에서 외롭게 누워 있을 뿐이다. 이 시신 위에 내려앉은 고독의 두께를 누가 알겠는가.

몇 년 전부터 서울성모병원이 외로운 장기기증자를 위해 추모식을 갖기 시작했다. 수술실에서 근무하는 한 간호사의 제안에 따라 마취의, 외과의, 각 분야를 담당하는 간호사와 수녀 들이 참석해 망자를 위한 고별예식을 가졌다. 수술이 끝나고 난 후 한밤중에 갖는 그 의식은 장기기증자의 죽음에 존엄이라는 옷을 입히고 경건하게 그의 영혼을 보내기 위한 기도였다. 노연호 간호사는 다음과 같은 메모를 병원 회보에 남겼다.

"뇌사자 수술에 처음 참여했을 때는 너무 충격을 받아 며칠 밤을 울며 뒤척였다. 수술이 끝난 후 고인이 쓸쓸히 홀로 남는 상황을 보면서 누군지도 모르는 타인을 위해 자기 몸의 일부를 기꺼이 기증하고 간 고인과 어려운 결정을 내린 가족들에게 미안한 마음과 죄책감이 느껴졌다. 그래서 고인을 위해 묵념이라도 해야 되지 않을까요, 하고 우연치 않게 제안했다. 묵념을 하고 난 그날도 나는 잠을 설쳤고 눈물을 흘렸던 기억이 난다. 이번에는 기쁨과 고마움으로 인한 것이었다. 그 뒤 나는 뇌사자 수술에 기꺼이 참여하고 있다. 이런 경험들이 겹치면서 우리들만의 짧은 묵념이 아닌 뭔가 형식을 갖춘 추모식 같은 것을 떠올렸다."

엄청난 인력이 움직이는 수술실은 의료진에게 고도의 집중력을 요구한다. 더구나 장기 이식수술은 가장 적절한 상태에서 장기를 떼어내고 최적의 상황에서 이식해야 성공률을 높일 수 있다. 긴박한 상황에서도 생명은 고귀하고 인간은 존엄해야 한다는 우리네 삶은 변함이 없다. 이런 거대 조직의 귀퉁이에서 한 간호사가 장기기증자의 존엄을 찾아냈다.

호스피스 환자를 지키는 자원봉사자들

경기도 일산 백석 공원에는 1년에 봄가을 두 차례 말기암환자의 침대가 숲 속 나들이를 한다. 세 명의 호스피스 봉사자들이 침대 왼쪽과 오른쪽 그리고 뒤쪽 난간을 붙잡는다. 한 침대가 사라지면 그다음 침대가 숲 속으로 굴러가고 또 다음 침대가 줄을 잇는다.

침대 머리맡에 꽂힌 거치대에는 링거와 항생제, 영양제 등 각종 의약품 튜브가 주렁주렁 매달려 있다. 그 옆에 묶여 있는 산소병이 환자가 중병 상태에 있음을 알려준다.

봄에는 진달래, 가을에는 단풍이 그들의 나들이를 화려하게 장식한다. 두꺼운 이불에 파묻힌 채 쑥 내민 환자들의 메마른 얼굴이 붉게 물들기 시작한다. 숲 속 놀이터에 나란히 배열된 10개의 침대 옆에서 봉사자들이 환자의 몸놀림을 돕기 위해 수시로 일으켜 세웠다가 눕히기를 반복한다.

다른 봉사자들의 진행 프로그램에 따라 호스피스 간호사들의 춤과 노래가 이어지고 목사, 신부, 스님의 멋들어진 가요가 옛 추억을 불러일으킬 때 환자들의 앙상한 뺨 위로 눈물이 흘러내린다. 봉사자들이 가볍게 미소를 지으며 눈물을 닦아낸다.

"오늘이 환자들의 마지막 여행이 될지도 모르지요. 그래서 더욱 호스피스 봉사자들의 정성이 필요합니다. 비록 목소리조차 낼 수 없는 환우들도 있지만 그래도 마이크를 잡고 싶어 해요. 호흡 조절도 안 되고 가사도 자꾸 빼먹는 바람에 우리가 끼어들어 도와주지요. 그들이 세상에서 부르는 마지막 노래라 생각하고 흥을 돋워주지요. 작년에도 가을 단풍놀이에서 한 곡조 겨우 부른 말기암환자가 그다음 날 세상을 떠났습니다. 글자 그대로 마지막 여행이 되었습니다. 가족들도 눈물지으며 고마워하는 모습을 보면 '아, 정말 내가 이런 봉사활동 하기를 잘했구나.' 하는 기분이 듭니다."

12년째 호스피스 환자들을 돕고 있는 서봉원 씨의 이야기이다. 냉동기와 공조기 설비사업을 하는 중소기업 사장으로 있으면서 오랜 기간 호스피스 교육과 실습을 거쳤다. 국민건강보험공단이 운영하는 일산병원에서 다른 봉사자들을 이끌고 있는 팀장이다.

호텔에서 보석감정사로 일하다 은퇴한 김진환 씨는 호스피스 교육을 이수한 후 염 봉사활동을 위한 장례 지도사 자격증까지 땄다. 그는 지난 14년 동안 줄곧 호스피스 환자들을 지켜왔다.

"무엇 때문에 힘든 봉사활동을 하세요?"

"무엇 때문이긴……. 아, 그게 내 삶의 보람이니까 그렇지요. 자꾸 저 사람들(말기암환자들)을 존중해주어야겠다는 생각이 들어서요."

"죽은 사람 염까지 하신다는데 저분들 인생을 짐작할 수 있나요?"

"편하게 죽은 사람, 보기 사납게 죽은 사람 등 여러 층이 드러나지요. 염할 때 그들이 어떤 길을 걸어왔는지 대강 느낌이 옵니다. 이 사람은 복 받으며 살아왔다든가 또는 험한 길을 걸었다든가……."

"보석 감정과 인생 감정은 어떻게 다른가요?"

"보석은 결정체를 찾는 게 중요합니다. 그게 진짜거든요. 그러나 아무리 진짜라도 돋보기를 들이대면 흠이 보입니다. 내가 비록 염 봉사를 하고 있지만 사람을 보석 감정하듯이 평가할 수는 없지요. 그러나 인생의 흠을 살짝살짝 보게 됩니다."

호스피스 자원봉사를 희망하는 사람들이 늘어나고 있다. 자신과 가족이 어려운 일을 겪은 후 어떤 간절함이 그들을 현장으로 달려가게 하는 일이 수두룩하다. 종교적 이유를 들고 나오는 경우도 많다. 죽음을 앞둔 환자의 마음을 따뜻하게 안아주고 싶어 하는 지극정성이 그런 모습으로 나타난다. 그러나 유행을 좇듯 봉사활동을 찾아 나서는 선남선녀들은 한 철도 견디지 못하고 호스피스 대오에서 낙오한다. 서봉원 씨는 그들을 싫어한다.

"호스피스 봉사자 교육을 100여 명 시켜도 마지막까지 남는 사람은 4~5명 정도에 지나지 않습니다. 말기환자들의 죽음이나 아픔을 감당하지 못하니까요. 그게 이론만 가지고 되는 일이 아니지 않습니까. 사람을 대하는 마음이 따뜻해야지요."

'완화의료'라는 낯선 용어

호스피스 센터장을 맡고 있는 김영성 교수(일산병원 가정의학과)는 성인뿐 아니라 어린이 말기환자까지 치료를 맡고 있다. 집에서 마지막 시간을 보내는 환자 가족들이 불안을 이기지 못할 때는 입원을 주선하고 봉사자들의 도움을 받도록 안내한다. "말기환자를 위해서라면 가족이 그런 불안을 이겨낼 수 있어야 합니다. 그러나 현실이 녹록지 않지요. 말기환자를 일반병원의 응급실로 데리고 가면 심폐소생술을 하고 인공호흡기를 부착해서 의미 없는 연명치료에 들어갈 확률이 매우 높습니다. 그러니까 호스피스 제도를 충분히 이해해야 합니다."

국민건강보험공단이 운영하는 일산병원의 어디를 가나 '호스피스 병동'을 안내하는 포스터가 눈에 띈다. 정부가 선정한 전국 40여 군데 주요 병원도 마찬가지다. 그런데 이들 의료기관의 말기환자 치료를 지원하기 위해 2010년에 개정된 암관리법에는 '호스피스'라는 단어가 보이지 않는다. 대신 '완화의료'라는 아주 낯선 어휘가 등장한다. 이 두 개의 단어는 바늘에 실 가듯이 아예 붙여 쓰는 것이 병원현장에서 관습화되었다. 라틴어에서 유래된 호스피스는 '주인과 손님 사이의 따뜻한 마음'에서 '마지막 삶의 편안한 마무리를 위한 총체적 돌봄'으로 쓰임새가 넓어졌다. '완화의료'는 적극적인 간호와 통증

치료 등을 의미한다.

두 단어의 개념이 중복되는 부분이 많아서 환자나 가족 입장에서 보면 그 말이 그 말이다. 그래서 모두들 우리나라에서 반세기 전부터 사용돼온 '호스피스'에 익숙해 있다. 세계 각국에서 통용되는 생활언어이기도 하다. 그런데 정부나 국회가 관련법을 고치는 과정에서 호스피스라는 단어를 사용하지 않는 이유는 '죽음의 냄새' 때문이라고 한다. 정작 '완화의료'를 시행하고 있는 병원의 의사들조차 자기 병원에서 그런 진료를 하고 있는지 잘 모르는 경우가 많다. 가장 큰 대학병원의 전화교환 부서조차 이런 식이다. "우리 병원에서 완화의료 치료를 한다고요? 그게 뭔데요?"라고 응답한다. 서울의 동네 의사들도 마찬가지 반응을 보이는 경우가 많았다. 호스피스라는 깃발이 내려진 뒤 나타나는 현상이다. 그런데 호스피스 치료를 받는 환자들은 늘어나고 이들을 돕는 자원봉사자들의 움직임도 활발해졌다. 거친 삶 속에서 작은 존엄을 찾아주기 위해서이다.

지금 이 시대에도 왕진 가방을 메고 환자 집을 찾아다니는 호스피스 의사들이 있다. 비가 오나 눈이 오나 매주 두세 차례 가정방문하는 일정에 변함이 없다. 대부분 임종을 몇 개월 앞둔 환자의 집을 찾아간다. 의사들은 통증에 시달리거나 변비, 욕창 등으로 고통을 호소하는 환자들의 연락을 받고 출동한다. 복수가 차서 뒹구는 이들에게도 달려간다. 환자 왕진에는 의료수가가 전혀 적용되지 않는다. 어디까지나 무료 치료이다. 호스피스 의사로 불리는 이들에게는 돈이 생기는 일도 없고 명예가 찾아오는 일도 없다. 이들 왕진 의사 가운데 한 분이 서울성모병원 완화의료과의 이경식 박사이고 다른 한 분은 경기도 포천에 있는 모현의료센터 진료원장인 정극규 박사이다.

왕진 다니는 호스피스 전문의 1

모현의료센터 진료원장 정극규 박사

종합병원의 외과의사로 일하다 캐나다에서 8년 동안 호스피스 공부를 하고 돌아온 정 박사는 귀국하면서 인생 진로를 바꾸었다. 화려한 외과의보다는 말기암환자 곁에서 호스피스 치료를 해주는 의사로 재출발했다. 8년 전 서울 외곽지역에 있는 조그마한 모현 호스피스 병동을 근무지로 선택했다. 그가 지금까지 봐온 말기환자들은 종합병원 중환자실에서 시달리다가 가족들과 제대로 이야기조차 못한 채 떠나가는 모습이 전부였다.

그는 4기나 말기환자들의 손 한번 잡아주지 않고 모니터만 쳐다보는 의사들의 진료행위에 질렸고 “항암제를 또 바꿔서 치료해봅시다.”라든가 “아프면 응급실로 오세요.”라고 무표정하게 던지는 그들의 말투가 싫었다. 위급상태에 빠진 말기환자가 응급실을 찾아가도 인간적인 대접 받기가 쉽지 않다는 것을 그는 누구보다도 잘 안다. 간단한 치료를 받는 데 꼬박 하루 걸리는 응급실의 악몽에서 말기환자들을 도와주고 싶었다. 환자의 존엄을 찾아주는 게 진료 방침의 첫 번째 항목이다.

그는 일주일에 사흘은 포천의 호스피스 병동에서 진료하고 이틀은 서울 지역에 있는 말기환자 집을 방문한다. 종로 3가 뒷골목이나 혜화동 산골짜기에 있는 쪽방촌을 포함해서 중산층 이상이 몰려 있는 주택가도 노크한다. 그는 수녀들과 함께 가정 호스피스 활동을 하면서 환자의 혈관을 찾아내 적절한 수액 주사를 놓거나 복수를 빼내 통증을 덜어준다. 환자가 응급실을 방문하면 6시간 정도 걸릴 치료를 30분 안에 처리한다. 외과 전문의 때의 실력이 유감없이 발휘된다. 그를 기다리는 환자가 늘어나는 이유이기도 하다.

그는 자택이 있는 판교에서 포천의 호스피스 병동으로 출근하는 데 거의 2시간이 걸리지만 운전이 지루하다는 생각은 들지 않는다. 새로운 환자의 마지막 삶을 편안하게 마무리해주는 스케줄을 짠다. 미국처럼 말기환자의 90%가 호스피스라는 시스템에 의해서 삶을 관리하는 방안은 없을까 하고 의료정책의 큰 줄거리를 세우는 공부도 한다. 그가 해마다 직접 간접으로 임종한 환자는 병원에서 200여 명, 서울지역 가정 호스피스를 통해 170여 명이나 된다. 환자들이 통증 치료를 제대로 받지 못해 비명을 지르는 모습이 늘 머리에 떠올라 왕진을 게을리할 수 없다. 어느 환자 머리맡에 놓여 있는 오래된 개다리소반과 왱왱거리는 파리 떼가 아픔으로 느껴져 그의 발걸음도 빨라진다. 나는 그에게 물었다.

"무엇 때문에 이렇게 왕진을 서두르세요?"

그가 대답했다.

"저는 목적을 가지고 삽니다. 마지막 떠나는 사람들을 편안하게 해주고 싶습니다. 존엄한 삶을 끝내도록 돌봐주는 것이 제 일입니다."

의사로서 그의 활동은 추상적이지 않고 항상 구체적이다. 환자에게 솔직하라고 채찍질한다. 지난 6월 그의 왕진에는 젊은 의사가 동행했다. 개신교 신자인 정 박사가 호스피스 간호를 담당하는 가톨릭 수녀, 그리고 무신교인 레지던트 의사와 팀을 이뤄 말기환자 집을 방문하는 일도 잦아졌다. 젊은 의사들이 호스피스 치료에 관심을 보이며 기꺼이 그와 동행하는 모습이 아름다웠다.

왕진 다니는 호스피스 전문의 2

서울성모병원 이경식 박사

또 한 사람의 호스피스 전문의사인 이경식 박사에 대해서 여러 사람들이 내게 전화를 걸어왔다. 그의 왕진 활동에 대한 목격담을 전해주기 위해서였다. 그는 언제나 과묵한 사람이다. 그런데 환자 옆에만 가면 얼굴에 잔잔한 미소가 흐르고 할아버지가 옛날이야기 하듯 조곤조곤 여러 가지 증상을 설명해준다. 의사와 간호사, 사회복지사, 자원봉사자 들로 이뤄진 이경식 진료팀은 서울 지역뿐 아니라 남양주 과천 분당 수지 지역의 말기환자 집을 찾아가고 있었다. 그의 왕진 가방에는 청진기와 플래시, 성서 등이 들어 있다.

그는 한국에서 의과대학을 졸업한 후 미국의 여러 병원에서 13년 동안 혈액종양 내과의사로 활동했다. 귀국해서 의사로서 삶의 의미를 찾기 시작한다. 1980년대 초였다. 종양전문의인 그가 간판도 없이 호스피스 활동을 시작한 것이다. 8년 후에는 현재의 서울성모병원에 호스피스 병동이 세워졌다. 그의 집념이 낳은 우리나라 최초의 종합병원 완화의료 시설이었다.

"호스피스는 처음엔 의사 후배들에게도 큰 감동을 줍니다. 그러나 다른 진료과목처럼 화려하지가 않아요. 월급 더 주는 것도 아니고 그렇다고 남이 알아주는 것도 아니고. 그래서 의사들이 제 뒤를 이으려고 하지 않았어요. 저 스스로 제 삶의 의미를 찾아야 했습니다. 호스피스 의사가 되는 것은 제 소명이었습니다."

종합병원에서 다른 과목의 의사들은 나름대로 '왕'이라고 불린다. 명성도 따른다. 당연히 의사가 주인이 되고 그 권위에 도전할 사람이 없다. 의사가 한 번 진찰하고 처방하면 다음 절차가 기다린다. 그러나 호스피스 의사는 환자 집을 방문하면서 왕 노릇을 할 수가 없다. 간호사, 성직자, 봉사자 들과 같이 움직이며 환자가 편히 삶을 마무리할 수 있는 방법을 찾아야 하기 때문이다. 따라서 협업체제를 갖춰야 한다. 한 개의 팀이 환자를 섬기는 입장이라야 환자의 존엄을 찾아주는 호스피스 치료가 가능하다고 그는 말한다.

그는 가정집에서 13년 동안 누워 지낸 한 여성 말기환자를 진찰한 적이 있었다. 그 오랜 기간에도 욕창이 생기지 않을 만큼 남편의 보살핌이 극진했다. 마침내 식물인간이 된 그 환자가 어느 날 자연으로 돌아갔을 때 그는 이들 부부가 호스피스 치료를 계기로 '승화'했다고 표현했다. 숨진 아내도 그를 간병한 남편도 이 세상에서 가장 평화스러운 얼굴로 이별한 특별한 경험을 소중히 간직하고 있었다. '빈 마음'이란 게 바로 그런 모습에서 나타날 것이라고 그는 말했다.

이경식 박사는 왕진하며 환자를 보고 나올 때마다 '나는 이대로 죽어도 좋다. 당장 세상을 떠나도 후회가 없다. 그것이 나의 길이다.'라고 늘 다짐한다. 말기환자들이 자신을 필요로 한다면 어디든지 방문하겠다는 것이다. 그래도 70세를 갓 넘긴 나이가 있지 않으냐고 물어보면 '내가 움직일 수 있을 때까지'라고 답변한다. 그는 왕진을 갔다오다 발을 삐끗한 적도 있다. 그런데도 별일 없다는 듯 호스피스 병동에 입원한 환자들을 돌아보고 그의 팀과 함께 서울 지역 말기환자 가정 방문도 빠뜨리지 않는다. 이경식 박사 그리고 정극규 박사 두 분에게 축복이 있기를 빈다.

죽은 자도 말을 한다

국과수 원장 지낸 유영찬·정희선 부부

죽은 자는 말이 없다. 정말 그럴까.

그러나 곰곰이 생각해보면 죽은 자도 말을 하는 것 같다. 누가 그렇게 할까. 죽은 자들이 말을 하게 만드는 사람들이 있다. 한국의 CSI과학수사대인 국립과학수사연구원(국과수)이다. 이 기관의 최고 책임자를 지낸 부부가 있다. 10년을 사이에 두고 차례차례로 국과수 원장을 지낸 유영찬, 정희선 부부이다. 이들이 국과수에서 보낸 각각 35여 년의 긴 세월은 죽은 자의 말을 들어보는 시간의 연속이었다. 시체의 언어는 인내와 열정이 깔린 과학적 수사를 통해서만 알아들을 수 있다.

죽은 자의 말을 듣는 데 청춘을 바쳐온 전 국과수 원장 부부를 만나기 위해 서울 목동에 있는 한 아파트를 찾았다. 과학수사라는 단어가

풍기는 냉정과 치밀함 때문에 그들도 엄청나게 보안 시설이 잘 되어 있는 집에서 살겠지, 하고 짐작했다. 그런데 현관문의 도어록이 헐렁거리는 것을 보고 상상을 접었다. 부부는 오래전에 고장이 나 열쇠수리공을 부를 참이었는데 게으름을 피웠다고 한다. 지난여름 국과수 원장 직에서 퇴임한 정 씨나 훨씬 앞서 물러난 유 씨나 남대문 시장에서 마주치는 초로의 아주머니 아저씨처럼 정겹다.

과학수사 책임자를 연상시키는 날카로움이나 차가움도 느껴지지 않는다. 서재를 가득 채운 유기화학, 무기화학 그리고 각종 과학수사 관련 책들이 이들 부부의 경력을 설명하는 자료가 됐을 뿐이다. 현재 국제법과학회 회장으로 활동하고 있는 정 씨와 한 제약회사의 중앙연구소 소장인 유 씨는 여전히 과거의 업무와 관련된 일에서 몸을 빼지 못하고 있다.

정 씨가 차를 끓여 내오면서 말했다.

"저는 이 세상을 떠난 사람들이 몸으로 뭔가를 이야기하려고 하는 것을 알고 있어요. 그걸 우리 수사연구원 직원들이 들어줘야 한다는 생각으로 일해왔습니다. 세상에는 늘 많은 사건과 사고가 끊임없이 발생하고 원인을 알 수 없는 죽음과 맞닥뜨리는 경우가 생깁니다. 죽은 사람의 시체를 보면 겉으로는 도저히 파악이 안 되는 일이 많지요. 그때 우리는 몸의 이야기를 듣습니다. 진실을 밝혀서 사망자의 권리를 찾아주려면 그 이야기를 잘 들어야 해요. 인권과 인간의 존엄에 관한 이야기이지요."

"몸의 이야기를 어떻게 들어요?"

"신생아가 뚜렷한 이유 없이 숨을 거둔 사건이 있었습니다. 네 명의 부검의가 한 조가 되어 부검대를 둘러쌌을 때의 모습을 상상해보세요. 내가 여자여서 그런지 몰라도 난 메스를 들고 있는 여성 부검의들의 눈빛을 읽을 수 있어요. 진지하고 단호하고 그러나 따뜻함이 섞여 있어요. 아기 시신을 만지는 그 조심스러움은 사명감의 결정입니다. 장기를 조사하고 체내에서 검출된 각종 체액의 성분으로 진실을 알아냈어요. 아기가 억울하다고 말을 한 거지요. 외부로 봐서는 전혀 나타나지 않는 뭔가 이상한 게 잡혀갑니다. 결국 사인을 알아낼 수 있는 약 성분이 드러납니다. 태어난 지 얼마 안 된 아기도 진실이 밝혀져 존엄한 죽음을 맞이할 권리를 찾았어요."

"여성 부검의가 아기 시신을 만질 때는 남성과 다른 감정을 갖게 될까요?"

"그들은 아이를 낳는 엄마 또는 예비 엄마이기 때문에 아기 시신을 놓고 범죄와 관련된 어떤 감정이입이 안 되도록 교육을 받았습니다. 그러나 자기 아이와 같은 또래의 시신이 들어올 때는 해당 부검의에게 해부를 맡기지 않습니다. 마음이 흔들려서는 안 되니까요."

"매일 20~30건의 부검을 하면서 각 시신이 하는 말에 다 귀 기울일 수 있나요?"

"죽은 자의 인권은 산 자의 인권과 똑같다는 입장에서 해부가 시작됩니다. 시신을 절대로 사건과 연결시키지 않습니다. 오로지 과학적 증거를 통해 인권을 찾아줍니다. 체액, 위액, 혈액, 대소변 등을 통해 각종 독성을 밝혀내고 신체에 나타난 상처와 수많은 흔적을 분석합니다. 화재 현장에서 발견된 시신은 콧속의 검댕조차 성분을 알아내야 합니다. 유전자 분석은 침해받은 사망자의 권리를 찾는 시간을 줄

여줍니다. 결국 시신이 억울하게 죽었는지 아닌지 스스로 말하게 됩니다."

남편인 유영찬 전 원장에게는 아내와는 다른 질문을 했다. 죽은 자의 소리를 듣지 못하게 되는 경우도 있느냐고 물었다.

"1987년 오대양 사건에서 발견된 32구의 집단 변사체 가운데 일부는 부검을 통해 혈액검사 피부조직 검사 등을 했지만 반항 흔적이나 약물 흔적 등이 발견되지 않아 지금도 죽음이 미스터리로 남아 있습니다. 결국 그들이 하고 싶어 하는 말을 들어보지 못한 사건이었지요."

"1980년대 그 시절에는 변사 사건이 유별나게 많았지요?"

"그렇습니다. 과학적 증거를 찾아내는 데 애를 먹었습니다. 특히 어린이 변사 사건이 많아서 어떻게든 억울함을 밝혀냈어야 했어요. 엄마가 회충약 대신 농약을 잘못 먹여 아들 3형제가 생명을 잃은 사건도 있었고, 제사 공장에서 파라치온이 남아 있는 농약 포대에 번데기를 담아 전국 여러 곳에서 판매한 사건도 발생했어요. 전국 여러 곳에서 이 번데기를 먹은 어린이들 30여 명이 중독 사망한 사건이지요. 아이의 피부염을 치료한다든가 머리의 이를 잡기 위해 농약을 잘못 바르거나 뿌리는 참 무지한 일들이 벌어졌어요. 그때마다 그 아이들 시신을 부검해야 하는 아픔을 겪었습니다."

변사(變死)와 병사(病死)의 갈림길

1970년대 말에는 유독 번데기를 먹고 사망한 어린이 변사 사건이 연이어 발생했다. 서울 성북구 정릉

일대에서부터 도봉구 상계동 지역까지, 그리고 경기도 파주 지역에서 농약에 오염된 번데기를 먹은 어린이들이 수십 명씩 쓰러지는 해괴한 사건이 발생해 민심이 흉흉했었다. 번데기 행상들이 잘못 다룬 것들도 많았다. 번데기에는 지방질이 많아 농약 포대에서 오염되면 아무리 씻어도 독성 성분이 빠지지 않는다고 유영찬 씨가 설명했다.

"그런데 걱정거리가 있어요. 옛날이나 지금이나 농약 복용이 자살 수단으로 이용되고 있으니 보통일 아니지요. 변사 사건 가운데 꼭 등장하는 게 바로 농약 문제였어요."

농사철에 쓰고 남은 농약 처리가 골치였다. 자살사건이 많이 일어나는 일부 지방에서는 폐농약을 수거하는 운동을 벌이고 있다. 강원도와 전라도 일부 지역 농촌에서 논두렁에 굴러다니는 농약통 모으기 캠페인이 한창이다. 삶의 고독이나 질병의 고통을 농약으로 풀어보려는 유혹을 끊어야 하기 때문이다.

"변사와 병사는 한 끗 차이인데 변사자는 수십 배 어렵고 거친 절차를 밟아야 그의 영혼이 겨우 쉴 곳을 찾는군요."

"일단 변사 판정이 내려지면 시신은 경찰을 거쳐 검찰 지휘를 받은 후 국과수의 부검대에 오르게 되지요. 1980년대에 투병 중인 어느 대학 교수 남편과 내과의사 아내가 동반 자살한 사건이 있었어요. 그런데 인체에 나타난 여러 가지 증거물을 분석한 결과 아내가 남편을 먼저 숨지게 하고 나중에 아내 스스로 목숨을 끊은 것으로 밝혀졌습니다. 부부가 함께 부검 대상이 됐어요."

"(정희선 전 원장에게) 죽은 자의 소리를 더 많이 들을 방도는 없나요?"

"있지요. 두메 산골 벽지에는 인우(隣友)보증 제도라는 게 있어요. 의사가 먼 산골짜기까지 들어가서 사망 원인을 확인할 수 없으니까 일단 동네 사람들의 보증만으로 시신을 매장할 수 있도록 하는 제도입니다. 그런데 이 죽음이 사고사인지 자연사인지 구분하기 어려운 경우가 있습니다. 그냥 의사가 봐도 잘 모르는 죽음이 많은데 죽은 자가 말할 기회조차 없는 상태에서 매장됩니다. 그러니까 좀 미심쩍다 하는 죽음이 발생하면 귀찮더라도 가족이 부검 의뢰를 해서 죽은 자의 인권을 지켜주어야 합니다. 우리나라에서 시신을 부검하는 경우는 매년 5천여 건에 지나지 않아요. 인구 비율로 보면 외국에 비해 부검율이 아주 낮은 편입니다."

미국 등 각국 수사물이 국내 방송에서 인기를 모으면서 부검의에 대한 관심도 높아지고 있다. 죽음을 둘러싼 진실 규명에 긴박한 상황이 돌아가지만 부검의 핵심은 역시 생명은 귀중하다는 것이다. 서울 삼풍백화점 붕괴나 대구 지하철 참사 사건 때 시신의 뼈 속에서 유전자를 밝혀낸 것도 그 같은 의지의 결과였다. 사람이 사는 세상은 그래야 한다고 이들 부부는 강조한다.

누구나
효도 시험대에
오른다

자녀들의 효심(孝心) 경쟁

30대 젊은 남자 환자가 경기도 성남시에 있는 보바스기념병원의 완화의료센터로 들어온다. 말기암환자는 보통 20여 일을 넘기지 못한다. 그러나 그가 입원한 지 한 달이 넘도록 부모는 쉽게 아들의 생명을 포기하지 않는다. 며느리도 집요하게 남편의 연명치료에 매달리며 중환자실을 드나든다.

환자가 노인이라면 분위기가 좀 달라진다. 할머니가 말기인 경우 배우자인 할아버지는 애정밀착형이 된다. 할머니를 떠나보내기 싫어 계속 치료를 서두른다. 이에 비해 자녀들은 차분한 모습이다. 엄마를 편히 보내드리기 위해 연명치료를 중단하는 게 좋을 것이라고 아버지를 설득한다. 이 병원의 호스피스 전문의인 박진노 내과과장은 자신의 감정을 잘 드러내지 않는다. 그가 할 수 있는 일은 환자의 증상이 더욱 나빠질 가능성이 크므로 보호자가 임종을 준비하는 데 충분한 정보를 제공하는 것이다. 가족의 합의로 환자가 편안하게 마지막 시간을 보내는 길을 찾아주는 것이 최선이라고 믿는다.

박 과장은 환자에 대한 효도가 어디까지여야 하느냐를 늘 생각한다. 자칫 '지나친 효도'가 환자를 힘들게 하는 경우를 많이 목격한다. 임종을 앞두고 있는 말기환자 부모를 우겨가며 다른 대학병원으로 옮겨 가는 자녀들도 있다. 부모에게 잘못했던 죄책감 때문에 연명치료에 집착하는 경우도 있다. 나는 정치인이나 정부 고위직에 있었던 사람들의 가슴 아픈 참회를 기억한다. 암으로 다 죽어가는 어머니를 수술하고 또 수술하도록 의사에게 맡겼던 불효를 지금까지도 씻어낼 수 없다는 고백이었다. 자신은 그게 효도인 줄 알았는데 뒤늦게 깨닫고 보니 불효도 그런 불효가 없었다는 것이다.

어느 병원에서나 환자가 죽어가는 과정을 지켜볼 수 있다. 가족들의 반응도 다양하다. 현대 의학의 모든 수단이 동원되어도 차도가 없을 때 나타난다. 무의미한 연명치료를 중단할 것인가 말 것인가의 기로에서 모두가 번민한다. 결정의 순간에 가족 구성원의 뜻을 모으는 데 시간이 걸린다. 환자가 사전의료의향서를 작성하지 않았거나 평소에 남긴 유언마저 없다면 처리는 더 어려워진다. 더구나 환자가 재산과 명예를 많이 쌓은 사람이라면 자녀들 사이에 효심 경쟁도 눈에 드러난다.

누군가 "우리 부모님을 이렇게 치료 중단시키며 팽개칠 수는 없지 않으냐?"는 말을 꺼내면 아무도 이의를 제기할 수 없는 상황이 된다. 가족 중에서도 가장 무게 있어 보이는 웃어른이 환자의 편안한 마무리를 설득해주지 않는다면 어쩔 수 없이 무작정 연명치료에 들어가기 십상이다. 오래전 K 장관의 연명치료 중단에 대한 아들 간의 송사도 결국은 재산 상속을 둘러싼 효심 다툼에서 벌어졌다. 아버지의 명예를 먹칠한 사건이었다. 사랑이 흐르지 않는 가족에겐 이상한 일들이 꼬리를 문다. 엄마 아빠를 계속 중환자실에 둘 것인가 말 것인가를 놓고 의견대립이 날카로울수록 진짜 효심을 읽기는 어렵다.

'시신(屍身) 장사'의 추태

중환자실이나 호스피스 병동에서 엿볼 수 있는 가장 한국적인 현상이 하나 있다. 그동안 환자 간병에 거의 모습을 보이지 않았던 친인척이 어느 날 나타나서 요란하게 울거나 큰 소리로 다른 보호자들을 야단치는 일이다. "환자를 이렇게 버려둘 참이냐."고 호통이라도 치면 그동안 다른 가족이 쌓아놓은 화합과 인내라는 공든 탑이 무너지고 만다. 이미 결정했던 호스피스 치료마저 중단 위기에 빠진다. 사전의료의향서 등도 휴지 조각이 된다.

큰 목소리의 주인공이 과시하는 효심이 더 애절한 것으로 착각하게 만든다. 그래서 불효자로 누명을 쓰게 될지도 모를 다른 가족들은 항상 마지막에 나타나는 돌발변수를 경계한다. 무의미한 연명치료 중단 결정을 둘러싸고 동생이 형이나 오빠 누나와 의견을 달리한다면, 대개는 위 형제들이 난감한 처지에 몰린다. 동생들이 엄마 아빠의 사랑을 더 많이 받고 자랐기 때문일까, 아니면 삶과 죽음의 의미를 덜 깨우쳤기 때문일까.

나는 서울시립병원에서 숨진 일부 말기환자들이 다음 날 큰 종합병원의 근사한 영안실로 옮겨 가는 슬픈 이야기를 자주 전해 들었다. 시립동부병원의 L 간호사는 이렇게 한탄했다.

"평소에는 전혀 찾아오지 않던 어떤 아들딸들이 부모님 사망 소식을 전해주자마자 쫓아와서 시신을 큰 병원으로 옮겨 가 장례식을 치릅니다. 자손의 체면을 세우자는 뜻도 엿보이지만 기실은 조문객들로부터 부의금을 많이 받아내자는 속셈이 있는 것이지요. 그런 걸 알게 되면 세상이 참 삭막해졌다는 느낌이 들어요. 이거야말로 부모님 사망을 놓고 시신 장사를 하자는 거지요."

이와 비슷한 '시신 장사'를 여러 병원에서 들을 때마다 나는 취재를 망설였다. 죽음이라는 그늘 뒤에 숨은 인간본성을 들추어내고 불효를 고발해야만 옳은 것인지 알 수 없었다. 도대체 세상을 제대로 읽어낼 자신이 없었다. 잘 키워낸 자식들의 배반을 나는 싱가포르의 한 잡지에서 읽은 적이 있었다. 그 나라 중산층 가정에서 좋은 교육을 받고 자란 아이들이 어른이 되어 부모를 외면하다가 막판에 재산만 챙겨가는 세태를 묘사한 글이었다.

우리나라에서도 효도로 위장된 호화판 장례식은 여럿 있었다. 시신이 묻히고 난 다음에 동네 사람들의 입소문으로 1차 효도시험은 끝난다. 2차 시험은 자신의 양심에 따라 자신이 치러야 할 것이다. 마지막 3차 시험은 자신의 죽음에 가까워졌을 때이다. 그때 자신의 배우자와 자식들에게 무슨 이야기를 할 것인지를 안다면 그래도 괜찮은 인생을 살고 있는 사람들이다. 자칫하면 자신이 부모에게 했던 대로 또 고달픈 임종을 맞게 될 것이다.

경기도 포천에 있는 모현 호스피스 센터의 한 수녀의 이야기이다.

"부모를 이곳에 맡겨놓고 가버린 가족이 있습니다. 처음에는 이런 저런 변명을 늘어놓다가 나중에는 전화조차 받지 않습니다. 좀 배웠다 싶은 사람들이 그렇습니다. 시신을 찾아가지 않는 경우도 있습니다."

인간은 누구나 깨끗한 마무리를 하고 싶어 한다. 다만 실행이 어려울 뿐이다. 그래서 부모나 배우자의 마지막 가는 길에는 도움이 필요하다. 종양 전문의인 L 교수는 효도의 재발견을 주장한다.

"장성한 세 아들이 있었습니다. 그런데 위암 말기인 엄마에게 마지막까지 심각한 증상을 알리지 않았습니다. 의사가 그들을 설득해도 막무가내였어요. 환자에게도 인생을 정리할 기회를 주어야 한다고 했어요. 그런데 세 아들이 똑같이 엄마에게 사실을 알리면 충격을 받아 돌아가실 것 같으니 이를 비밀로 해두자고 합니다. 결국 환자는 자신의 운명도 모른 채 세상을 떠나버렸어요. 그게 무슨 효도인가요. 불효막심한 거지. 지금 이 시대에는 죽음을 둘러싼 올바른 효도를 가르쳐야 합니다."

무심한 효도나 무식한 효도에 대한 걱정이 앞서고 있다. S 대학의 P 교수에 따르면 지식층의 자녀들 사이에 '부모에게 최선을 다했다' 던가 '최고의 모든 것을 해드렸다'며 자기만족을 하는 경우가 많다.

"부모가 말기 상태라면 이미 의학적 의료적 치료는 끝난 셈이지요. 그런데 그 단계에서도 엄청난 비용을 들여가며 환자를 외국 병원에 모시고 오고 가느라 모두가 지쳐 있어요. 그건 환자를 위한 것일까요 아니면 자식의 체면치레를 위한 것일까요? 부모를 이곳저곳으로 모시고 다니는 행위는 결국 환자를 괴롭혀서 빨리 돌아가시게 하는 것으로밖에 보이지 않아요."

연극 <죽이는 수녀들 이야기>와 연극배우 박용범

환자가 불치병 진단을 받았을 경우 화목한 집안은 환자에게 시선을 맞추고 그를 중심으로 간병할 것이다. 환자가 생각해온 삶의 방식을 존중하고 평화로운 인생 마무리를 도와준다. 이것이 우리가 기억할 만한 효도 방식이다. 그러나 별난 가족들도 많이 눈에 띈다. 초기 증상 때는 멀리 제주도 등지에서부터 서울까지 치료 여행이 시작된다. 병이 점점 악화되면서 가족 구성원의 사회생활도 힘들어진다. 환자가 말기에 가까워질수록 가족은 더욱 그의 옆에 있어줘야 하는데 오히려 멀리 떨어지고 데면데면해진다. 효도는 이때부터 시험대에 오른다. 효와 불효는 환자에게 갖는 사랑의 깊이에 따라 달리 반응한다. 그런데 죽어가는 사람은 불행하게도 그 깊이를 이야기하지 못한 채 떠나버린다.

연극배우가 된 지 19년째에 접어든 박용범 씨는 지금도 어제 일처럼 또렷이 기억하고 있었다. 어느 날 포천에 있는 호스피스 병동으로 달려가는 차 안에서 아버지가 말했다. "너, 나를 그곳에 버리려고 그러지." 아버지의 시선은 처져 있었고 목소리는 맥없이 가라앉았다. 그는 상심한 나머지 가슴의 통증을 느꼈다. 자동차 급브레이크를 밟았다. 화가 치밀어서 계속 핸들을 잡을 수 없었단다.

"4년 전이었습니다. 그때 아버지는 위암 말기 판정을 받았어요. 여러 병원을 돌아다니며 입원과 퇴원을 되풀이했습니다. 어느 날 의사가 아버지를 호스피스 병동으로 옮겨서 편안한 마무리를 해드리는 게 어떻겠느냐는 의견을 물어왔습니다. 알았다고 대답하고선 그 길로 포천에서 작은마리아 수녀회가 운영하는 말기환자 병동으로 달려갔습니다. 한 번 둘러보고 다시 보고 해서 모두 네 차례나 사전 답사를 했습니다. 그때 그곳 책임자인 카리타스 수녀가 저한테 그랬어요. 미리 답사해서 조사한 사람치고 호스피스 병동에 입원한 환자는 없더라, 라고요. 그 말을 들을 때 따끔했어요.

그런데 그 병동의 의사와 간호사 그리고 자원봉사자 들이 말기환자들을 돌보는 모습을 지켜보면서 아, 이런 곳이면 괜찮겠다 싶어 아버지에게 말씀을 드렸지요. 이렇다 저렇다 말씀이 없었습니다. 본래 부자 사이란 좀 그렇지 않나요. 아버지가 동의하시는 줄로 알고 포천으로 모시고 가는데 어느 순간 아버지의 시선이 이상하게 느껴졌습니다. 아버지의 눈이 내게 말했습니다. '나, 그냥 이렇게 가는 거야? 죽으러 가는 거냐고?' 하고 말입니다. 가슴이 덜컥했지만 못 본 체했습니다. 그런데 그 시선은 더욱 어두워졌습니다. 마침내는 '너, 정말 날 버리려고 그러는 거지.'라고 한마디 하시는 아버지의 얼굴을 보았습니다. 세상의 모든 아들들이 그런 상황에 부딪혔다면 누구나 가슴이 미어 터졌을 것입니다. 화도 나고요. 그렇게도 아들의 마음을 몰라주다니."

내가 이름이 잘 알려지지 않은 이 중견 배우의 이력을 추적한 것은 카리타스 수녀를 통해서였다. 4년 전 늦가을 서울 대학로에서 공연된 〈죽이는 수녀들 이야기〉를 관람한 적이 있는데 바로 그 연극이 화제의 인물로 등장한 아들 박용범 씨가 제작한 것이었다. 그는 자신이 겪은 죽음의 문제를 무대에 올려놓고 객석에서 눈물을 흘리곤 했다. 아버지의 그 시선이 되살아나서였다. 내가 공연장에 갔을 때 그는 배우로 분장해 말기암환자의 아들로 무대에 섰었다. 배우이자 제작자이며 좋은 죽음의 의미를 관객에게 전달하는 메신저였다. 연극은 그해 벌써 3차 공연까지 갔다.

삶 자체가 연극무대이다

나는 그를 다시 수소문해 한 카페에서 만났다. 비에 젖은 야구 모자를 깊이 눌러쓰고 작은 배낭을 어깨에 메단 채 나타났다. 똑같은 제목의 연극을 또 무대에 올리기 위한 준비에 몸이 축났단다. 호스피스 병동에 입원했던 당시 아버지 이야기가 계속되었다.

"아버지는 중환자실이라면 진절머리를 냈어요. 거기만 아니라면 어디라도 좋다고 했어요. 그런데 막상 호스피스 병동에 모시고 가려 했더니 그런 심경의 변화를 일으킨 거죠. 병동에 도착한 첫날은 시무룩하시더니 그다음 날부터는 표정이 달라졌어요. 수녀님들, 간호사 간병인 봉사자들이 너무 잘해주니까 얼굴이 환해졌어요. 일류 호텔 주방장을 지낸 아버지는 거기서 병원 관계자들에게 요리 비법을 가르쳐주면서 하루하루를 재미있게 지내다 정말 편안하게 눈을 감았습니다. 연극 〈죽이는 수녀들 이야기〉에 그런 장면을 담았어요."

그러나 이 중견배우의 삶은 평화가 아니었다. 연극을 하면서 주유소 종업원을 거치고 짝퉁 가방을 팔러 다녔는가 하면 지하철역에 가판대를 깔아놓고 모자를 팔았다. 그리고 밤에는 무대에 올랐다. 언제나 관객의 환호와 박수 소리가 그리웠다. 수입이 적을 때는 새벽에 우유를 배달해 가족의 생계에 보태 썼다. 당시 72세의 아버지는 고

급호텔에서 받는 월급 대부분을 술 마시는 데 써버리고 집에서는 폭력을 일삼는 난폭한 가장이었다. 아들 4형제 가운데 그를 뺀 3형제가 가출했다.

어느 날 그는 술에 취해 있는 아버지를 보다 못해 결투를 신청했다. 아버지와 아들이 주먹을 불끈 쥐고 대결한다는 게 말이나 되는가 싶었다. 그러나 아들의 비장한 마음을 보여주어야 아버지가 정신 차릴 것 같았다. 기골이 장대한 아버지가 야산을 골랐다. 그런데 덤벼라, 하고 큰소리치던 아버지가 갑자기 주저앉더니 눈을 감아버렸다. 부자간 결투는 시작하자마자 끝났다.

"그 뒤 아버지가 말기암이라는 사실을 알게 되었습니다. 투병 기간 중에는 연극도 장사도 모두 집어치웠습니다. 아버지를 모시고 그동안 고생한 엄마와 함께 동해로 서해로 여행을 다녔습니다. 가장 역할을 전혀 하지 못한 아버지였지만 죽음에 직면한 당신을 보면서 내가 연극을 통해 무엇을 관객에게 전달해야 할 것인지를 알아차렸습니다. 저는 배고픈 연극인이지만 호스피스 봉사, 사별가족 모임을 통해 사랑을 배웠습니다. 내 연극을 본 한 노부부가 정답게 손을 잡고 눈 내리는 밤거리로 사라지던 모습을 잊을 수 없어요."

나는 임종을 앞둔 환자 앞에서 드러난 가족들의 본성이 훌륭한 연극 소재가 될 것이라고 생각해왔다. 삶 자체가 연극무대나 다름없지만 죽음이라는 극적인 요소가 예측할 수 없는 반전을 이끌어내기 때문이다. 박용범 씨는 그의 경험을 무대로 옮긴 연극인 가운데 한 사람이었다. 그는 올 초여름에 〈달팽이의 별〉이라는 또 다른 공연을 마련했다. 듣지도 보지도 못하는 시청각 중복 장애인들이 달팽이처럼 오로지 촉각에 의지하며 느리게 삶을 이어가는 장면을 연출해냈다. 서울 홍대 역 부근의 극장에서 첫 공연을 끝낸 그가 제작자로 무대 인사를 했다.

"저는 달팽이처럼 살아가는 사람들을 통해서 소통을 뛰어넘는 공감을 만들어내고 싶었습니다. 그들의 섬세한 촉수가 우리에게 사랑을 전달하고 있습니다."

객석을 가득 메운 관객들의 질문이 쏟아졌다. 장애인들의 삶과 죽음, 이상과 현실 사이에서 부대끼는 고통을 어떻게 무대로 옮겼느냐에 관한 것이었다. 20, 30대가 주류인 관객들이 우리 사회의 소수자인 장애인들을 이해하며 다가갔다.

대법원 존엄사 판결 이끌어낸 신현호 변호사

나는 연극무대가 아닌 법정을 드나드는 변호사 사무실에서도 많은 인생사를 배웠다. 존엄사 사건과 관련된 소송을 여러 차례 맡아왔던 서울서초동 신현호 변호사 사무실에서는 이따금 해프닝이 일어난다. 한 치도 물러설 수 없는 논리로 무장하는 게 변호사의 장기이다. 신 변호사는 2009년 대법원의 존엄사 판결을 끌어낸 세브란스병원 김 할머니 가족 측의 특별대리인이기도 했다.

몇 년 전 여름 그의 사무실에 잘 차려입은 80대의 한 할머니가 나타났다. 그가 앞세운 중년의 남자는 큰 병원의 부원장 이름이 적힌 명함을 건넸다. 어리둥절해 있는 신 변호사에게 할머니는 사전의료의향서를 내밀며 공증을 요구했다. 머쓱한 표정의 의사 아들을 가리키며 "우리 아들이 보는 앞에서 내 뜻을 확인받고 싶다."고 말했다.

할머니는 자신의 동생이 오랫동안 암 투병하는 과정을 지켜보면서 "나는 저렇게는 안 산다. 저건 인간으로 살 짓이 아니다."라고 되뇌어 왔는데 집안에서 누구도 귀 기울여주지 않았다는 것이다. 어느 날 자신이 병들었을 때 말기상태에 이르러서는 그냥 편안하게 세상을 떠나도록 해달라는 뜻을 밝혀두고 싶었다. 그러나 아무리 생각해도 그렇게 될 것 같지 않고 가족이 무조건 자신을 연명치료 해줄까 봐 겁난다는 하소연이었다.

의사인 아들조차 어미의 그런 소망을 이해해주지 못하고 부모 위한다고 여차하면 자신에게 심폐소생술도 하고 인공호흡기도 들이대면 그때 무슨 수가 있겠느냐, 그러니 제발 그렇게 하지 말아달라, 이렇게 확실하게 미리 공증을 맡아놓겠다는 게 할머니의 뜻이었다. 사전의료의향서는 일부러 공증을 받지 않아도 지정된 요건에 맞게 작성되면 말기환자의 뜻이 관련법(암관리법)에 따라 존중된다. 그런데도 그 할머니가 구태여 공증을 요청하는 건 나중에 그 서류가 위조됐느니 안 됐느니 하며 가족 구성원 간에 말다툼이 생길 여지를 미리 차단하고 싶어서였다. 효도 경쟁이 자신의 마지막 삶을 망쳐놓을지도 모른다는 걱정이 앞섰던 모양이다.

신 변호사는 이 같은 상황에 자주 마주친다. 사전의료의향서의 공증을 받아놓으려는 보통 사람들의 심리는 자신이 편안하게 세상을 떠나고자 하는 마지막 길을 가족이 지켜줄 것인지 미덥지가 않기 때문에 나타난다.

"뇌성마비로 생존 자체가 어려운 1개월 된 아기가 있었습니다. 여러 가지 합병증도 발생해서 연명치료를 중단해야 하느냐 말아야 하느냐 하는 사건으로 커졌지요. 그 병원의 의료진들은 아기가 살아 있는 한 계속 치료해야 한다는 입장에서 물러서지 않았습니다. 물론 갓난아기에게 사전의료의향서나 죽음에 관한 의사표현 같은 게 있을 수 없는 상황이었습니다. 의료진과 가족 간 회의에 나도 참석했는데 아기 아빠가 말했어요. '이 중에서 누군가 눈물 젖은 빵을 먹어본 적이 있습니까, 우리 아기가 태어나면서부터 저런 식의 인생을 살아야 하고, 저런 식의 연명치료를 계속해야 합니까, 여러분들 아기라면 어떻게 하겠습니까, 저런 상태에서 그래도 연명치료 하겠어요?' 하고 거꾸로 우리에게 질문했습니다."

"그때 아기 엄마는 뭐라고 했어요?"

"아기 엄마는 회의에 들어오지 못했습니다. 엄마가 너무나 울어서 가족이 회의 참석을 다 말렸어요. 아기 엄마 대신 고모가 들어왔습니다. 아무래도 엄마보단 냉정할 수 있었지요."

병원 측이 그 아기에 대한 치료를 종결했는지 여부를 신 변호사는 밝히지 않았다. 나 자신도 그 결과를 알고 싶은 욕심을 가까스로 참아냈다. 그와 나는 잠시 침묵으로 결과를 이야기하지 않는 데 동의한 셈이다. 아기의 운명이 어떻게 됐는지 우리가 묻거나 대답하지 않음으로써 이 글을 읽는 독자들은 내가 저 경우라면, 하고 여러 가지 상상을 하게 될 것이다. 여러분 스스로의 가치관에 따라 가족 편에 서든 혹은 병원 편에 서서 각자의 입장을 정리해보는 기회를 가졌으면 좋겠다. 가족 편에 선다 하더라도 엄마와 아빠 사이에 미묘한 갈등도 있을 수 있다.

또 앞서 이야기한 할머니의 경우도 어느 가정에서나 부닥뜨릴 수 있는 일이다. 큰 병원의 부원장까지 하고 있는 아들을 앞세우고 나타난 그가 공증까지 요구한 일에 대해서 독자들은 어느 쪽 손을 들 것인가. 할머니의 입장인가 아니면 마지못해 따라온 아들 입장인가. 내가 그의 아들딸이라면 어떻게 부모와 대화를 나눌 것인가. 모두가 생사의 갈림길에 서게 될 어느 날에 대비하기 위해 이처럼 죽음문제에 참여하며 생각하는 훈련이 필요해졌다. 우리 모두가 그런 시대에 살고 있다. 부모를 앞에 둔 효심이나 아기를 껴안고 있는 자녀 사랑 모두가 죽음을 사이에 두고 우리를 시험하고 있는 것이다.

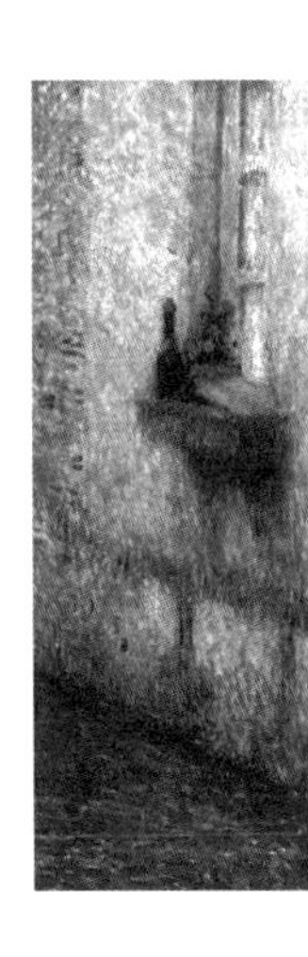

떠나는 자와 남는 자의 선택

미국에서 명성 떨친

국립암센터 이진수 원장

KTX 고속열차의 운행시간이 짧아지면서 그 속도만큼 지방 환자들은 더 빨리 서울로 이동한다. 고속도로의 새로운 노선이 생길 때마다 서울 곳곳에 우뚝 선 암병동이 블랙홀처럼 지방 환자들을 빨아들인다. 한때 미국과 일본 등을 헤매던 환자들이 한국의 의료수준이 높아졌다는 것을 깨달은 뒤 국내 병원 순례를 결코 마다하지 않는다. 날이 갈수록 의료 쇼핑이 늘어나고 있다.

나는 인터뷰 시간으로 밤을 선택했다. 누군가 가슴속에 담아둔 이야기를 듣기 위해서는 밤이 안성맞춤일지도 모른다. 국립암센터 이진수 원장은 일요일 밤 경기도 일산의 한적한 식당에 나타났다. 환자들의 삶을 들여다보는 그의 시선은 따뜻하면서도 차분하다. 한국 의

사이면서 미국 의사이기도 한 그의 경륜에서 나온 것인지도 모른다. 그가 얼마 전 작은 모임에서 이제 우리나라 환자들도 삶에 대한 인식을 달리해야 할 때가 왔다고 한 이야기를 나는 기억해냈다. 특히 말기 상태에서는 치료를 받기 위해 살 것인가 아니면 살기 위해 치료를 받을 것인가를 스스로 결정해야 한다는 이야기를 꺼냈다. 언뜻 철학적인 어투로 들려서 무슨 소리인지 짐작하기 쉽지 않았다. 나는 그 의미를 먼저 물었다.

"옛날에 우리 선조들은 죽음이 가까이 오면 곡기를 끊었지 않았습니까. 죽음을 스스로 맞이하며 살았지요. 저는 증조부와 조부 그리고 부모와 내 대까지를 포함해서 4대가 함께 사는 대가족의 한 구성원으로 자랐습니다. 멀리 가서 공부하느라 조부 등의 죽음은 직접 겪어보지 못했지만 그분들이 세상을 떠난 여러 가지 상황은 잘 알고 있습니다. 위암으로 돌아가신 어머니의 죽음은 곁에서 지켜보았지요. 죽음은 자기가 맞이한다는 것을 일상생활에서 배웠습니다. 세월이 흘러 모든 게 많이 달라졌는데 지금이야말로 삶의 마지막 단계에서는 우리도 불필요한 연명치료를 중단하고 이를 자연스럽게 받아들여야 할 때가 되었다고 생각해요."

그의 말은 현대 의학이 더 이상 어떻게 손볼 수 없는 최후의 단계에 이르렀을 그때부터 환자 치료란 아무런 의미도 없고 우리는 그저 의료기기에 묶여 목숨을 연장시키는 일에 얽매이게 될 뿐이라는 강한 암시를 담고 있었다. 그는 미국에서 거의 사반세기 동안 암 예방 연구와 치료에 전념해왔다. 그가 MD 앤더슨 병원에 있을 때 삼성그룹 이건희 회장을 치료하면서 이름이 널리 알려졌다. 한국에서 진료 활동을 펴온 지 15년. 현재는 국립암센터 원장 임무를 수행하면서 매주 두 차례 폐암환자 진료를 맡고 있다.

"말기환자 가족들이 대개 이렇게 말합니다. '환자를 아주 맡기겠습니다. 잘 알아서 해주세요.'라고요. 그래서 내가 '맡기면 나중에 찾아갈 게 없는데요.' 하고 대답하면 가족이 몹시 당황합니다. 사실 그 단계에서의 치료는 본인이 하는 것이지요. 환자 본인이 치료를 그만둘 것인지 여부를 결정해야 합니다. 미국에서는 오래전부터 그렇게 하고 있습니다. 그런데 한국에서는 환자를 제쳐두고 가족이 불필요한 치료를 결정해버립니다. 특히 한 가족 안에서도 경제권을 쥐고 있는 사람이 그렇게 해버리지요."

그가 환자에게 쏟아낸 쓴 말은 다른 의사에게서는 쉽게 들을 수 없는 내용이었다.

"환자나 가족이 자주 묻는 게 이번 항암제로 치료하면 낫습니까, 하는 질문입니다. 좋아진다는 보장을 꼭 받고 싶어 합니다. 그런 경우 미국 환자는 다소 부작용이 있지만 치료할 가치가 있다는 인식을 보입니다. 우리는 의사와 환자가 늘 치료의 주도권을 가지고 기싸움을 합니다. 미국 환자는 충분히 설명을 들은 뒤 의사에게 다 맡깁니다. 그런데 어떤 한국 환자는 자신의 증상을 말하면서 진단과 처방까지 같이 하는 해프닝이 자주 벌어집니다. 아주 독특한 현상입니다."

100만 명을 넘어선 암 경험자

명의로 소문난 그에게는 끝도 없는 민원과 부탁이 줄을 잇는다. 각계각층의 저명인사들에서부터 생면부

지의 보통 사람들까지 온갖 사연을 풀어대며 좇아온다.

"우리나라는 VIP 신드롬이 심각합니다. 일부 환자들은 암에 대한 지식을 과시하고 그래프까지 그려가며 따지기도 하지요. 그 기를 꺾는 게 쉽지 않습니다. 그래서 환자가 앓고 있는 증상을 빠른 시간 안에 알아채려면 유도심문을 잘해야 합니다. 왜 왔습니까, 폐가 어떻게 나쁩니까, 어디서 어떻게 진단을 받았습니까, 등으로 시작해서 결국 치료과정의 부작용까지를 스스로 깨닫도록 하는 과정을 밟아갑니다. 우리가 여행을 떠날 때 남의 차를 얻어 타고 험한 길에 들어서면 차멀미를 하는 경우가 있습니다. 그런데 그때 만약 본인이 직접 운전한다면 그런 현상이 나타나지 않습니다. 마찬가지로 항암제 치료 과정의 부작용도 환자가 충분히 인식하고 있다면 오히려 수월하게 이겨나갈 수 있습니다."

그 많은 사람들의 진료 요청을 어떻게 소화하느냐는 질문에 그는 이렇게 답변했다.

"여러 병원을 돌아다니다 찾아온 환자들이 내 진찰을 받으려면 1년 이상 기다려야 합니다. 처음 온 환자들은 1~2주 후에 진찰을 받을 수 있어요. 내가 원장이니까 수술도 잘할 것이라고 오해하는 환자들이 꽤 있는데 나는 그런 환자들의 선입감을 털어내는 게 힘이 들어요. 또 말기환자들에게는 생존 기간도 알려줍니다. 그건 어디까지나 평균 개념인데 환자나 가족이 그걸 이해하지 못하고 나중에 맞느니 어쩌니 하며 말들이 많아요."

의사가 말기환자에게 생존 기간을 통보하는 건 매우 힘든 일이다. 많은 오해에도 불구하고 그는 같은 일을 되풀이해왔다. 환자의 마지막 생애 정리를 돕기 위해서인 것 같다. 그가 올 여름 국립암센터 원장으로 2기 연임을 끝내며 진찰실에서 환자를 보는 시간이 더 늘어났다.

국립암센터가 전국 단위로 집계하고 있는 통계에 따르면 우리나라에서 암 경험자는 벌써 100만 명을 넘어섰다. 치료기간이 끝난 후 5년 동안 특이점이 발견되지 않아 암 생존자로 불렸던 환자들을 암 경험자로 더 순화시켜 불렀다. 그런데 그들 가운데는 별다른 열정을 가지고 있는 사람들이 많았다. 자신과 똑같은 고통에 시달리는 환자들을 보면 스스로 구원의 손길을 뻗쳐 따뜻한 곳으로 안내하려고 한다. 암 경험자들의 이 같은 유별난 심리는 곳곳에서 나타났다.

서울대 의대 윤영호 교수의 '건강 파트너' 프로그램

이화여대 목동병원에서 유방암 수술을 받은 김옥수 씨(51)를 만났다. 6년 전에 사선(死線)을 넘었다. 암에 걸리면 죽는 줄 알았다. 인생이 끝났다며 눈물 흘리던 시절이 엊그제 같았는데 이제 정상적인 생활로 돌아왔다. 그가 걷기 시작한 제2의 인생은 다른 환자들을 돕는 봉사의 길이었다. 같은 병원에서 역시 유방암 치료를 받았던 백주현 씨(52)도 그와 동행했다. '나를 좀 어떻게 해주세요.'라고 호소하는 듯한 다른 암환자들의 시선을 느낄 때마다 몸 안에서 뭔가 끓어오른다. 도와주지 않고서는 견딜 수 없는 뜨거움이었다고 말한다. 그래서 다른 암환자들을 찾아가 죽음의 두려움, 투병생활의 외로움을 풀어주는 친구가 되어주고 자질구레한 불편사항도 해결해주는 상담사 역할을 하고 있다. 두 사람은 자신들이 사회의 도움을 받아 암을 극복했으니 이제 다른 환자들을 도와야 하지 않겠느냐며 내리 사랑에 몸을 담았다고 말한다.

서울대학교병원에서 역시 암 치료를 받고 봉사활동에 나선 이정순 씨(71)는 림프암을 앓고 있는 젊은 남자 환자를 재기시킨 것을 여생의 보람으로 삼는다. "이렇게 나이를 먹었어도 다른 환자를 도울 수 있다는 건 축복입니다. 내 투병경험을 거울삼아 다른 암환자의 건강을 관리해주고 코칭할 수 있다는 게 대견하게 느껴져요."

중소기업 간부였던 김상곤 씨(70)는 위암을 극복했고 여성의류점을 경영하는 유선주 씨(57)는 유방암을 털고 일어났다. 두 사람은 서울아산병원에서 자원봉사활동을 한다. 내가 이들을 만난 이유는 희망의 릴레이가 신선했기 때문이다. 그들은 자신의 이름도, 과거의 병력을 밝혀도 좋다고 했다. 삶과 죽음의 경계선에서 보면 이승의 다툼이나 저승의 두려움도 별것 아닌 것으로 보이는 것 같았다. 한 번 아팠던 사람이 전혀 모르는 이웃 환자를 돕는 데서 생활의 활력을 느끼고 자신감 넘치는 생사관을 지니게 된다고 한다.

4년 전에 이들 암 경험자들에게 다른 암환자를 도울 수 있는 기본 교육 프로그램을 짜서 진행시켜온 주인공은 서울대학교 의과대학 윤영호 부학장이었다. 그가 국립암센터에 있을 때부터 추진해왔던 사업이었다. 암 경험자로 불리는 봉사자들은 서울과 지방의 주요 병원에서 추천받은 사람들이다. 그들은 엄격한 심사절차를 거쳐 워크숍에 참석해야 하고 전화상담 방법 및 건강코칭 교육을 받은 후 다른 암환자들에게 봉사할 수 있는 '건강파트너' 수료증도 받았다. 윤 교수는 이러한 프로그램을 통해 성공한 암환자들의 습관이 무엇인지를 치밀하게 연구했다.

구원의 작은 물결

나는 2년 전 가을에 이들의 수료식을 지켜본 적이 있었다. 눈물과 환희의 현장이었다. 죽음에서 살아난 사람들이 다시 죽음의 공포를 안고 있는 환자들을 도울 자격을 얻었다는 데서 오는 긍지와 희열이 교차하고 있었다. 수료자 한 명 한 명의 이름이 불릴 때마다 가족과 동료 들이 보내는 박수가 요란했고 여기저기서 오래도록 포옹이 이어졌다. 한때 죽을 고비를 넘겼던 사람들의 눈물에는 보통 사람의 그것보다 몇 배 진한 사랑의 감정이 녹아 있다. 내빈 속에 끼어 있었던 전재희 전 보건복지부 장관의 눈시울이 젖어 있는 것을 그때 보았다. 올봄 사별한 그의 남편이 당시에 암 투병 중이었다. 높은 사람이나 낮은 사람이나 재산이 많거나 적거나 삶의 어느 순간 우리는 생과 사의 경계선에 서게 된다는 것을 모두가 한 몸으로 느끼는 순간이었다.

그런데 이상한 일이었다. 시간이 흘러도 건강파트너 봉사자들의 열정은 식지 않았다. 2년 전에 그들의 1차 활동이 끝난 것을 자축하는 모임에서 계속 교육받고 또 봉사활동을 이어가고 싶다는 희망자가 대부분이었다. 어린이들처럼 손을 높이 쳐들었다. 경험자들과 암 환자들 사이에 만들어진 형언할 수 없는 사랑의 공감대가 그들의 봉사정신에 불을 지폈던 것 같다. 그것이 암으로부터 해방된 자와 지금 암의 속박에 묶여 있는 자 양쪽의 삶의 질을 높여주었음이 틀림없었다. 세상의 희망을 서로 주고받았다.

'건강 파트너'들의 활동을 지켜보는 사람들조차 활력을 얻었다. 한 번 사선을 넘은 경험자들은 다음에 또 넘어야 할 고비를 각오하면서 남을 도우며 열심히 살고자 했다. 그러나 그들의 활동도 재작년 말에 중단되고 말았다. 교육 프로그램을 진행할 예산이 바닥났기 때문이다. 윤 교수는 자신이 발행한 책의 인세 등으로 기금을 마련해 서울대학교병원 암병원에서 환우들을 돕는 강좌를 지원하는 것으로 명맥을 유지하고 있다.

고학력 암 경험자들의 봉사활동을 전국적으로 네트워크화할 수 있다면 투병 중인 암환자들의 사회 적응과 재활에 큰 도움을 줄 수 있을 것이다. 이것도 훌륭한 행복 찾기 운동이다. 유방암을 이겨낸 강경화 씨(55). 그는 시아버지의 암 투병생활도 지켜보았다. "지금은 생존희망이 전혀 없어 보이는 환자에게도 다가가서 도움을 주고 싶어요. 그들에게는 속마음을 털어놓을 이야기 상대가 필요하잖아요. 내가 그들 건강을 챙겨줄 수 있어요. 교육도 더 받으면 좋겠고요. 내 삶의 보람이 거기에 있는 것 같아요." 그도 구원의 작은 물결에 몸을 싣고 싶어 한다.

제2부

의학교육과 의료현장의 한복판에 서서

의대교수들의 죽음교육

교양과목이어야 할 죽음학 강의, 서울의대 정현채 교수

봄 학기가 시작되면서 미국의 거의 모든 대학들이 죽음강좌 문을 열었다. 인기 있는 교수의 강의를 들으려면 몇 년을 기다려야 한다. 미국의 『월스트리트저널』은 지난 3월 전국에 있는 대학들이 앞을 다퉈 죽음강의를 개설했으며 곳곳에 등장한 죽음살롱(death salon), 죽음카페(death cafe)가 인간의 피할 수 없는 운명을 이야기하는 장소가 됐다고 보도했다. 파이펠 교수는 우리 삶을 부정하지도 말고 왜곡하지도 말라고 경고하고 죽음을 알고 삶을 갈고 닦으라고 강조한다. 이처럼 미국 학생들은 대학 시절부터 전공에 관계없이 생사교육을 받는다. 생사교육은 빠트릴 수 없는 교양과목이다.

우리나라에서 죽음교육을 교양과목으로 선택하고 있는 대학은 한 군데도 없다. 극소수의 교수들이 관심에 따라 단편적인 교육을 시도하고 있는 정도이다. 미국에서 진행되고 있는 것과 같은 짜임새 있는 죽음학 강의를 한국에서 듣는다는 것은 상상할 수 없는 일이다. 일반대학은커녕 의과대학에서도 찾아볼 수 없다. 죽음을 말하지 않는 사회의 상징적인 현상이다. 우리 마음속에는 죽음을 둘러싼 이별조차 감추고 싶은 심리가 깊게 깔려 있다. 죽음은 비밀스러워지고 지독히 슬퍼지며 이를 알고 이해하는 데 도움조차 받기 어려워졌다.

작년 여름이 막 지나가고 가을의 소슬바람이 불기 시작할 때 나는 서울아산병원 시설 안에 있는 울산대학교의과대학 서울 캠퍼스를 방문했다. 학생들 틈 사이에 앉아서 멋진 강의를 듣기 위해서였다. 나비넥타이를 맨 정장 차림의 한 교수가 4학년 강의실로 들어섰다. 그는 스크린에 영상자료를 비추기 위해 컴퓨터를 켠다.

"옛날 사람들은 천둥과 번개를 몹시 무서워했습니다. 하늘의 노여움 때문인 것으로 믿었으니까요. 큰 불행이 닥칠 것이라는 불안과 두려움에 덜덜 떨었습니다. 그런데 인류가 과학적 사고를 하기 시작하면서 천둥의 실체를 파악한 뒤부터는 공포감이 크게 줄었습니다. 죽음도 마찬가지입니다. 죽음을 이해하면 두려움도 줄어들고 생명의 본질이나 의미도 알게 됩니다. 무엇보다 내 삶을 뿌듯하게 할 만한 게 무엇일까를 생각하게 됩니다. 제가 앞으로 한 학기 동안 여러분 앞에서 죽음강의를 하게 되었습니다. 저는 서울대학교의과대학 내과학교실에 있는 정현채 교수입니다."

서울대학교병원 소화기과 의사이기도 한 정 교수의 죽음학 강의는 이렇게 시작되었다. 그의 강의는 울산의대 본과 4학년 학생을 상대로 작년 2학기에 10차례나 이어졌다. 처음에는 학생들 사이에 아산병원에서의 임상실습과 의사국가고시 일정이 몰려 있는 그 시기에 웬 죽음교육이냐, 하는 볼멘소리도 없지 않았다. 그러나 예상과 달리 학생들은 대단한 흥미를 보였다. 출석율도 높았다.

상엿소리 울려 퍼진 강의실

"철학을 전공한 유호종 박사는 죽음을 똥으로 볼 것이냐, 된장으로 볼 것이냐 하고 물었습니다. 어떻게 보느냐에 따라 이를 대하는 우리 태도가 달라집니다. 둘의 공통점은 그 냄새가 몹시 이상하다는 점이지요. 만일 죽음이 똥이라면 우리 인생의 마지막 시기까지 절대로 떠올리고 싶지 않겠지요. 그러나 된장이라면 좀 다릅니다. 된장은 처음 냄새는 고약하지만 찌개로 요리해 먹어보면 아주 맛있는 음식이라는 것을 알게 됩니다. 그런 것처럼 죽음이 된장과 같은 것일 가능성이 없겠는가 하는 생각이 떠오릅니다. 저의 임상 경험으로 볼 때 말기암으로 극심한 통증에 시달리다가 임종 전후에 평화스러운 표정으로 떠나는 분을 보면 죽음은 똥보다는 된장일 가능성이 더 커 보입니다."

강의실 내에서 간간이 웃음소리가 들린다. 학생들의 호기심 어린 눈빛이 스크린에 집중한다. 정현채 교수는 '그림, 사진과 영상으로 보는 죽음의 여러 모습' 시간에 국내외에서 상영된 영화 읽기를 하면서 어떻게 해야 환자와 가족들의 상처가 치유될 수 있는지를 고민해보라고 주문했다.

"1995년 6월 29일 삼풍백화점이 붕괴하면서 502명이 사망했습니다. 사망한 사람 중 어느 누구도 자신이 곧 죽게 되리라는 것을 미리 알고 있었던 사람은 없었습니다. 이처럼 우리는 길모퉁이를 돌아서면 죽음을 마주치게 되는 날이 내일일지, 1년 후가 될지 아무도 알 수 없습니다. 그래서 우리는 평소에 죽음에 대해 성찰하고 준비해야 합니다. 그런데 모두가 귀를 막고 있습니다. 의사는 어떻습니까. 잘 알고 있을까요? 아닙니다. 이제부터는 의사가 한발 앞서 죽음의 문제를 생각해봐야겠지요."

그는 전남 완도에서 채록된 상엿소리를 들려준다. '개똥밭에 굴러도 이승이 낫다'는 지극히 현실주의적이고 물질주의적인 우리의 생사관, 가치관을 책상 위에 올려놓는다. 무슨 수단을 강구해서라도 오래 살고 보자는 삶에 대한 무서운 집착성이 엿보인다. 이어서 일본 영화 〈도쿄 타워〉의 후반부가 상영된다. 말기 위암으로 항암치료를 받고 있는 주인공의 어머니가 등장한다. 여러 가지 부작용으로 몸부림치는 환자의 임종과정이 세밀하게 묘사되어 있다.

화면은 다시 〈내 사랑 내 곁에〉로 옮겨진다. 김명민과 하지원이 주연한 영화이다. 루게릭병에 걸린 주인공이 점차 사지가 마비되면서 죽음에 이른다. 주인공의 아내이자 장례지도사인 하지원은 바람직한 죽음문화의 정착을 위해 입관체험 행사를 열고 경로당 노인들에게 관 속에 들어가 볼 것을 권유한다. 어리둥절해 있던 노인들은 자신들을 희롱한다며 장례사를 폭행한다.

정 교수는 환자들이 왜 고통스러워하는지 그리고 어떻게 삶을 끝내고 싶어 하는지를 영화를 통해 알려주며 학생들의 시야가 넓어지기를 기대하고 있었다. 학생들이 예비의사로서 임종환자를 지켜보는 기회가 매우 적다는 현실이 안타까웠다. 삶과의 이별을 거쳐 가는 현대인들의 미세한 감정의 흐름을 보여주는 갖가지 영상을 마련하는 데 더욱 신경을 썼다. 정 교수는 여기에서 숙제를 던졌다. 질병을 둘러싸고 모든 사람들의 인생에 깊게 개입하고 있는 의사는 환자의 삶의 종착점에서 무엇을 어떻게 해야 하는가, 라는 질문이었다. 그는 일주일 후 다시 강의실에 나타났다. 이번에는 '의료현장에서 경험하는 여러 죽음'에 관한 것이었다.

그는 학생들에게 물었다.

"죽어가는 환자에게 가장 마지막까지 남아 있는 감각은 무엇일까요?"

강의실은 조용했다. 잠시 후에 몇 가지 답변이 나왔다.

"우리들에게는 청각과 촉각이 최후까지 살아 있습니다. 환자는 의식이 완전히 떨어진 단계에서도 듣는 기능은 살아 있습니다. 의료진뿐 아니라 간병하는 사람들도 마지막까지 말과 행동을 조심해야 합니다. 환자를 불안하게 하거나 상처를 주는 일이 없도록 해야 해요. 이처럼 의사가 환자를 위해 배려해야 할 일이 참 많습니다. 암환자들에 대한 미국 자료를 보면 의사들이 환자들의 궁금증에 대해 적절히 대답을 해주지 못한 경우가 많습니다. 환자들은 투병하면서 삶과 죽음에 관한 여러 가지 의문을 갖게 됩니다. 그런데 의사로부터 도움을 받지 못한다면 환자들이 얼마나 힘들어할까요?"

마지막 순간에 연약한 호흡으로 "나는 이대로 죽는 건가요?" 또는 "얼마나 살 수 있나요?"라고 질문하는 환자가 의사의 주목을 받기는 결코 쉽지 않은 일이었다. 정 교수는 그들이 따뜻한 답변을 듣지 못한 채 숨을 거두는 모습을 자주 눈앞에 그린다. 현실은 항상 아픔과 후회로 이어지고 있다. 이들을 감싸줄 성직자들도 죽음을 제대로 이해하지 못하는 경우가 많았다. 장례 절차에 대해서 잘 알고 있는 성직자는 많아도 죽음을 둘러싼 인간적 고뇌에 대해 상담할 사람은 드물다고 그는 생각했다.

"의사는 환자의 암 덩어리에 대해서만 관심을 갖습니다. 그것이 얼마나 작아졌는지 또는 커졌는지에 대해서만 계속 추적하고 있습니다."

정 교수는 영화 〈위트〉의 한 장면을 틀어놓는다. 미국의 유명한 영문학 여교수의 자신감과 도도함이 질병 앞에 쓰러져가는 모습이 나타난다. 관람객이 된 학생들은 그 교수의 삶과 죽음이 어떤 의미를 갖는지 짚어본다. 의사들에게 보내는 주인공의 따가운 시선과 불신이 화면을 지배한다.

"(의사들 사회란) 최대의 복종과 위계질서가 대단하군요."

"의사들은 나를 책처럼 독해하고 있군요."

환자를 그저 연구를 위한 존재로만 여기는 의사들의 비인간적인 태도를 도마 위에 올려놓은 영화 대사가 계속 나온다. 정 교수는 이어서 런던 데이트 미술관에 전시된 작품 몇 개를 보여주며 그 그림에 나타난 중환자실의 지친 현대인을 보라고 말한다. 그의 강의는 환자들에게 말기암을 통보하는 것이 과연 고양이 목에 방울달기만큼 어려운 일인지를 묻는다. 심폐소생술을 하지 말아달라고 요청하는 환자들을 어떻게 대할 것인지에 대해 갖가지 사례를 들어 대응방안을 보여준다.

그의 강의가 끝날 즈음에 한 학생이 일어섰다.

"말기환자에게 남아 있는 시간이 1개월이라는 것을 보호자가 알았다면 어떻게 해야 합니까?"

"환자가 이해할 수 있게 차근차근 설명해주어야 합니다. 만약 환자가 충격받을까 봐 이야기해주지 않으면 가족의 후회는 1년이 아니라 몇십 년을 갑니다. 환자가 인생을 정리할 기회를 반드시 주어야지요."

"사전의료의향서를 통해 심폐소생술이나 인공호흡기 부착을 거부하는 경우가 있는데 환자가 마음이 달라져서 자신의 뜻을 바꾸면 어떻게 합니까?"

"그땐 환자의 뜻을 존중해주어야 합니다. 본인 의사가 중요하니까요. 옆에 있는 배우자가 펄펄 뛰면서 찬성하거나 반대하는 경우도 있습니다. 배우자가 의견을 낼 수는 있지만 환자에게 강제해서는 안 됩니다. 그러나 어떤 방법이 환자를 위해서 좋은 것인지 평소에 잘 정리해두는 것이 좋습니다."

"의사들이 직업으로 환자들의 사망을 자주 보게 되면 감정조차 메말라 갈 것 같습니다. 죽음에 대해 깊이 고민할 여유가 있을까요?"

"제가 10여 년 전에 내과의로 말기환자를 진료하면서 이런 생각이 들었습니다. 내가 죽으면 어떻게 될까, 하고. 그런데 아는 게 없었습니다. 궁금증 절반, 두려움 절반이었습니다. 죽음을 머리로는 알겠는데 가슴으로는 알지 못했습니다. 그 의식의 밑바닥에 나는 죽지 않을 것이라는 믿음이 깔려 있었습니다. 나도 한 달 후에 죽을지도 모르는

데 말입니다. 그때부터 죽음에 관심을 갖고 공부하기 시작했습니다. 죽음이란 무엇일까를 생각하며 진찰하면 환자에게 큰 도움을 줄 수 있습니다. 물론 의사인 나 자신도 반성하며 살게 됩니다."

정 교수의 진지한 답변이 학생들의 호기심을 자극했다. 강의 시간이 다 끝났는데도 질문은 이어졌다. 나는 마음이 채워지는 충만감을 안고 강의실을 나섰다. 의과대학이 달라지고 있다. 작은 변화의 시작이었다.

시민 속으로 파고든 죽음 강좌, 울산의대 유은실 교수

다른 대학이 시도하지 못한 죽음학 강의가 한 학기 동안 연속해서 진행될 수 있는 울산의대의 학교 분위기가 궁금했다. 대학에서 새로운 강의를 편성한다는 것은 정부가 필요에 따라 새로운 행정부서를 설치하고 장관을 임명하는 것처럼 복잡한 절차를 거쳐야 한다. 정치가 그러하듯 대학사회에서도 새로운 강좌를 둘러싼 시간배정과 교수 선정에 홍역을 치르기 일쑤이다.

정현채 교수의 강의를 같이 들었던 울산의대 유은실 병리학 교수에게 물었다. 올봄 서울 종로구 서촌에 있는 북성재 한옥에서였다.

"울산의대는 다른 곳보다 더 개방적인 학풍이 있다고 생각해요. 의과대학을 운영하는 데 교수나 의사 들이 요구하는 개선책이 많이 반영됩니다. 죽음 강의도 의학도들에게 매우 중요하다고 여겨 가까이 있는 사람들이 모두 밀어주었고 학장이 최종 결단을 내렸어요. 이따금 아산병원에서 열리는 병원윤리위원회에서 환자의 죽음을 어떻게 받아들여야 하느냐는 문제가 논의됩니다. 갈수록 임상의들이 현장에서 느끼는 죽음의 의미가 커지고 있지요. 그래서 본과 3~4학년 학생들에게 죽음교육을 서두르자, 하는 쪽으로 의견이 모아졌습니다."

"느슨한 주제라고 생각할지도 모르는 죽음학이 의학도의 다른 전공과목에 밀려버리지 않나요?"

"아니에요, 학생들의 반응이 예상했던 것보다 훨씬 좋았습니다. 다른 강의와 비교해보니까 죽음에 대한 학생들의 집중도가 높고 흥미도 많아 보였습니다. 어떤 학생은 부모님을 모시고 와서 같이 강의를 듣는 일도 있어서 아주 흡족했습니다. 아무래도 이 강의는 계속해야 될 것 같습니다. 울산의대의 대학원 강의에도 죽음강좌를 개설하려고 했는데 아직 준비가 덜 됐습니다. 어떻든 젊었을 때 일찍 죽음공부를 해두는 게 의사로 활동하는 데 큰 도움이 될 것으로 봅니다. 공부하는 시기도 환자를 보기 직전인 4학년 때가 적절하고요."

"죽음강의는 앞으로 어떤 형태로 이어질까요?"

"지금과 같이 의과대학 강의로만 머물러서는 안 됩니다. 병원 대강당에서 강좌를 열자는 계획도 가지고 있습니다. 국민을 위한 건강강좌의 하나이지요. 학생들이 지역사회에 기여하는 일이기도 합니다. 대학교육 내용의 일부를 지역민과 공유하는 좋은 모델이 될 것입니다."

"의과대학 교육도 많이 달라지고 있군요."

"작년에 어느 대학에서 동문들에게 설문을 돌렸습니다. 의과대학 교육내용을 어떻게 바꾸어가는 게 좋겠느냐는 것이었는데 '인간의 이해'에 관한 과정을 넣자는 의견이 많았다는 이야기를 들었습니다. 우리들의 삶과 죽음을 들여다보고 이해하는 인문학적 소양이 필요하다는 뜻이겠지요. 그래서 저는 이 대학도 뭔가 달라지나 보다 하고 여겼어요. 의과대학에서 그런 변화가 나타나고 있다는 게 중요한 일이지요."

유 교수는 의사이면서 다양한 책을 읽고 토론을 즐긴다. 여러 직업군에서 활동하고 있는 사람들이 그의 인생의 폭을 넓혀주었다고 말했다. 울산의대에서 죽음학 강의를 편성하도록 많은 사람들의 뜻을 모아가는 힘의 원천이었다. 50대 후반의 그에게서 신념이 읽힌다.

"세상에 정보는 넘쳐흘러요. 현미경을 들여다보고 있으면 모든 것이 거기에 다 나타나 있지요. 학생들에게 문헌조사를 시키면 어떤 자료든 귀신같이 찾아냅니다. 그런데 정작 중요한 경험이 없습니다. 경험을 쌓을 수 있는 현장을 어떻게 마련해주느냐가 중요합니다. 죽음의 문제도 그중 하나입니다. 그런 것을 알지 못하고 임상의가 된다면 좋은 의사가 될 수 없겠지요. 죽음과 관련된 의료윤리나 의료법까지 공부해야 합니다."

그는 죽음교육을 이미 시민사회로까지 확대시켜놓았다. 서울 종로구 옥인동에 있는 그의 한옥 사무실은 같은 주제에 대해 마음을 열고 이야기를 나누는 대화의 장으로 빗장을 풀었다. 1년 동안 열려 있는 대문 사이로 의료인뿐 아니라 과학자, 변호사, 출판인, 사진작가, 가수 들이 고개를 내밀었다. 주부도 참석했고 중학생도 끼었다. 이곳에서 갖는 죽음강좌도 줄곧 정현채 교수가 도맡았다. 서로 다른 대학병원의 의사이자 의대교수인 유은실, 정현채 두 사람은 생명은 고귀하고 죽음은 존엄해야 한다는 생각에서 똑같이 인생을 앞질러갔다. 지난 1년 사이에 옥인동이라는 옛 향수가 물씬한 이 동네에는 조선시대의 사색이 숨 쉬기 시작했다. 인왕산 계곡 사이로 작은 물줄기가 폭포를 만들고 그림 같은 박노수 미술관과 갤러리, 예쁘고 아름다운 작은 레스토랑과 카페가 문을 열었다. 거기에는 아름다운 말들이 건물 처마 밑에 내걸렸다. '당신은 나의 봄이다' '착하고 열심히 살면 복을 받아요' '느리게 살아요' '세상에서 단 하나밖에 없는 양말인형' 그리고 그 끝자락에서 죽음을 둘러싼 토론문화가 자리 잡아가고 있었다.

아침 신문 부음 기사부터 살피는 자칭 '곱창 전문의'

죽음학 강의에 많은 시간을 바치고 있는 정현채 교수는 서울대학교병원에서 위장과 대장 전문의이다. 그는 자신을 '곱창 전문의'라고 부른다. 그가 50대였던 10년 전 어느 날 '내가 죽으면 어떻게 될까.' 하고 궁금증이 몰려오기 시작했다. 20여 년 동안 수많은 내과 환자를 만나고 말기암 진단을 내리면서도 자신은 죽음과 전혀 관련 없는 사람으로 여겼었다. 의사의 오만이었다.

"2008년 미국 내과학회에서 내놓은 논문 가운데 폐암환자 진료현장을 녹화 분석한 게 있었습니다. 의사가 대화를 통해 환자를 정서적으로 지원하고 있지 못하는 현실이 지적되었습니다. 나는 죽음에 대해 배운 것도 없었고 아는 것도 없었습니다. 의과대학이나 전문의 시절에도 미처 생각하지 못했던 엄청난 주제가 한참 나이를 먹은 후에야 몸으로 다가왔습니다. 아주 늦긴 했지만 그때부터 죽음공부를 시작했습니다."

그는 7년 전 외부 전문가를 초청해 서울대학교병원 내과 의사 100여

명이 참석하는 죽음포럼을 준비했다. 그때만 해도 환자 진단과 치료에만 전념해온 의사들이 죽음강의를 듣는다는 것은 아주 생소한 일이었다. 전국 어디에서도 없었던 이벤트였다. '의사들도 죽음을 알아야 한다'는 정현채 교수의 집념은 서울대 의대 의예과 신입생들을 위한 오리엔테이션 시간에도 변화를 가져왔다. '의사로서 갖추어야 할 죽음에 대한 인식'에 관한 강의가 끼어들었다. 본과 3학년과 4학년에서도 죽음에 관한 토론이나 '존엄사와 사회적 의사소통'이라는 주제가 다루어졌다. 그러나 정기적인 강의 편성은 이뤄지지 못했다. 그는 전공인 내과학보다 더 많은 시간을 죽음학 연구에 쏟고 있다.

의사들이 자신이나 가족의 죽음을 더 두려워하는 경우가 많다고 그는 말했다. 가방 끈이 길수록 공포가 크다고 믿고 있다. 몇 년 전 스페인의 한 보고서에 따르면 공부를 많이 한 사람일수록 사망에 대한 두려움이 크다고 지적되었는데 죽음학 공부가 거의 안 된 우리나라 의사는 이보다 더할 것이라는 게 그의 추정이었다. 진단 잘하고 치료에만 전념하면 됐지 하는 의사, 환자가 어떻게 죽음을 맞이해야 하는지 내 알 바 아니다 하며 관심조차 없는 일부 교수들을 개념 없는 사람들이라고 지칭했다.

"이제 돌이켜보니 죽음교육은 중고교 시절부터 시작하는 게 좋겠다는 생각이 듭니다. 죽음이 너무 많이 방치되어 있는 현실을 보면 더욱 그렇습니다. 환자나 가족들이 너무 병세에만 집착해서 그저 치료만 해달라고 합니다. 79세 위암 할아버지가 딸의 손에 끌려 내 진찰실에 왔습니다. 말기환자였어요. 다른 병원에서 벌써 수술까지 받았는데 항암치료를 받을 수 없겠느냐고 해요. 그래서 가족들에게 환자가 삶을 정리할 단계이니 종양내과의 의견을 들어보라고 했습니다.

한 번은 119대원이 지방에서 5시간을 달려왔다며 40대 중반의 환자를 진찰실에 내려놓았습니다. 십이지장암을 앓고 있었는데 검사해보니 온몸에 암이 퍼져 있었어요. 딴 병원에서 이미 수술까지 받았던 환자입니다. 그에게 우리들의 삶을 어떻게 정리하는 게 좋을지에 관한 책을 한 권 주었습니다. 나중에 이야기를 들으니 그 환자는 다시 지방으로 내려가다가 대전의 어느 병원에 들러 또 치료를 받은 후 3일 만에 숨졌습니다. 의사 말을 도대체 안 들어요. 죽음에 직면하면 모두가 벌렁 자빠져버려요. 이게 현실입니다."

그는 매일 아침 신문을 펴면 바로 부고란으로 시선을 돌린다. 밤사이에 어떤 유명 인사가 어떻게 삶을 마감했는지를 살피기 위해서이다. 좋은 죽음을 찾는 것이다. 그의 인생 후반을 걸어가는 데 참고가 될 만한 롤모델을 찾고 싶어서이다.

유언장 고쳐 쓰고, 영정 사진 찍고

정현채 교수는 의예과 시절 부친이 심근경색으로 사흘 만에 세상을 떠난 아픈 기억이 있다. 장례를 도와주는 사람들이 꽁꽁 동여맨 아버지 입에 먹을 양식이라며 생쌀을 넣어주고 노잣돈으로 동전까지 물려주었던 모습이 떠오르면 아직도 가슴이 저미어온단다. 그때 의학도인 자신이 얼마나 죽음에 무지했나를 나중에 깨달았다.

그는 5년 전에 외국에서 열리는 학회의 좌장으로 참석하려다 과로로 출국 3일 전에 폐렴을 앓았다. 무리해서 비행기를 탔더라면 그는 사망에 이르렀을 것이다. 3주를 앓고 난 뒤 그가 맨 먼저 한 일은 유언장을 고쳐 쓰고 영정 사진도 서둘러 찍는 일이었다. 그의 장례식은 이미 해양장으로 결정해두었다. 인천에서 배를 타고 1킬로미터쯤 되는 바다에 뿌리도록 세세한 절차를 적어놓았다. 사전의료의향서로 이름이 바뀐 존엄사선언서에도 서명해두었다. 연명치료를 하지 말라는 당부였다. 두 딸도 아버지를 닮아 생과 사를 다룬 책을 구입해 읽고 식사 중의 토픽으로 올려놓곤 했다. 그들은 삶을 다르게 대하는 학생으로 자랐다. 이들 가족은 마치 어느 날 찾아올 죽음을 산뜻하게 맞이할 각오를 하고 있는 것처럼 마음의 무장을 하고 있었다.

"1년 전 어느 의과대학 교수 모임에서 웰다잉에 관한 특강을 한 적이 있었습니다. 처음에는 '이런 걸 왜 해?' 하고 투덜거리던 그들 표정이 점점 바뀌어갔어요. 지금까지 의사들도 미처 생각해두지 못한 웰다잉 문제가 벌써 사회의 관심거리가 되었잖아요."

그는 죽음의 미신과 관련해 아주 흥미로운 조사를 한 적이 있다. 병원에 입원하는 환자들이 숫자 4가 들어 있는 병동이나 병실을 싫어하는 이유에 근거가 없다는 것을 밝히기 위해서였다. 하다못해 미국의 유명한 공포소설 작가인 스티븐 킹조차 유령호텔을 둘러싼 악몽을 그리면서 14병동에 있는 '1408호'를 주 무대로 이야기를 풀어나갔다. 독자들의 숫자 4 기피증도 부채질했다. 정 교수는 서울대학교병원 44병동을 샘플로 선택했다. 정형외과병동인 이 건물에 입원했던 환자들은 조사를 진행했던 3년 전 그해 사망자가 제로였다. 전산실의 협조를 받아 4가 들어간 다른 병동에 대해서도 체크했다. 역시 마찬가지였다. 4에 대한 일상적인 두려움은 실질적인 데이터에서도 전혀 나타나지 않았다. 숫자 4는 죽음을 가져오지 않았다.

그는 서울대학교병원에서 진료를 계속하면서 오는 가을에도 울산 의과대학교에서 죽음학 강의를 계속할 예정이다.

의사들의 야만주의

세계 최초로 인간 해부실험을 하다, 볼로냐대학

유니버시티라는 단어를 최초로 사용한 이탈리아 볼로냐대학은 '모든 학문이 퍼져나간 곳'이라는 모토를 가지고 있다. 볼로냐 시내 중심지에 있는 캠퍼스는 다른 건물 사이에 끼어 있어 몇 차례 골목을 헤맨 다음에야 입구에 들어서게 된다. 신성로마제국 때 세워진 이 대학의 2층 옛날 강의실은 모두 도서실로 바뀌었다. 도서실을 지나 강의실로 들어가는 도중 복도에서 울리는 삐걱거림이 역사의 중압감으로 다가왔다. 1천여 년의 세월이 이 건물에 스며들어 있다. 나는 해부실에 들어서면서 공기가 썰렁하다고 느꼈다. 세계 최초로 인간 해부실험이 진행되었던 곳이다. 네모난 계단식 강의실의 중앙에 해부대가 놓여 있었다. 당시에는 해부대 위에 사형수들의 시체를 올려놓고 해부실습이 이어졌다. 이만큼 오랜 역사를 가진 대학에서 배출된 의사들도 사회에서 대단한 존경을 받았을 것은 의심할 수 없는 사실이었다.

나는 해부실을 나와 작은 돌기둥 의자에 앉아 유서 깊은 건물을 올려다보았다. 솟아오르는 궁금증을 떨쳐버릴 수 없다. 왜 이탈리아 오페라 작곡가들은 볼로냐 의대를 나온 의사들을 비난하고 웃음거리로 삼는 일이 많았을까. 음악으로 인간 감정의 신비를 노래하는 사람들이 생명의 신비를 풀어나가는 전문가를 깔본다는 것은 쉽게 이해될 수 없는 일이다. 기원전 히포크라테스의 정신을 이어받은 의사들은 당연히 사회 지도층의 상징이었을 것이다. 그들은 질병보다 환자를, 의사보다 환자를 진료의 중심에 놓고 인간적인 의술을 펼쳤을 것이다. 그런데 의사들이 히포크라테스의 정신을 배반한 것일까. 그래서 오페라 작곡가들이 화가 난 것일까.

이탈리아가 낳은 유명한 작곡가 푸치니는 〈잔니 스키키〉에서 볼로냐 의대를 나온 의사를 뻔뻔한 사람으로 그려놓는다. 학벌만 자랑하고 환자는 제대로 돌보지 않는다며 노래로 비판한다. 같은 나라 출신인 작곡가 도니체티도 마찬가지였다. 그의 오페라 〈돈 파스콸레〉에 나오는 주치의는 환자 가족을 속여 돈을 빼앗는 파렴치범으로 몰린다. 이 외에 많은 작곡가들이 의사들을 멸시하는 시선을 음악 속에 숨겼다가 끌어냈다를 반복했다.

나는 우리나라 독자들에게도 안면이 넓은 이탈리아 소설가이자 철학자 움베르토 에코에게 일부 의사가 비난받는 이유를 물어보고 싶었다. 그가 바로 볼로냐대학 교수이기 때문에 우리가 통상적으로 짐작할 수 있는 그 이상의 답변을 들을 수 있지 않겠느냐는 기대가 살아 있었다. 그가 한국의 병원을 둘러보고 환자 행세를 하면서 느낀 바를 기록한다면 푸치니나 도니체티 이상의 오페라 등장인물을 만들지도 모른다. 우리나라 환자들이 갖고 있는 슬픈 실루엣이 오페라와 볼로냐대학 해부대에 겹쳐졌다.

인간이 약속하는 행위 가운데 가장 엄숙한 것이 선서이다. 특히 생명을 다루는 의사의 히포크라테스 선서는 다른 행위보다 더욱 무게를 갖는다. 의과대학 앞에는 대개 이 선서문이 조각되어 있다. 서울대학교의과대학 본관 앞에 세워진 검은 바위에도 새겨져 있다.

의사들의 석고상 같은 얼굴

나는 심신이 지친 환자나 가족으로부터 위로를 찾는 메일이나 전화를 많이 받아왔다. 그들은 의사들로부터 받은 상처를 호소하는 일이 많았다. 치유 방법을 찾고 싶은 마음이 간절하게 느껴졌다. 말투가 다소 시비조인 사람도 있었다. 가슴에 맺힌 사연들이 풀리지 않은 탓이라 생각했다. 이 중 몇 명의 길고 긴 하소연을 요약하면 텔레비전에도 소개되는 이른바 명의를 찾아가 가족이 치료를 받았을 때의 삭막한 분위기에 놀랐다는 것이다. 방송에 나왔을 때 명의의 표정과 진찰실에서 마주한 그의 얼굴이 딴판이어서 이게 뭐가 잘못된 것 아닌가 하며 어리둥절했고, 막상 치료에 궁금한 점을 물어보았을 때 시원한 답변 한 번 없이 컴퓨터 모니터에 얼굴을 묻고 있는 풍경에 질렸단다. “아니, 의사가 왜 그리 무표정해요? 꼭 컴퓨터만 보는 로봇 같아요.”라는 항의성 문장을 읽어 내려갈 때쯤 내 몸에서 열이 났다.

남편을 떠나보낸 50대 여성의 이메일 문장에는 분노가 배어 있다. “시대는 변하고 있는데 의사는 왜 변하지 않나요. 환자의 목소리도 반영되어야 하지 않나요. 어찌해서 의사들은 제대로 된 설명도 없이 자기들 판단대로 수술하고 또 수술해야 되나요. 사람이 실험용 쥐인가요?” 성별이 분명치 않은 다른 독자의 짤막한 글은 이렇게 되어 있다. “수술을 많이 해야 명의로 가는 길이 됩니까?”

사실을 고백하자면 나는 이름난 의사들의 무표정한 얼굴을 마주칠 때마다 온몸의 신경이 쪼그라든다. 초긴장성 신경위축증이라고 표현해야 옳다. 그런 병명이 실제 있는지 없는지 나는 모른다. 생전의 아내를 병원에 데리고 다닐 때부터 나타난 증상이다. 아내에게서 전염되었다. 아내는 이름 있는 종양내과 의사의 진찰을 받을 때마다 몸살을 앓았다. 하루 전부터 잠을 설치고 설사까지 했다. 다음 날 아침에는 식사도 거른 채 병원을 찾는다. 구토증상이 나타날까 걱정해서였다. 환자가 진찰실에 들어가거나 나가거나 상관없이 단 한 번도 시선을 주지 않는 주치의의 고정된 자세와 석고상 같은 얼굴, 미동도 하지 않는 눈동자를 보면서 아내도 나도 몸이 굳어졌다. 심판대에 앉은 죄수의 심정이 그럴 것이다.

의사는 각종 검사 데이터를 체크하더니 “이제 여기는 더 오실 필요가 없습니다.”라고 말했다.

“무슨 말씀인가요?” 아내 대신 내가 물었다. 주치의는 “자세한 것은 간호사가 설명해드립니다. 간호사, 다음 환자 들어오라고 해.”라며 우리를 내보냈다. 아내를 부축해 진찰실 밖으로 나가려다 문턱에

발이 걸려 휘청거렸다. 우리는 추방되는 꼴이었다. 구겨져버린 인간의 자존심을 추스를 수 있었던 것은 곁에 있는 환자를 보호해야 한다는 본능 때문이었다. 진료시간은 1분도 채 못 되었다. 대화는 차단됐다. 의사는 그와 환자 사이 겨우 50센티미터 공간에 보이지 않는 두꺼운 철문을 내려놓은 것 같았다. 오직 차가운 바람으로 기억된다. 나는 대기실에 앉아 있는 다른 환자 가족들이 이 주치의에 대해 두려움을 갖고 있음을 일찍부터 감지해온 터였다. 그러나 이 병원에서 맘대로 주치의를 바꿀 자유는 없었다. 다른 의사를 선택하고 싶다는 말만 꺼내면 담당 간호사가 질겁하는 표정을 지었다. 나는 간호사를 통해서 아내가 말기암으로 접어들었다는 것을 통보받았다. 우리나라 최고의 의료시설과 최고의 의료진을 갖춘 대학병원으로부터 가장 비인간적이고도 투박한 언어 서비스를 받은 것이다. 현실이 무서웠다. 진찰실을 나서자마자 아내가 헛구역질을 시작하면서 나는 분노를 힘껏 눌렀다.

그때 대기실에 있었던 다른 환자 가족들의 동정 어린 시선이 나와 아내에게 쏠렸다. 이 삶을 어떻게 해야 할 것인가, 이런 삶을 살아야 할 것인가, 하는 가장 엄중한 문제들이 쏜살같이 머릿속을 지나갔다. 심장이 두근거리더니 다리에 힘이 빠지기 시작했다. 며칠 동안 나는 아내의 수면제를 나눠 먹었다. 숙면을 위해서였다.

의료 현실 고발한 다큐멘터리 〈하얀 정글〉

그로부터 1년 후에 한 의사가 〈하얀 정글〉이라는 의료 다큐멘터리를 만들었다. 우리나라 의료 현실의 그늘을 고발한 것이었다. 그는 대학병원의 진료실 앞에 카메라를 들이댔다. 환자가 진료를 받는 시간을 체크했다. 30초, 30초, 또 30초 단위로 환자들이 들어갔다 나왔다. 이런 식으로 화면이 흐르다가 어떤 의사가 증언하는 장면이 클로즈업된다. 환자에게 필요 이상의 진료를 강행하면서 병원 매출을 늘려간다는 내용도 폭로된다. 내가 목격하고 내가 당한 현실과 똑같았다.

대한의사협회가 비윤리적인 의사를 가려내겠다고 자정선언을 한 것도 그즈음이었다. 환자로부터 금전적 이익을 취하고 검증되지 않은 치료로 환자를 위험에 빠뜨리는 경우도 있다고 경고하기도 했다. 기원전 500년 전부터 전 세계로 메아리쳤던 히포크라테스 선서가 빛이 바랬다고 주절주절 읊는 것도 식상한 일이다. 환자들이 경외심을 갖고 우러러보던 의사들이 오히려 더 외로워지고 있다. 지금도 나는 세상을 떠난 아내가 꿈에서 나를 불러 하필이면 오만한 의사를 찾아다녔느냐고 물어보면 엎드려 사죄하고 또 사죄하리라 마음먹고 있었다. 그런데 이상하게도 아내는 그것만은 묻는 일이 없었다.

한참 후 어느 날 그 병원의 고위직 간부들을 만나는 자리에서 의사들의 권위와 냉담, 불친절 사이의 상관관계를 화제에 올린 적이 있었다. 물어보나마나 현재의 값싼 의료체계에서 오는 진료 피로증을 예로 들며 답변을 얼버무릴 것이라고 생각했다. 따지고 보면 저가 진료비 체계는 의료계의 문제점을 변명하기 위한 좋은 방패이기도 하다. 그런데 의외로 그들은 문제의 심각성을 잘 알고 있었다. 아무리 '3분 진료'라는 현실을 피할 수 없다 하더라도 환자에게 따뜻한 한마디를 건넬 수 있는 마음 훈련이 필요하다는 것을 인정했다. 의과대학에서부터 인성교육을 강화해야 한다는 이야기도 나왔다. 세상에는 좋은 의사들도 많고 이상한 의사들도 많다. 환자들을 사람으로 대접하는 인간성 교육이 더 뿌리내리도록 하는 방법을 찾아야 한다는 의견이 대부분이었다.

명의(名醫)만 찾는 풍토

이름이 널리 알려진 한 전직 장관의 불평이 이어졌다. 말기환자로 투병 중인 아들을 명의에게 데리고 가면서부터 수난이 시작됐다고 한다. 여러 사람의 추천을 받아 주치의를 결정하고 난 뒤 수술을 받게 되었는데 경과에 대한 설명이 늘 종잡을 수 없을 만큼 애매했다. 가족 면회도 제한되었다. 그런 상태에서 또 수술해야 한다는 의사의 연락을 받았다. 환자가 단연코 수술을 거부하겠다고 버틸수록 아버지인 전직 장관은 가슴이 탔다. 거기에다 주치의의 무뚝뚝한 표정을 상대하느라 감정 억제가 힘들었다. 결국 그는 의사를 내치고 환자를 집으로 데려와 아들과의 마지막 시간을 마련했다.

병원에서 어떤 의사의 진찰을 받는 게 좋은가를 묻는 독자들의 이메일 질문에 나는 이렇게 답변했다. "결코 명의만을 찾지 마세요. 기술만으로 명의가 된 사람들이 많습니다. 잠시라도 마음을 열어주는 의사를 찾아보세요. 제가 보호자라면 환자의 얼굴을 쳐다보며 환자의 고통을 이해해주는 의사를 찾아가겠습니다. 그런 의사인지 아닌지는 진찰실을 드나드는 다른 환자들의 얼굴을 보고 곧장 판가름할 수 있습니다. 따뜻한 말 한마디 하는 데 2~3초밖에 걸리지 않습니다. 그

짧은 시간을 투자할 여유조차 없고 능력도 없는 의사는 명의가 아닙니다. 로봇처럼 시술하는 그냥 의료 기술자는 명의가 될 수 없지요."

내가 제일 읽기 싫어하는 글 가운데 하나는 의사들의 자기고백에 관한 것이다. 의사가 진료할 때는 몰랐는데 막상 자신이 환자가 되어 수술을 받아보니 그 고통이 지독했다는 것이 고백의 주류였다. 새벽이건 밤중이건 병원의 편의에 따라 각종 검사를 진행하면서 환자가 겪어야 하는 불편이 크다는 것을 나중에야 알았다는 내용도 많았다. 또는 나이 들어 지나온 나날을 되돌아보니 환자들에 대한 배려가 턱없이 부족했다는 것에 대한 자책감도 쏟아져 나온다. 환자들의 아픔에 진작 귀 기울이지 못한 것에 대한 그들의 반성이 환자들이 받은 상처와 쓸쓸한 기억을 완전히 지울 수는 없을 것이다. 의사가 항상 인생의 갑으로만 사는 것이 아니라는 것을 알아차렸을 때는 너무 늦다.

2년 전 서울시 의사회에서 웰다잉 강의를 마칠 때쯤이었다. 한 의사가 일어나서 하는 말이 의과대학 시절부터 환자 치료만을 배웠을 뿐 죽어가는 사람을 다루는 법을 잘 모른다는 것이다. 말기환자들의 불안심리나 통증도 이해하지 못해 답답했다고 한다. 죽음 공부를 서둘러야 한다는 주장이었다. 많은 개업의들이 저녁에 병원 문을 닫고 도시락을 들며 웰다잉 강의를 듣는 것도 그런 열성에서 나온 것이었다. 더 진지한 이야기는 강의 후 호프집에서 이들과 맥주잔을 기울이면서 듣게 되었다. 40대와 50대 초반의 의사들은 호스피스 치료나 완화의료 등에 낯이 설어 환자들을 관련 의료기관으로 보내는 데 적절히 대응하지 못한다는 고백도 나왔다.

언어폭력에 가까운 의사들의 말투

잊어버릴 수 없는 고백이 또 있다. 대학병원 의사들이 환자들을 진찰할 때 반말 투의 언어를 사용하는 오만에 관한 것이다. 개업의 자신이 환자가 되어 큰 병원에 갔을 때 나이가 한참 아래로 보이는 의사로부터 반말 질문을 받을 때 속이 뒤집어질 것 같은 모욕감을 느꼈다고 말했다. 지금까지 내가 환자에게 썼던 말은 고왔는가, 깊은 상처를 주는 말을 한 적은 없었는가 하고 깊이 반성했다는 대목에서 나는 그의 이야기를 잠시 중단시켰다. 내 목격담을 전하기 위해서였다.

한 종합병원의 이비인후과 의사를 만난 중년의 여성 환자가 진찰실을 나서자마자 눈물을 쏟았다. 대기환자들이 수군거리자 마음을 진정시킨 그 환자가 말했다.

"세상에 얼굴 반듯한 여의사가 자기 엄마뻘 되는 나한테 저렇게 함부로 반말해도 되는지 도대체 알 수가 없네요. 왜 반말을 하지요. 그것만이 아녜요. 내 앞의 환자 코에 집어넣었던 내시경을 내 목에 집어넣으려고 했어요. '아니 어떻게 소독도 안 하고 그걸 내 목에 넣어요?' 하고 따졌어요. 의사가 당황해하면서 내시경 소독을 했다고 우겨요. 제가 열린 창문을 통해 앞에 환자 진찰하는 과정을 모두 지켜봤다고 말했어요. 그제야 그 여의사는 아무 말 없이 내시경을 소독하더라고요. 제가 '이런 진료는 안 받겠어요.' 한마디 하고 저 문을 박차고 나온 거예요. 이런 대접을 받으며 살아야 해요?" 하고 눈시울을 적셨다.

그러자 대기실에 앉아 있던 환자들이 혀를 찼다. 앞의 환자 코에 들어간 내시경을 소독도 안 한 채 다음 환자의 목에 밀어 넣어? 별일 다 보겠네, 하고 중얼거리는 이들도 있었다.

언어폭력은 씻을 수 없는 생채기를 남긴다. 아이가 어른이 되고 중노년에 이르기까지도 영향을 미친다. 전북 전주에서 한참 벗어난 깊은 산골짜기의 비구니 스님들이 참선하는 사찰에 머문 적이 있었다. 주지 스님이 며칠 전 손님 이야기를 꺼냈다. 부총리를 지낸 한 분이 일주일 정도 체류하면서 매일 아침 일찍 일어나 빗자루를 들고 절 마당 청소에 열중하기에 그 연유를 물어보았단다. 그랬더니 그가 하는 말이 오랜 관료생활에서 자신이 부하 직원이나 민원인 들에게 너무 말을 함부로 했던 게 늘 마음에 걸려서 뭔가 쓸어내고 싶은 속죄감이 청소로 나타난 게 아닌가 여겨진다는 것이다. 내가 고개를 가로저으며 그분은 그렇게 심한 말을 하는 분이 아니라고 했더니 스님은 자신의 언어에 상처를 받은 사람들이 많다는 것을 나중에 알았다는 그 부총리의 고백이 진실일 것이라고 말했다.

서울대학교병원 가정의학과 박상민 교수는 레지던트 시절에 겨우 한 달 동안 말기환자의 통증과 증상에 대해 공부한 게 호스피스 교육의 전부였다고 말했다.

내 이야기를 귀담아들은 서울시 의사회 소속 의사들이 고개를 끄덕였다. 지금에야 생각해보니 자신들이 의과대학에 다닐 때 왜 죽음학 등이 교육과정에 끼어들지 못했는지, 환자들과 어떻게 소통하는 게 좋을지에 관한 인성교육은 왜 없었는지 이해하기 어렵다고 말했다. 다른 의사는 말기암환자인 자신의 어머니를 큰 종합병원에 모시고 갔는데 여러 가지 검사 끝에 담당 주치의로부터 더 이상 치료가 불가능하다는 통보만 받았다. 환자를 위해 이제 어떻게 하는 것이 좋을지 설명이 없었다. “의사가 죽음을 모르는 것은 우리들에게 상식이나 다름없었습니다. 그런데 막상 내가 환자 가족이 돼보니 그처럼 비상식적인 일이 없었어요.” 그가 쓴웃음을 지었다.

“전문의로 활동하다가 국립암센터에서 호스피스 고위과정을 거치면서 죽음의 문제를 더 알게 되었습니다. 말기환자들의 증상 조절이나 심리적 지원에 관한 것을 진즉에 많이 공부했더라면 그들에게 더 잘해줄 수 있었을 텐데 그걸 몰라서 문제를 회피했고 자신도 무력감에 빠진 적이 있었습니다. 그때를 생각해보면 너무 부끄럽지요. 환자들의 삶의 질을 높여주는 좋은 방법을 찾아서 의료현장에 계속 적용해나가야 합니다.”

나는 그 시기에 미국 시카고대학병원의 내과 전문의인 시글러 박사 이야기를 신문에서 읽었다. 환자에게 병세를 자세히 설명해주고 수술실에 들어가서도 용기를 북돋워주는 시글러는 오랫동안 겪었던 오만한 의사와는 너무나 달랐다. 수술 결과 환자는 우려했던 폐암이 아닌 것으로 밝혀졌다. 몸이 회복된 환자는 의사가 진심으로 자신을 걱정하고 있다는 것을 알았다며 50억여 원을 병원에 기부했다. 주치의는 환자들에게 친절하게 다가가기 위해 진료시간에도 ‘닥터’라는 호칭 대신에 그냥 이름을 불러달라고 요청했다. 의사의 소통의 힘은 이처럼 감동을 퍼트렸다.

우리들은 어렸을 적부터 알베르트 슈바이처의 이야기를 듣고 읽고 자랐다. 우리나라도 국내외에서 활동하는 좋은 의사들이 아주 많다. 슈바이처가 남긴 말 가운데 우리를 가장 당황하게 만드는 이야기가 하나 있다. “직업적인 비밀이지만 털어놓아야 하겠다. 우리 의사들은 아무것도 하지 않는다.”는 것이었다. 그런데 뒤를 이어서 나오는 이야기가 매우 흥미롭다.

“우리는 그저 환자 마음속으로 들어가 돕고 격려할 뿐이다.” 슈바이처는 아픈 사람들의 마음으로 들어가 치료하고 있다는 강렬한 메시지를 던졌다.

연명치료 아닌 연명시술이 늘어난다

왕궁 근처에 몰려 있는 서민 구휼기관

내가 언론사에 몸담아 일했던 36년 가운데 28년간은 청와대 뒤편에 있는 서울 종로구 세검정을 중심으로 살았다. 1960년대 중반 봄철 한때는 청와대가 시민들에게 개방되어 벚꽃 구경을 할 수 있었고 아내와 결혼 훨씬 이전의 데이트도 이곳에서 즐겼다. 참으로 오랜 세월 동안 아침저녁으로 자하문 고개를 넘어 청와대 옆 도로를 지나고 광화문과 세종로 네거리, 시청을 눈여겨보고 다녔으니 내 기억에 쌓여 있는 광화문의 역사는 길기도 하다.

나는 지금도 효자동 근처에 살면서 우리나라 권력의 심장부를 둘러싸고 있는 주요 골목골목을 이따금 산책한다. 몇 년 전에는 미국산 쇠고기 수입을 둘러싼 괴담이 퍼지면서 촛불 시위대가 광화문 주변 도로를 점령해 10·26 사태 이후 가장 험악한 분위기가 빚어졌다. 시민들의 목소리가 커지면서 청와대 주변에서는 1인 시위자들의 발길이 끊이지 않는다. 판사, 검사, 경찰의 비리를 고발하는 경우가 허다하고 대기업 총수에 대한 특혜판결을 바로잡아 줄 것을 촉구하는 플래카드를 목에 걸고 땡볕에 서 있는 사람들도 목격한다.

그뿐 아니다. 광화문 주변에 포진하고 있는 미국, 중국, 러시아, 일본 등 4대국 대사관 외교관들의 나들이를 자주 목격하며 그들의 힘의 대결을 상상하기도 하고 청와대와 경복궁을 둘러보기 위해 몰려드는 수많은 나라 관광객들 사이에서 세계의 숨결을 느낀다. 3년 전까지만 해도 일본인들이 몰려다녔던 이 거리가 지금은 중국인들로 채워졌다. 그들의 옷차림이나 선물꾸러미만 보아도 세상의 패션과 기호품들의 변화가 한눈에 들어온다. 그런데 어느 날부터 광화문도 죽음과 함께 살고 있다는 사실을 알아차렸다. 지금까지는 거기가 한국 외교의 심장이고 정치권력의 싸움터이며 시민운동의 중심지라는 이미지만을 가지고 있었다.

유심히 들여다보면 광화문의 동쪽과 서쪽으로부터 하루도 거르지 않고 시도 때도 없이 응급 앰뷸런스가 앵앵거리고 수십 대의 장의차도 경복궁 앞을 오간다. 지근거리에 있는 서울대학교병원이나 세브란스병원, 강북삼성병원 응급실과 영안실에서 나오는 차들이다. 전국의 수많은 환자들이 이들 병원으로 몰려들고 있다는 것은 전국에 소문난 일이다. 나도 환자를 태우고 응급실에 달려가기를 수십 차례, 마침내는 세상을 하직하여 영혼으로 간직하게 된 가족을 장의차에 태우고 역사와 권력의 심장부 광화문을 지나간 적이 있다. 그때 뒤숭숭한 내 머리를 스쳐가는 것은 모든 사람이 죽음과 함께 산다는 것이었다. 광화문도 경복궁도.

그 오랜 세월 동안 자하문 고개를 지나다니면서 청와대 서쪽 담장 옆 불과 10미터 거리에 요양시설이 있다는 것을 내가 알아차린 것은 한참 후의 일이었다. 호스피스 강의를 시작하면서 내 눈이 열리고 귀도 트였다. 몸을 제대로 가누지 못하는 환자들이 청와대 울타리 옆에서 보호받고 있다는 사실 자체가 우리네 삶의 흐름을 상징하고 있었다. 세상의 권력을 손톱만큼이라도 가진 사람조차도 시간이 지나면 요양소 근처를 서성거리게 될 때가 있을 것이기 때문이다.

이곳에서 100미터 떨어진 효자동 네거리에 장애인을 위한 푸르메센터, 그리고 그 옆에 붙어 있는 국립맹학교와 농학교, 다시 이곳에서 400미터 거리에 청각장애인들이 운영하는 예쁜 찻집들이 줄지어 있다. 이렇게 하나둘 짚어보면 병들고 몸이 불편한 우리의 이웃들, 어려움 속에서도 끊임없이 새 길을 찾아나서는 청춘들의 모습이 보인다. 그들이 이 나라의 대통령과 국무총리 및 각부 장관들의 집무실 부근인 광화문과 경복궁 근처에서 살고 있다. 조선 왕조 시대에도 왕궁 근처에는 서민 구휼기관이 몰려 있었다. 육조거리는 생과 사, 가진 자와 못 가진 자가 서로의 모습을 쳐다볼 수 있도록 삶을 가르쳐 주었다.

1970년대 이후에는 박정희, 윤보선, 최규하, 노무현, 김대중 등 역대 대통령의 영결식이 광화문에서 거행되었다. 군국주의 일본에 의해 명성황후가 시해당한 경복궁 건청궁, 김구 선생이 암살된 경희궁 옆 경교장, 1968년 청와대에 침투하는 북한공비를 막다 쓰러진 최규식 경무관의 동상 등이 모두 이 부근에 있다. 역사가 가르치는 죽음은 여러 갈래의 빛깔을 띠며 우리들의 삶에 투영되고 있다. 그들의 삶의 궤적과 시대 상황에 따라 죽음도 달리 비친다. 병원에서 보는 죽음도 마찬가지이다.

서울대학교병원 본관 앞 시계탑

광화문에서 가까운 서울대학교병원은 우리나라 의료권력의 핵심이다. 제주도에서 당일치기로 드나드는 해녀에서부터 장·차관과 국회의원, 전·현직 대통령도 진료를 받는다. 전국에서 몰려든 환자들로 병원은 언제나 남대문 시장처럼 북적거린다. 본관 앞 나무그늘 아래에 환자와 가족들이 온갖 상념에 젖은 채 앉아 있다. 금연 구역인데도 꾸역꾸역 뿜어대는 담배연기가 자욱하다. 좋은 날씨를 만끽하기 위해 링거병과 항생제 등 각종 의약품을 주렁주렁 거치대에 달고 산책하는 환자들이 맨 먼저 마주치는 것은 본관 앞 시계탑이다.

그들이 올려보는 시계탑의 의미가 남다르다는 것을 알아챈 것은 4년 전이었다. 내 옆에 앉아 있는 중년의 남자환자가 아내로 보이는 여성에게 턱으로 시계탑을 가리키며 저 작은 바늘이 백여 바퀴를 돌 때쯤 자신은 딴 세상에 가 있으리라고 하는 말을 우연히 들었다. 시계의 작은 바늘이 백여 바퀴를 돌면 두 달이 채 못 되는 세월이다. 아니야, 천여 바퀴야, 왜 그리 마음이 약해, 하고 여자가 남자를 쳐다보며 바로잡아 주었다. 남자는 말이 없었다. 천여 바퀴? 그러면 1년 반 정도로 수명이 늘어난다. 그 말기환자가 세상을 떠나는 시간을 계산할 때 일반 환자들은 삶의 시간을 셈할 것이다.

시계탑은 생사의 경계선에 서 있는 사람들에게 저리도 다른 계산법을 주었나 보다 하고 생각하고 있을 때쯤 낯익은 노신사가 내 앞을 가로막았다. 무더위가 시작된 재작년 7월이었는데 그는 검은 중절모를 깊이 눌러쓰고 검은 겨울 외투에 가죽장갑까지 꼈다. 면도도 하지 않은 초췌한 모습이었다. 부도난 H 그룹 C 회장이었다. 대장암 판정을 이유로 형집행정지 결정이 내려진 시기였다. 그런데 그의 시선이 바로 시계탑에 머물러 있었다. 재벌과 권력, 돈과 명예 그리고 삶과 죽음이란 주제들이 번개처럼 머리를 스쳐 지나갔다. 수조 원을 주무르던 그가 저처럼 연약한 모습으로 시계탑을 쳐다보며 무슨 계산을 하고 있을까 궁금하기 짝이 없는 일이었다.

한국의 임종문화가 달라져야 한다,

허대석 서울의대 교수

그로부터 다시 1년여의 세월이 흐른 뒤 나는 허대석 종양내과센터장과의 인터뷰 시간을 기다리면서 그 쉼터에 앉았다. 1세기 전에 세워진 시계탑은 수많은 삶과 죽음을 기억하고 있을 것이었다. 그런데 허 교수는 벌써 수천 명의 죽음을 기억하고 있었다. 잊어버린 죽음은 이의 몇십 배에 이를 것이다. 본관에 있는 그의 연구실은 각종 데이터로 넘쳐났다. 그는 얼마 전에 같은 아파트에 사는 주민이 한밤중에 문을 두드리며 응급환자를 봐달라고 애원하는 바람에 밤잠을 설쳤다. 우리들은 너무 죽음을 모르고, 알려고도 하지 않는 독특한 문화 때문에 삶이 고달프다고 그는 말했다. 온 가족이 동으로 서로 뛰어다니면서 끝까지 환자를 치료하려고 명의에게만 매달리는 우리의 임종문화에 어떤 모멘텀이 마련되어야 한다는 게 그의 지론이었다.

"무의미한 연명치료를 하다가 사망한 환자가 한 해에 벌써 3만 명을 넘어섰습니다. 죽음 문화의 실상을 알려주는 숫자입니다. 우리나라에서 매년 총사망자 25만 명 중 18만 명이 암 등 만성질환자인데 그중 18퍼센트 정도가 연명치료를 받은 셈이지요. 국민건강보험공단의 2007년도 자료를 기준으로 분석해낸 것입니다. 실제 이 자료에 잡히지 않는 것까지 감안하면 사망자는 훨씬 많아요. 이들 3만 명의 환자에게 사망 전 심폐소생술이나 인공호흡기가 적용되고 있는데 이런 의료행위는 연명치료가 아니라 사실상 연명시술이라고 표현하는 것이 더 적절할 것입니다."

중환자실이 없는 요양시설이나 자택에서 사망하는 연명치료자도 허다하다. 동네마다 알게 모르게 간병을 받고 있는 이른바 식물인간까지 감안하면 무의미한 연명치료 사망자는 더욱 늘어난다. 이는 우리의 임종문화가 여전히 거칠고 환자의 존엄도 훼손되고 있다는 의미를 담고 있다. 가족이 받은 상처도 엄청 컸으리라고 짐작이 간다.

"여론조사를 하면 대부분이 무의미한 연명치료를 중단해야 한다고 찬성하면서도 막상 죽음에 부딪히면 환자나 가족이 그걸 행동으로 옮기지 못합니다. 의료진도 마찬가지이지요. 그냥 마지막까지 치료에 최선을 다해야 한다고 믿고 있어요. 그런 문제를 해결하려면 어떤 동기가 필요합니다. 우리에겐 그게 없어요. TV에 의학 드라마는 엄청 늘어났는데 죽음 문제 처리는 어디까지가 최선인지 아직 정리가 안 됐어요."

허 교수는 15년 전부터 사전의료의향서 쓰기 캠페인을 벌여왔다. 그가 한국보건의료연구원장을 겸임하고 있었던 2009년에는 이 의향서에 대한 사회적 합의를 이끌어내는 바탕을 마련했다. 회생 가능성 없는 말기환자는 단순히 죽음의 시간을 연장하는 연명치료를 거부할 수 있다는 것이다. 특히 서울대학병원에서 치료받고 있는 환자가 희망하면 사전의료의향서를 제출할 수 있는 시스템도 만들었다. 공공의료 기관으로서의 롤모델이 되는 기회였다.

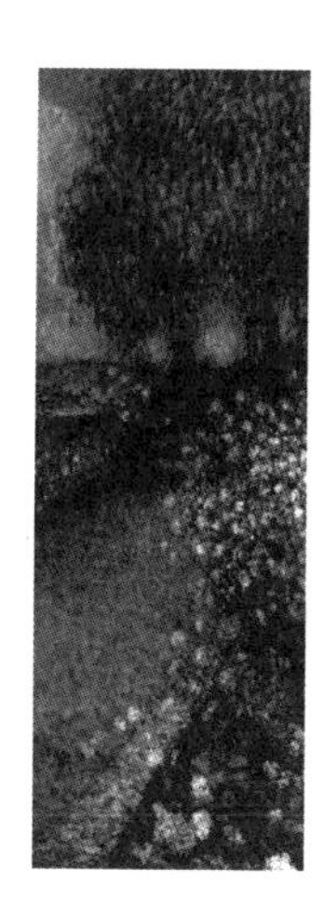

시대는 서울의대의 변화를 요구한다

사회가 바라는 특수 직역의 책임의식

최근 몇 년 동안 우리는 특수 직역에서 일하는 사람들이 호된 비판의 도마 위에 서게 된 것을 자주 목격하였다. 미처 사회의 비판이 미치지 못했거나 성역이라고 여겨져 왔던 직업군이 어느 날 여론의 뭇매를 맞고 발가벗겨지는 현상이 줄지어 나타났다. 법원과 검찰이 대표적이다. 증인으로 나선 노인을 폄하한 판사에 대해서조차 사회가 더 이상 인내하지 않았다. 장애인을 성폭행한 피의자에 대해 법의 판단이 미진했을 때도 마찬가지였다. 사회의 상식을 반영하지 못한 재판이 진행되면 소설과 영화 연극 드라마를 통해 법원을 희화화하고 감시하는 세력이 늘어났다. 성 스캔들이나 부패에 얽힌 검사나 변호사 들도 지체 없이 심판대에 오를 수밖에 없다.

해당 조직의 최고 수장인 대법원장이 즉각적인 사과 성명을 내며 여론에 대응했고 검찰총장도 머리 숙이며 개선책을 약속했다. 문제의 판사나 검사는 인간의 가치를 너무 얕잡아본 잘못을 저질렀다. 성 스캔들 검사를 배출한 어느 법학전문대학원장이 제자를 잘못 길렀다면서 도의적 책임을 지고 사퇴한 것은 인간성에 대한 이 사회의 기대 수준이 옛날 같지 않게 높아졌다는 것을 인식한 때문으로 여겨진다.

특수 직역의 하나로 일컬어졌던 언론도 인터넷 미디어 출현과 함께 상호 경쟁과 견제에 의해 새로운 진로를 탐색하고 사회의 끊임없는 비판과 감시를 받고 있다. 언론은 세상의 거울이다. 그들의 화두를 요약하면 부자이건 빈자이건, 또는 학식이 높건 낮건 간에 사람이 사람답게 살아야 한다는 것이다.

그렇다면 특수 직역의 또 다른 축에 서 있는 의료와 의대교수들은 어떤 위치에 있을까. 의료는 무풍지대나 다름없다. 생명을 다루는 의료는 상대적으로 언제나 우월적 입장에 있기 때문에 사회의 불만이 표출되지 못한 채 계속 쌓여왔다. 의료인과 환자와의 소통의 길은 갈수록 좁아졌다. 갖가지 의료제도 등을 둘러싼 사회 환경도 만만치 않다. 그러나 그 소통의 길을 뚫고 국민건강을 챙겨주며 소리 없이 지원의 손길을 뻗칠 수 있는 계기를 마련할 수 있는 곳이 의과대학이며 그 중심에 서울대학교 의과대학이 있다.

서울의대의 침묵이 답답하다

서울의대는 국내 최대 최고의 두뇌 집단이다. 그들이 주 무대로 활동하고 있는 서울대학교병원은 우리나라 의료 권력의 핵심이다. 전국에 있는 주요 의과대학이나 종합병원의 성장에 서울의대 졸업생들이 기여한 바가 적지 않다. 그러나 서울의대는 이 사회에서 너무 멀리 떨어져 있다. 그들이 노력해서 쌓은 실력 이상으로 권위주의에 길들여져 있고 국민의 건강을 걱정하는 일에 침묵했다.

흡연이 암 등 여러 가지 질병에 얼마만큼 치명적인지에 대해 서울의대의 공개적인 입장이 없었고, 광우병 사태로 온 나라가 시위로 몸살을 앓을 때도 이렇다 저렇다 입을 열지 않았다. 우리나라 의학교육의 중심에 서 있는 서울의대의 존재 가치를 보여줄 가장 중요한 기회를 던져버렸다. 당시 서울의대의 침묵은 나름의 여러 이유가 있었을 것이다. 그러나 역사는 변명을 받아들이지 않는다.

몇 년 전에 미국 하버드의과대학이 '더 건강한 2010년을 위한 제언'이라는 내용의 건강 지침을 미국 국민에게 내놓았을 때 우리는 한없이 부럽기만 했다. 그런데 그 제언을 들여다보면 다 알 만한 내용이었다. 그런데도 미 하버드의대가 '탄산음료 마시는 것을 줄이자. 깊게 숨 쉬는 습관을 갖자. 감사할 일을 챙기자.'라는 것들을 나열하며 내놓는 그 따뜻함을 우리는 잊지 못한다.

서울의대를 제쳐놓고 하버드의대의 제언에 따라 건강을 챙겨야 할 만큼 우리가 후진국인가? 아니면 의료 낙후 국가인가? 서울의대는 하버드의대의 그 따뜻함이 던지는 메시지의 값을 결코 헐하게 셈해서는 안 된다. 만약 그렇다면 그것은 그냥 지나칠 수 없는 오만이다.

6년 전 서울대병원 내과 교수 수십 명이 처음으로 죽음학 전문 교수를 초청해 강의를 들었다는 소식을 듣고 그게 무슨 소리냐고 세상

사람들은 수군댔다. 그들이 의과대학 시절에 죽음공부를 한 적이 없다는 것은 실로 놀라운 일이다. 우리나라 모든 의대생들이 다 똑같다는 사실도 나중에 알려졌다.

의사가 죽음을 몰라? 미국의 모든 일반 대학생들조차 교양과목으로 배우고 있는 죽음학을 생명을 다루는 서울의대에서도 가르치지 않는다는 것은 국민의 상식으로는 납득이 되지 않는 일이었다. 완화의료가 무엇인지 모르고 어쩌다 호스피스 치료에 대한 지식조차 없는 서울대병원 의사를 만났을 때 의과대학에서 도대체 뭘 배웠을까 궁금해할 환자들을 위해 서울의대는 답변을 마련해야 한다.

인간성 탐구 없는 의학은 의료기술자만 배출

우리는 인간의 가치를 중요하게 여기는 시대로 걸어가고 있다. 아무리 불경기라 해도 1인당 국민소득 2만 달러 시대의 삶을 생각하고 그에 걸맞은 죽음을 준비하는 국민들이 늘어나고 있다. 사람답게 살고 사람답게 죽는 것은 존엄에 관한 문제이다. 그와 같은 생사관을 갖고 사는 국민의 생명을 다룰 때 의학교육은 어떤 시스템을 갖추어야 할 것인가를 고민해야 한다.

삶과 죽음의 마지막 단계에 이르기까지 의사의 개입이 없는 인생은 상상할 수 없다. 특히 환자가 병이 들어 임종 단계에 이를 때 의사의 역할은 엄중한 것이다. 의사와 환자와의 관계는 단순히 갑과 을의 관계로 끝나는 것이 아니라 인간의 존엄을 고려해야 하는 동등한 단계로 진화하고 있음을 사회가 보여주고 있다.

의사가 이와 같은 사회의 변화에 적응하는 노력이 부족하다면 의료라는 특수 직역과의 마찰은 커질 것이다. 그런 노력의 한 단면이 의과대학 교육 과정에 인간성에 관한 인문학 강의를 반드시 끼어 넣는 것이다. 그리고 그것은 형식이 아니고 실질적이어야 한다. 인간의 CURE(치료)를 위한 CARE(돌봄)를 어떻게 할 것인지를 생각하게 하는 학문에 의예과 학생들의 눈길이 가도록 커리큘럼이 짜였으면 좋겠다. 호스피스 병동에서 며칠 동안 실습을 하고 돌아온 서울의대 출신 인턴들의 일기에는 이 시대의 의사상이 무엇이어야 하는가를 반성하는 경우가 많다. 그러나 그런 기회를 갖는 학생들은 극소수에 지나지 않는다.

서울대학교병원에서 진료하는 의사들의 이모저모를 보면 그들이 의과대학 시절에 어떤 교육을 받았는지를 대강 짐작할 수 있다. 환자나 가족들도 의사들의 세대 차이를 가늠할 수 있을 만큼 눈이 높아졌다. 병원이 그렇다면 그것을 비추어주는 서울의대라는 진짜 거울은 어떤 모습일까. 병원 현장에는 환자에게 차분히 질병의 증상을 잘 설명해주는 의사가 있는가 하면, 도대체 그들을 쳐다보지 않는 의사들도 많다.

나이 많은 환자에게 턱없이 반말하는 의사들도 있고, 여의사에게 하대 당한 어머니 같은 환자가 눈물을 글썽거리는 일도 있다. 오랫동안 담당해온 환자가 어느 날 말기에 이르렀을 때 무표정한 얼굴로 가장 짧은 시간에 환자를 되돌려 보내는 의사는, 대기실 밖에서 울음을 삼키고 있는 가족들의 애달픈 모습도 상상할 수 있어야 한다. 로봇처럼 무표정한 의사의 진료란 환자에게는 견딜 수 없는 고통의 시간이다. 그래서 그들을 배출한 서울의대의 교육이 오로지 CURE에 치우쳐 있기 때문에 정서가 메말랐다는 말이 나온다.

의사가 고통을 호소하는 환자와 어떤 대화를 나눠야 하는지 학교에서 더 진실되게 배울 수 없을까. '3분 진료 체계'라서 어쩔 수 없다는 것은 그들만의 변명이다. 그 한계 안에서라도 보여줄 수 있는 의사의 인간적인 바탕을 이 사회는 바라고 있다.

CARE(돌봄) 있는 CURE(치료)가 의료 지도자를 키운다

서울의대가 지난해 봄 의예과 신입생들을 위한 오리엔테이션에서 '죽음이란 무엇인가'에 대한 강의를 시도하고 재학생들에게 환자-의사-사회와의 관계를 설명하는 자리를 계속 마련하는 것은 의미 있는 일이다. 관련 교육이 더욱 밀도 있고 폭넓게 진행되어야 의료현장에서 결실이 맺어진다. 4년 전 대법원이 무의미한 연명치료를 중단할 수 있도록 하는 이른바 존엄사 판결을 내린 시대적 배경은 인간의 존엄에 있다. 인간 존엄의 의미가 의학교육에 반영될 수 없을까.

우리는 삶의 존엄을 찾는 것처럼 죽음에 있어서도 역시 존엄을 희망한다. 그래서 웰빙은 웰다잉까지 끌어안고 있으며 삶과 죽음은 떨어져 있는 것이 아니라 일직선상에 놓여 있다. 예비 의사들이 그런 사회인식의 틀 안에서 환자의 CURE(치료)와 함께 CARE(돌봄)를 생각하도록 서울의대 커리큘럼을 조정할 수 없을까. 비록 의료현장에서 현재의 의료수가제도가 묶어놓은 절대적 한계가 있다 하더라도 학문은 그 벽을 넘어 세상을 보는 시선을 가질 수 있을 것이다.

서울의대가 사회의 변화를 받아들이는 이런 교육을 선도하면 그 파급효과는 엄청날 것이다. 작은 불씨가 큰 불씨가 되어 따뜻한 의료인들이 배출될 것이다. 서울의대가 낳은 고 이종욱 씨가 WHO 사무총장이 되고, 미국에서 공부한 의학박사 김용 씨가 아이비리그 총장에 이어 세계은행 총재까지 될 수 있었던 것은 세상과 사람들을 들여다보는 의료인으로서 따뜻한 시선과 지도력을 갖추었기 때문이 아니겠는가.

일본식 교육의 잔재가 뿌리 깊게 남아 있는 의과대학에서 자신들도 모르게 선배들의 낡고 비효율적인 관습을 답습하며 공부하다가, 일정 기간이 되면 다시 미국식 교육을 받고 돌아오는 의료인들은 병원 현장에서 매우 혼란스러운 모습으로 환자들과 맞닥뜨린다. 질병에 대한 설명이 언제나 부족하다. 의료 윤리의 중심은 informed consent(충분히 설명하고 환자의 동의를 받는 일)이다. 그러나 의사들은 설명을 생략한 채 일방적으로 통보하기 일쑤이다. 의사의 설명책임은 환자의 인간적 가치를 인정하는 토대 위에서 가능하다. 그래야 환자의 자기 결정권을 기대할 수 있다.

존엄한 죽음에 이르기까지 이 같은 주제는 항상 따라다닌다. 이미 서울의 한 병원이 앞질러 '설명 잘하는 병원'이라는 기치를 높이 내걸었다. 설명을 생략해버리는 의료진에게 분노하는 사회의 바닥 정서를 읽고 결정한 일이다. 그러나 그 병원의 의료현장은 펄럭이는 깃발과 일치하지 않는다. 의사들이 대학에서 미처 배우지 못했고 현장에서 그 같은 주제에 고민하는 데 익숙하지 않기 때문이다.

왜 서울의대가 서울대병원에 입을 다무는가?

의과대학에서의 교육은 같은 브랜드를 공유하고 있는 병원의 분위기를 지배한다. 어느 한 병원 의사들의 진료 활동 내용은 그들을 배출한 의과대학의 실체와 연결된다. 의료라는 특수 직역에서의 교육의 힘은 실로 엄청난 효과를 갖는다. 서울의대 교육과정이 치료 중심에서 인간의 가치, 인간성을 이해하는 측면을 포용하는 커리큘럼을 개발해야 할 이유가 여기에 있다.

또 하나, 만약 서울대병원에서 서울의대 출신 의사들의 진료 활동이 지나치게 낡은 틀에서 벗어나지 못하고 시대의 흐름을 반영하지 못한다면 그들을 배출한 서울의대는 어떻게 행동해야 하는가. 현재의 모습 그대로 방관하거나 침묵을 지킬 것인가, 아니면 적절한 계기에 소리를 내면서 국민이 바라는 의사가 될 것을 권유할 것인가. 서울의대 교수들의 침묵은 의료교육의 선도적 역할과 시대가 요구하는 의료인 양성의 중책을 맡고 있는 자신의 위치를 아직도 찾지 못했다는 것을 스스로 인정한 것에 지나지 않는다. 이로 인해 끊임없이 진화하는 사회와의 마찰도 증가하고 건강사회 구현이라는 비전과도 멀어진다.

1년 전 일본 전국 각 지방에 있는 국립대학 의과대학학장 회의는 의사들의 커뮤니케이션 능력을 높일 필요가 있다는 데 의견을 같이 했다. 의사와 환자의 소통을 중요시한 것이다. 국제표준의 의학교육을 통해 세계적으로 활약할 수 있는 의료인도 양성해야 한다고 주장했다. 이 회의에 앞서 반년 전에 열렸던 일본학술회의 의학교육분과

회는 새로운 시대에 맞는 의사와 의학 연구자 육성을 위한 시스템을 구축하라고 요구했었다. 일본 학술회의는 교육과 의료가 붕괴되면 나라가 무너진다고 경고했다.

권위주의 허문 서울의대를 향하여

서울의대가 의료인을 양성하면서 시대가 요구하는 메시지를 사회에 던지기 위해서는 쉬운 말과 쉬운 글이 필요하다. 한편으로는 사회의 요구를 수용하며 다른 한편으로는 사회를 향해 주장을 펴기 위해 말과 글의 활용이 필요하다. 그것은 사회와 소통하는 중요한 수단이다. 생명에 관한 복잡한 조직과 시스템, 그리고 이를 둘러싼 각종 증상을 쉽게 국민에게 설명한다는 것은 어렵게 이야기하는 것보다 더 어려울지 모른다.

그러나 환자에게 쉽게 설명할 수 있는 능력도 의대에서 가르쳐야 한다. 그래야 국민의 이해를 도울 수 있을 것이다. 소송사회로 진입하는 과정에 있는 우리 사회의 현실에서 볼 때 더욱 필요한 일이다.

지나치게 세분화된 진료과목의 숲 속에서 헤매고 있는 환자들을 위해 의과대학은 보다 넓은 시야를 갖춘 의료인 육성이 필요하다. 『To err is human(사람은 누구나 실수할 수 있다)』(Kohn 등, 1999)이라는 책 제목이 지적하듯이 의료에도 적잖은 오류가 발생한다. 국민의 궁금증을 풀어줄 안전대책에 대한 교육도 우선되어야 한다.

서울의대 졸업생들이 환자들이 도대체 알아들을 수 없는 일본식 의학 용어를 계속 사용하는 것은 국민의 자존심을 상하게 하는 일이다. 하다못해 일본 의료계에서조차 예후(환자를 진찰하고 전망함), 오심

(가슴속이 불쾌하고 구역질이 나타나는 증상), 침습(염증 등이 번져 가까이 있는 조직이나 세포에 침입하는 일)이라는 의학용어를 쉬운 말로 고쳐 쓰고 있는데, 서울의대가 해방 이후 지금까지 그대로 받아쓰고 있는 것은 아무리 생각해도 이해하기 어려운 일이다.

권위주의만으로 성벽을 쌓은 캠퍼스는 발전을 기대하기 어렵다. 모든 분야가 세상을 향해 문을 열어놓고 있다. 서울의대는 끊임없이 변화하는 사회에 대한 무관심을 경계해야 한다. 서울의대의 변화는 국민건강 시대를 앞당기면서 한국 의료계의 발전을 한 단계 더 높이는 계기가 될 것이다.

* 이 글은 2013년 1월 서울대학교의과대학 주최
'국민건강나눔포럼'에서 발표된 자료이다.

제3부

‘길’을 묻다

interview

인터뷰, 하나

숨을 쉴 수 있는 것 자체가 희망이다

이해인 수녀

“소박하고 따뜻한 이야기만 합시다”

부산 광안리 해변의 차가운 바닷바람을 등에 지고 큰 길을 건너자마자 성베네딕도 수녀회로 들어가는 큰 골목이 나타났다. 나이 든 남자가 수도원 입구 경비실에서 뛰쳐나와 용건을 물었다. “이해인 수녀님과의 인터뷰요?” 그는 혼자 중얼거리며 고개를 갸우뚱했다. 이상하다는 표정이었다. 이해인 수녀는 여러 차례 인터뷰를 고사해왔다. 자신이 암 투병 중이기도 하지만 매스컴에 이름이 오르내리는 걸 몹시 꺼렸다. 그런데 한 해의 마지막 달이 주는 위로가 생각을 바꾸게 만들었을까. 그는 얼마 전 “소박하고 따뜻한 이야기만 합시다.”라는 메시지를 보내왔다.

오랜 역사를 지닌 수도원 건물 안에는 20미터 높이의 소나무 10여 그루가 한결같이 Y 자형으로 자라고 있었다. 수도원 안을 한 바퀴 돌아본 뒤 약속된 시간에 피정의 집 카페에서 기다리고 있을 때 그가 조그마한 꽃 한 송이를 들고 나타났다. “산다화입니다. 얼른 보면 동백꽃 같지만 좀 다르지요. 아주 아름다워요.” 노란 꽃가루를 매단 산다화의 달콤한 향기를 맡으며 나는 그가 사무실로 쓰고 있는 민들레 방으로 이동했다.

:: 민들레라는 꽃 이름을 많이 쓰시는군요.

“민들레는 희망의 씨앗이지요. 바람이 불면 그 씨앗이 여기저기로 날아가잖아요. 내 시가 희망을 불어 넣어주는 씨앗이 되었으면 좋겠어요."

그의 첫 시집의 제목이 『민들레의 영토』이다.

:: 독자들에게 뿌린 씨앗들이 많지 않습니까.

"그동안 저작물도 시집, 산문집, 번역집 합해서 20여 권 정도 되니 정말 많은 생각들을 뿌린 셈이지요. 덕분에 분에 넘치는 사랑도 많이 받았고요. 연말연시를 맞아 저는 자신도 모르게 해이해진 건 없나 하고 돌아보면서 수도생활 초기에 가졌던 초심으로 돌아가고 싶어요. 생활하는 수도자이지요. 지금도 간간이 스며드는 암환자로서의 무력증이나 우울함과도 잘 싸워야겠지요. 그동안 제 건강을 위해 멀리서 가까이서 기도해준 많은 분들에게 감사하는 마음을 되새김하면서 한 해를 마무리하고 싶습니다."

:: 세상이 어려워질수록 마음에 상처받은 사람들이 늘어났습니다. 우리들 언어가 너무 거칠어졌어요.

"간혹 제가 강의를 하면 꼭 고운 말 쓰기에 대한 것을 빼놓지 않고 하는 이유이기도 합니다. 사람들은 어쩌면 그렇게 아무렇지도 않게 막말을 내뱉을까요? 정신병동에 입원한 이들의 말을 들어도 가장 가까운 이들의 폭언에 상처를 받은 경우가 있고 자살의 원인도 막말의 상처일 때가 많은 것을 그들이 남긴 유서에서도 알 수 있어요."

:: 마음의 상처를 어떻게 해야 이겨낼 수 있어요?

"평상심으로 생활하는 습관이 배어 있어야 상처를 덜 받는 것 같습니다. 인간을 이해하는 폭이 넓어지도록 좋은 책을 많이 읽어두는 것도 비결이라고 봅니다."

:: 고운 말을 쓰는 사회에서 우리는 왜 멀어지고 있을까요?

"무한경쟁을 부추기는 분위기다 보니 남을 긍정적으로 이해하려는 노력보다는 질투나 시기심에 사로잡히거나 인내심이 줄어들고 자꾸만 충동에 휘둘리는 경향이 더 심해지는 것 같습니다."

:: 이해인 수녀의 시가 많이 애송되는 이유는 뭘까요?

"제 시가 대단한 깨우침의 정답을 제시하는 것도 아니잖아요. 못된 것은 나 때문이라고 자책하고 다른 사람의 좋은 점을 보면서 용서하고 해요. 그들의 선한 마음 착한 마음도 반영하지요. 또 제 약점도 드러내면서 고백하고 그것을 시적으로 표현한 것뿐이에요."

:: 그래도 시집이 수만 권씩 팔리지 않아요?

"독자의 아들딸들이 또 독자가 되어 시를 읽고 편지를 보내옵니다. 그저 감사할 따름이지요. 수녀원 동료들이 뭐라고 그러는지 아세요? 그들은 내 약점도 잘 알고 있잖아요. 독자들은 싫증도 안 나나 보다, 도대체 뭘 보고 해인 수녀님을 그렇게 좋아하는지 모르겠다며 웃어요."

:: 베스트셀러 작가로서 갖는 고뇌라면?

"독자들의 요청에 따라 사인을 해주느라 밤늦게까지 일하는 경우도 있었어요. 그런데 들리는 소문이 수도자가 기도의 본질에 충실하지 않고 팬 관리에 열중한다고 비난해요. 그땐 배신감을 느껴요. 사랑의 방법이 다르더군요. 그런 구설수는 저더러 더 이상 교만하지 말라는 뜻으로 받아들이고 있어요. 제가 암환자가 되고 나서 더욱 그래야 한다는 걸 느껴요. 저도 인기나 명예의 함정을 잘 알고 있어요. 제 책이 많이 팔린다고 해도 인세를 수녀원이라는 공동체가 관리하기 때문에 수입이 얼마인지 그 내용을 잘 모릅니다."

:: **자신이 힘들 땐 어떻게 위안을 찾아요?**

"저도 외로울 때가 있지요. 그래서 채워야 해요. 몸이 아프니까 사람 만나는 것도 힘들어요. 조용하게 안으로 침잠하고 싶을 때 매정하게 이거저거 다 거절하고 혼자 안으로 들어가고 싶을 때가 있어요. 그러다가도 아이고 내가 살면 얼마나 산다고 이럴까 하는 두 마음이 왔다 갔다 해요."

:: **『희망은 깨어 있네』라는 시집에서 「옷 정리」를 읽어보면 마음이 아파오더군요.**

「한 사람이 살아온 흔적을/단번에 지우는 일이 어렵다고/옷장 속의 옷들이/저마다 한마디씩 거드네/지상에서/내 육신이 떠나면/필요 없는 옷들에게/미리 작별인사 고하면서/눈물이 나네」

"호스피스 단체의 모임에서 그런 시를 낭송해주면 모두 눈물을 흘려요. 나만 아픈 게 아니잖아요. 서로 몸과 마음이 아파서 그래요. 수술하고 나서 물 한 모금 마시기 힘들어하는 내게 어느 날 영양사가 하는 말을 시로 지은 것도 읽어주었지요. '물도/음식이라 생각하고/아주 천천히 맛있게/씹어서 드세요'라는 시예요. 나는 그들에게 힘을 내라고 격려하지요. 그러면서 어느 날엔가 내 입에서 쏟아진 모든 말들이 유언이 되고 내가 썼던 글들이 유작이 되겠지 하는 기분이 들어 눈물이 핑 도는 걸 느낄 때가 있어요."

"이 세상에는 영원히 살 것처럼 행동하는 사람들이 너무 많아요"

이해인 수녀는 일어나서 찐 밤을 접시에 담아 왔다. 티스푼으로 밤을 파먹으면서 나는 그의 투병생활을 어느 수준까지 질문해야 할지 잠시 망설였다. 시인의 마음을 가늠한다는 것은 힘든 일이었다.

:: 병원에 다니실 때마다 다른 암환자들과 자주 마주치게 되시죠?

"다들 알아보지요. CT 찍으러 갈 때는 나를 그냥 내버려뒀으면 좋겠는데 환자와 가족들이 몰려들어 이런 이야기 저런 이야기 들려주어요. 아픈 사람이 아픈 환자 보면 더 마음이 아파요. 외래창구에 가면 피골상접한 환자들도 눈에 띄고요. 그런데 나도 모르게 그들에게 참견하고 덕담하고 격려하기에 바쁘져요. 백혈병 걸린 아기 엄마들이 기도해달라고 하면 그 자리에서 기도 올리고…… 그게 내가 할 일이지요."

:: 고단하실 텐데 맨날 그럴 수도 없지 않은가요?

"병원에 가면 기도해달라, 책에 사인해달라는 사람들이 단숨에 줄을 서요. 병원 한구석에 숨어서 하는데도 그래요. 그들에게 줄 기도카드랑 작은 선물을 준비해야 하기 때문에 내 가방은 항상 무거워요. 암환자들에게 연민의 정을 많이 느껴요."

:: 아프고 수술받고 죽는 사람들의 이야기를 안 듣는 날이 없겠군요.

"매일매일 듣고 또 들려오기도 하지요. 애도할 겨를이 없어요. 그래서 우리는 늘 죽음에 대해 더 공부해야겠다는 생각을 합니다. 이 세상에는 영원히 살 것처럼 행동하는 사람들이 너무 많지요. 사회적 지위가 높은 사람들일수록 더 그래요. 우리가 어떻게 살다 가야 하는지 죽음교육을 받으며 충실한 삶을 이어가도록 했으면 해요. 죽음교육에는 이벤트성 연출이 없었으면 좋겠어요. 삶과 죽음을 생각하는 모임을 일상화하면 어떨까요. 정규 교육과정이 없으면 이별과 죽음에 관해 좋은 예를 남기고 간 사람들 이야기를 나누는 것도 의미가 있겠지요."

그는 민들레 방의 한쪽 벽을 메우고 있는 서가를 가리키며 "바로 이 코너에는 죽음에 관한 책들만 모아놓았습니다. 삶과 죽음을 떠올리는 일을 일상화할 필요가 있어서요. 나도 그렇지만 모두가 이런 걸 했으면 좋겠어요. 그게 철학이라 해도 좋고 생활 공부라고 해도 좋고요." 라고 덧붙였다.

암 투병 중에도 그가 지쳐 보이지 않는 힘은 어디서 나오는 것일까를 나는 곰곰이 생각해보았다. 그가 앉아 있는 오른쪽 서가에는 낯익은 사진과 유품들이 진열되어 있다. 김수환 추기경, 소설가 박완서 씨, 영문학자 장영희 교수, 화가 김점선 씨 등이다. 이해인 수녀의 인생에 많은 영향을 주고받았던 인물들이다. 최근 몇 년 동안에 세상을 떠난 그들의 사랑이 느껴진다. 다른 한쪽 책상 서랍에 차곡차곡 쌓여 있는 수많은 노트 뭉치가 눈에 들어왔다.

:: **이게 일기인가요? 입원 중에도 계속 쓰신 건가요?**

"제가 아플 때도 병원에서 빠지지 않고 짧게 노트한 거죠. 길게는 쓸 수가 없었지요. 예쁜 그림도 붙여놓고 기록했어요. 아, 여기가 파라다이스다 생각하면서요. 침대에서 써야 하니 작은 메모 수첩이 필요했어요. 생활일지라고나 할까 하루 일과를 반성하면서 한 자 한 자 적어나갔어요. 그러다가 어느 순간 이것도 세상에서 끝이 나겠지 하는 기분도 들었어요.

항암제 맞고 나서는 시상이 떠오를 때도 있지요. 저렇게 많은 사람들이 아파하며 사는구나, 나만 이렇게 치료받고 사는 게 아니구나, 무심하게 들었던 항암제 주사가 바로 이런 거구나, 하는 새로운 경험들이 쌓여갔어요. 항암제와 방사선 치료를 겹쳐 받는 경우에는 아주 힘들지요. 글 쓰면서 하루하루를 감사하게 생각하고 부작용 없이 지나갈 때마다 또 감사하며 자신을 길들여왔습니다. 그래도 항암제를 또 먹거나 비닐봉지만 봐도 역시 힘들어져요."

150여 쪽이 되어 보이는 각각의 수첩에 붙여진 일련번호는 142번. 그가 지금까지 기록해온 삶이 그만큼 엄청나게 두텁게 느껴졌다. 그런데 나는 특이한 것을 알아차렸다. 그의 허락을 받고 잠시 기록을 들여다보니 건강했을 때나 암 수술을 받고 입원 중이었을 때나 글씨체가 한결같이 똑같았다. 병중에서라면 흘린 글씨체가 나올 법한 일이었다. "어쩌면 이렇게 똑같은 글씨를 쓸 수 있어요?" 하고 묻자 그는 웃기만 했다.

"아픈 이의 신발을 잘 신겨주기 위해 자신을 낮추어야 해요"

:: '비움'이나 '힐링'이라는 말이 과용되거나 남용되고 있습니다.

"글쎄요. 우리는 비움, 힐링뿐 아니라 온갖 좋은 말을 다 하지만 그 단어의 뜻대로 살지는 못하는 것 같아요. 글로벌이란 말도 너무 많이 하지만 우리 자신은 아직도 협소하고 근시안적인 삶의 태도를 버리지 못하는 걸 자주 발견하게 되던데요. 말부터 할 것이 아니라 그냥 겸손하고 성실한 자세로 그날그날 자기 자리에서 최선을 다하면 되는 게 아닌가 싶습니다만…… 남에게 바라기 전에 내가 먼저 솔선수범하는 삶의 자세가 필요합니다. 가정에선 부모가 먼저 본이 되고 학교에선 교사가 본이 되고 나라에선 다스리는 사람들이 본이 되는 그런 모습이……."

:: 수녀원에 입회하신 이후 자신의 인생을 지배해온 언어는 어떤 것인가요?

"지금은 어떤지 모르지만 수도생활 초기에 저는 좀 도도하고 차가운 인상을 남에게 준 것 같고 이것이 제겐 큰 걸림돌이었지요. 그래서 의식적으로 겸손과 성실과 지혜라는 단어들을 예쁜 돌멩이에도 써두고 묵상하면서 자신을 낮추기, 맡은 일 충실히 하기, 행동을 분별 있게 하기를 향하여 꾸준히 기도하며 나름대로 노력해왔어요."

:: 수도생활보다 가정생활이 더 쉬울까요. 아니면 수도생활이?

"곤란한 질문인 거 같아요. 어려서는 저도 잘 몰랐는데 이 나이에 돌아보니 가정생활 역시 정말로 힘든 수도생활이란 생각이 새롭게 듭니다. 그렇다고 수도생활이 더 쉽다는 뜻은 결코 아니고요. 둘 다 삶의 내용은 다르지만 결국은 같은 급수의 수도생활이 아닌가 싶습니다."

:: 동네 사람들의 기쁘고 어려운 이야기들은 어떻게 들으시나요?

"휴대전화 문자나 메일로 듣기도 하지만 그들이 직접 찾아오기도 하고 때로는 산책하는 길에 제가 먼저 찾아가서 듣기도 합니다. 장애인을 둔 부모나 자녀 중 한 명이 자살을 해서 상심에 빠진 부모도 있었어요."

:: 세상에서 악한 자, 교만한 자 들이 더 오래 잘 사는 것 같다는 느낌을 받는 때가 있습니다. 어리석은 생각인가요?

"저도 실은 그런 생각을 종종 하는걸요. 성서의 시편에도 보면 악한 이들이 잘되는 꼴을 참을 수 없어 제발 그들을 벌해달라고 간청하는 대목이 나오는데 공감하지 않을 수가 없지요. 그러나 결국은 어떤 모양으로든 선이 승리하는 세상을 우리는 꿈꾸고 믿어야 한다고 봅니다."

:: **생로병사로 얽힌 삶은 온통 고통뿐인가요? 희망을 가지고 삶을 이끌어 가는 자세란 어떤 것인가요?**

"희망이 그리 거창한 것이 아니지요. 한 번밖엔 없는 자신의 삶을 우선 감사하며 크고 작은 아픔과 시련도 받아들일 각오가 되어 있다면 거기서 살아가는 힘과 지혜가 싹튼다고 봅니다. 그것이 바로 희망이 아닌가 싶어요. 큰 수술을 하고 나니 살아서 숨 쉴 수 있는 것 자체가 희망이란 생각이 들었습니다."

:: **함부로 목숨을 버리는 사람들이 계속 늘어나고 있습니다.**

"우리나라가 자살률이 높다는 기사를 볼 적마다 정말 믿고 싶지 않지만 사실이고 제 주변에도 가족의 자살로 고통받는 이들이 많은데, 제 입장에선 가끔 가족을 위로하는 글도 적어 보내주지만 그 밖에 어떤 도움을 주어야 할지 그저 막막할 뿐입니다."

:: **지난 가을 호스피스 봉사자들에게 '아픈 이의 신발을 잘 신겨주기 위해 자신을 낮추어야겠다.'고 하신 말의 여운이 길게 남습니다.**

"건강한 이들은 항상 자신의 입장에서 아픈 이들을 훈계하고 사랑의 잔소리도 심하게 하다 보면 마음을 다치게 할 수 있기에 조금만 더 입장을 바꿔서 배려하는 노력이 필요한 것 같아 신발 이야길 상징으로 한 것입니다."

“이 시대가 잃어버린 덕목은 절제와 인내입니다”

:: 울고 싶을 때 우시나요?

“밤늦게 성모상 앞에 서 있을 때가 있어요. 마음은 고통이 힘들 때 실컷 울라고 하지요. 그래도 체면 때문에 눈물이 안 나오는 건지 눈물이 아주 마른 건지……. 성당 2층에서 돌아가신 선배 수녀님들이 물려주신 책상을 쓰고 있는데 그분들이 다 땅속에 계신다는 생각에 눈물이 맺히지요. 내일 내가 세상을 떠나면 성당의 풍금소리도 못 듣겠지 하는 아쉬움도 들고요. 시를 쓸 때 어머니가 떠오르면 가슴이 짠해지고 뭉클해요. 이웃의 독자들이 제 건강을 염려해 써 온 편지를 읽을 때, 아픈 사람들이 저를 위로해줄 때 눈물이 납니다. 정신병원을 전전하며 저를 ‘마음의 어머니’라고 부르는 그런 사람들도 생각나고요.”

:: 암 투병을 통해 들여다본 자신의 삶은 어떻게 달라졌나요? 자신을 일깨워주는 것은 무엇인가요?

“삶에 대한 감사가 더 깊어진 것, 주변 사람에 대한 사랑이 더 애틋해진 것, 사물에 대한 시선이 더 예민해진 것, 습관적으로 해오던 기도가 좀 더 새롭고 간절해진 것이라고 말하고 싶네요. 제가 적은 명랑투병 네 가지 실천사항이 있어요. 무엇을 달라는 기도보다 이미 받은 은혜에 감사하기, 당연한 것에 새롭게 감동하고 감탄하기, 자신의 아픔과 한계를 겸손하게 받아들이기, 넓은 마음으로 힘든 일에 대처하기 등입니다. 다른 암환자들도 이 실천사항에 자극을 받았다면서 자주 인용한다는 말을 들으면 더 열심히 기쁘게 살아야겠다는 다짐을 하게 됩니다.”

::『희망은 깨어 있네』 시집에는 작가가 세상에 남기고 싶은 말이 다 들어 있더군요. 우리들에게 ‘작은 감동’을 주고 있습니다. 그 시집의 의미는 무엇인가요. 더 넣고 싶은 주제가 있나요?

“그것은 어쩌면 이승에서의 마지막 작품집이 될지 모른다는 각오로 적은 저의 투병기이기도 합니다. 거기서 저는 ‘고통의 학교’ 수련생임을 강조했는데 평범하기 그지없는 그날그날을 감사하며 사는 것이야말로 바로 희망이라고 강조하고 싶었습니다. 더 넣고 싶은 주제요? 우리가 무심해서 놓치고 사는 ‘일상의 황홀함’이 주는 행복을 좀 더 강조하고 싶네요. 삶이 힘들 적엔 자기보다 더 어려운 처지의 이웃이 많다는 것도 의식적으로 기억하면 좋겠습니다.”

:: 우리가 희망, 행복, 환희를 느끼며 사는 즐거움을 누리려면 어떤 마음을 가져야 하나요?

“매일 읽는 성베네딕도 수도규칙서에는 겸손의 12단계를 설명하고 있습니다. 겸손의 덕이 얼마나 어려우면 12단계로 나누어 설명했을까 싶어요. 수도생활 40여 년 하고 나서 제가 느끼는 것은 하느님과 삶과 인간에 대해서 참으로 겸손해야만 행복과 기쁨이 따른다는 것입니다. 왜곡된 겸손이 아니라 안팎으로 진정 겸손하기 위해서는 많은 노력이 필요하다고 봅니다. 우선 자신의 마음을 겸허하게 길들이기 위한 고전 읽기, 영적 독서, 일기 쓰기, 벗들과의 대화, 기도 등등 구체적인 방법을 선택하여 꾸준히 수련해야 할 것입니다. 저는 그렇게 하고 있는데도 아직 덕의 길에서 멀리 있어 걱정입니다."

대화를 나눈 지 두 시간 가까이 흘렀을 무렵 그는 나에게 물었다.

"이 시대가 잃어버린 덕목이 뭔지 아세요?" 한참 후에 자신의 질문에 답했다.

"절제와 인내입니다. 사람들이 느긋하지 못해요."

나는 그의 사색의 공간을 탐색하고 싶어졌다. 그의 시에 자주 등장하는 광안리 해변으로 산책을 요청했다. 환자에게 겨울 찬바람이 괜찮을까 걱정도 됐다. 수도원에서 걸어서 15분 거리. 큰 거리를 가로질러 가다가 작은 골목길을 빠져나갔는데 그곳에는 빵집, 이발소, 철물점, 호프집 등 우리네 삶의 현장들이 나타났다. 이해인 수녀를 둘러싼 세계이기도 했다.

"시(詩)란 뭘까요?" 해변을 걷다가 이해인 수녀가 물었다.

"글쎄요…… 시란 뭐지요?" 내가 되물었다. 그가 겨울 바다의 잔잔한 파도를 내려다보며 이렇게 말했다.

"시란 삶에 대한 감사와 그리움을 사계절 언어로 풀어낸 상징적인 기도이지요."

광안대교 건너 먼 바다에서부터 석양 기운이 감돌기 시작했다. 그의 짙은 눈썹에도 또 한 편의 시가 내려앉았다.

* 이 인터뷰는 2012년 12월 27일자 동아일보와
동아닷컴에 게재된 것을 보완했다.

인터뷰, 둘

우리는 삶과 죽음이 중첩된 '그레이 존'에서 산다

철학자 최진석

'침묵의 탑'에 올라

3천 년의 역사를 지닌 이란의 사막도시 야즈드에서 발길을 멈추었다. 세상의 고요를 모두 끌어안은 침묵의 탑에 오르기 위해서였다. 시체를 쪼아 먹는 독수리는 시야에 들어오지 않았다. 까마귀의 비상도 없었다. 편지를 전달하는 비둘기의 울음조차 사라진 지 오래이다. 흰 눈이 쌓인 자그로스 산맥으로부터 불어오는 쌀쌀한 바람이 이곳을 더욱 스산하게 만들었다.

70미터 높이의 야트막한 황토 빛 산과 그 봉우리 위에 쌓아올린 흙탑이 눈 안에 들어온다. 기원전 수백 년 전부터 독수리, 까마귀 등에게 시체 처리를 맡겼던 곳이다. 조장(鳥葬)이란 이름의 풍습이었다. 기원후에도 이런 관습은 오랫동안 이어져왔다. 고대 페르시아의 종교인 조로아스터교의 영향을 받았다. 불을 숭배했던 당시의 주민들은 인간의 영혼을 신에게 맡기고 육신은 독수리에게 바치는 것으로 삶의 최후를 마무리했다. 1900년대에 들어서자마자 이란 정부는 조장 관습을 금지했다. 그 뒤 독수리를 귀빈으로 모시는 장례식은 사라졌다.

올봄에 나는 이란의 한가운데에 자리 잡고 있는 야즈드를 답사하면서 줄곧 죽음의 의미를 생각하고 있었다. 침묵의 탑이 주는 강렬한 메시지 때문이었다. 인류가 거주한 지 가장 오래된 지역 중의 하나인 이 땅은 천년을 세 곱하고도 남는 질긴 삶의 역사를 버텨온 곳이었다. 나는 조로아스터교의 발원지인 이 마을 입구의 오른쪽에 있는 탑의 나선형 길을 선택했다. 동행했던 다른 일행이 오른 왼쪽 탑보다 조금 낮은 길이었다. 낡은 자전거를 타고 오른쪽 탑 꼭대기까지 낑낑

대며 발을 굴리는 세 명의 소년이 나의 시선을 끌었다.

침묵의 탑 오르막에 있는 쉼터에서 노는 아이들의 웃음소리가 간간이 바람에 날렸다. 한때 백골이 뒹굴던 장례 터전이 그들의 놀이터였다. 아이들이 내게 손을 내밀었다. 잘생기고 천진난만한 모습에 평화를 느꼈다. 쉼터 위로 한참 걷다가 동그란 흙 울타리 안으로 들어서려던 나는 멈칫했다. 젊은 남녀가 손을 맞잡고 서로 어깨를 기대고 있는 모습을 발견했다. 그들도 놀란 듯 눈을 크게 뜨며 자세를 고쳐 잡았다.

테헤란을 거쳐 두 번째 큰 도시 이스파한을 거쳐 온 나로서는 남녀가 밀착해 있는 대담한 모습을 보고 여간 당황하지 않았다. 엄격한 이슬람교가 지배하는 나라에 대한 나의 선입관이 한쪽에서부터 허물어지기 시작했다. 옛날 백골이 뒹굴던 탑 꼭대기가 그들이 짜낸 데이트 장소라는 것은 정말 멋있는 아이디어였다. 내가 카메라를 들이대며 사진 찍어도 되느냐고 큰 몸짓으로 팔을 벌리며 물었다. 그들은 잠시 이야기를 나누더니 손가락으로 오케이 사인을 보내고 곧이어 서로 팔짱까지 끼는 모습을 연출했다. 그들의 함박웃음이 나를 사로잡았다. 사랑의 아름다움이란 감정이 내 온몸을 훑고 지나갔다. 그들은 침묵의 탑의 소중한 상징물이 되었다. 그들에게서 삶의 자유와 개방을 갈구하는 힘이 느껴졌다.

침묵의 탑 안에는 화산의 분화구처럼 된 작은 구멍이 보였다. 죽은 자의 수많은 뼈가 수북이 쌓였던 옛 모습이 떠올랐다. 예전에 죽음의 구멍으로 기억되었던 것들이 지금은 젊은 남녀가 사랑을 속삭이는 삶의 폭발 장소로 이어지고 있다는 감동이 일었다. 자그로스 산맥을 올려다보며 생과 사가 공존하는 이 탑의 추억을 오랫동안 가슴에 담아두고 싶었다. 독일 철학자 니체가 이곳에서 태어난 배화교의 창시자 조로아스터를 페르시아어인 차라투스트라로 부르며 사상의 뿌리를 내리기 시작했다는 이야기를 들으면서 더욱 그러했다.

신이 인간에게 준 삶이란 도대체 무엇일까. 인간이 독수리에게 넘겨준 주검은 또 무엇일까. 인간은 그냥 독수리에게 뜯겨 가는 것으로 끝나는 것이었을까. 침묵의 탑을 내려오면서 죽은 자의 가족이 대기 장소로 썼던 허물어져 가는 토막집도 들렀다. 그들은 독수리가 인간의 시체를 백골로 남길 때까지 여기에서 기다렸다. 당시 가족의 심정은 오늘날 우리들이 몸부림치는 생사의 고통과 슬픔과 전혀 다른 생각구조로 채워졌을지 가늠하기 힘들다.

말기암에 시달리는 어머니의 고통을 가슴으로 나눠 갖는 철학자

나는 이란 여행을 떠나기 훨씬 전에 노자와 장자 철학을 연구하고 있는 최진석 서강대학교 교수에게 인터뷰 약속을 만들어놓았다. 삶과 죽음의 경계선에서 시름시름 앓고 있는 현대인이 불안과 두려움을 이겨내려면 어떻게 마음을 다그쳐야 하는지를 묻고 싶었다. 암에 떨고 난치성 질환에 시달리고 있는 사람들, 주변과 어울리지 못하고 자살을 기도하는 사람들을 어루만져 줄 수 있는 따뜻한 말을 듣고 싶어서였다. 최 교수는 학교에서뿐 아니라 신문 방송에 자주 등장해 노자의 『도덕경』 내용 등을 쉽게 풀어주는 것으로 인기를 모아왔다. 대기업 임원들이 앞을 다퉈 그의 강의를 듣고자 한 것도 삶과 죽음에 대한 그의 적나라한 시각 때문이었을 것이다.

7년 전 어느 모임에서 듣게 된 그의 『도덕경』 강의는 황량한 벌판에서 땅과 인간의 관계를 고민하는 우직한 자의 이야기로 엮어졌다. 파주에 있는 낡은 집에서 서울로 출퇴근하며 깨우치게 된 그의 생각의 파편들이 청중들에게 웃음을 안겨주었다. 그는 경지 정리가 잘된 땅에서 누구나 심으려고 하는 작물이 되기를 싫어하는 것 같았다. 꽉 짜인 틀에서 벗어나려고 했다. 그는 거칠고 투박하더라도 애써 자기 말을 하려고 몸부림치는 사람을 존경하는 눈치였다.

내가 최 교수를 인터뷰하기로 마음먹은 것은 1년 전 어느 날 카페에서 엿들은 한마디 때문이었다. 이 시대의 주목을 받고 있는 그가 가족의 질병과 죽음이라는 엄청난 문제에 부닥뜨렸음을 알았다. 말기암에 시달리고 있는 어머니의 고통을 그는 가슴으로 나눠 갖고 있었다.

지난 4월 서울 서강대학교에 있는 그의 연구실을 찾았을 때 나는 이란 여행담을 꺼내고 침묵의 탑에서 느낀 인생무상의 감정을 전달했다. 그는 대단한 호기심을 보였다. 그에겐 침묵의 탑이 소문으로만 들었을 뿐 가보지 못한 미지의 세계였던 것이다. 그의 얼굴은 항상 소년의 잔상이 어른거리는 독특한 이미지를 준다. 흰머리가 많아서인지 짧게 깎아버린 머리 때문일지도 모른다.

"느낌이나 감정으로는 죽음은 여전히 공포입니다"

:: 그와 책상 앞에 마주 앉아 2014년의 봄이 어떻게 느껴지느냐고 물었다.

"옛날에는 봄이니까 더 좋다는 생각이 들었는데 요즘에는 그렇지가 않아요. 사계절에 덤덤해졌어요. 따지고 보면 봄도 좋고 여름도 좋고 가을도 좋고 하는 식이 됐습니다. 가을은 낙엽으로만 끝나지 않고 씨앗으로 수렴되는 나름의 생기가 있지요. 또 겨울도 겨울대로 나름의 생기가 있습니다. 살아가려는 몸부림이 있지 않습니까."

:: 인생의 깊이가 달라진 건가요?

"세계에 대한 이해가 조금씩 깊어지면서 그런 것 같습니다. 옛날엔 태어나고 성장하는 것이 좋고 소멸하는 것은 나쁘고, 하는 식이었는데 지금은 소멸도 하나의 과정이라는 생각이 듭니다. 그렇다고 해서 죽음이라는 소멸까지도 태어나는 것과 동등한 차원에서 볼 수 있다는 것은 전혀 아닙니다. 차별을 두고 나누는 것이 좀 약해진 것 같습니다."

:: 요즘 호스피스 병동에서 떠나가는 사람들도 소멸이란 측면에서 보세요?

"다른 사람이 죽는 걸 보는 것과 지금 내 어머니가 죽어가는 모습을 보는 것은 정말 다르더군요. 죽음이 누구에게나 다가오는 일이고 우주변화의 섭리라고 이해하지만요. 죽음이란 어떤 형식이 되었든 낭떠러지로 떨어지는 느낌입니다. 나는 죽음이 단절이 아니라고 학생들에게 가르칩니다. 그런데도 나한테는 단절이라는 느낌이 드는 게 사실입니다."

잠시 대화가 끊겼다. 분위기가 무거워진 탓인지 최 교수는 자리에서 일어나 차를 끓여냈다. 차향이 연구실에 퍼졌다. 내가 다시 말을 이었다.

:: 어머니가 떠나시려는 모습을 보는 건 누구에게나 괴로운 일이지요.

"느낌이나 감정으로는 죽음은 여전히 공포입니다. 단절이라는 게 바로 내 것이 되었을 때 더욱 그렇습니다. 그러나 다른 사람이 죽는 걸 보면 낙엽 떨어질 때와 같은 느낌이 들거든요."

정말 그럴 것이다. 언제나 자신은 보통 사람 가운데 한 사람이라고, 아니 훨씬 이전에 시골 촌놈이었다고 말하지만 그는 한창 이름을 날리고 있는 철학 교수이다. 우리가 모르는 공간에서 사유하고 고뇌하는 그의 본래의 모습으로 헤집고 들어가고 싶었다. 최 교수에게 죽음의 그림자에 대한 첫 충격을 듣고 싶었다.

"어느 날 어머니가 엉덩이가 아파 걸을 수 없다고 해서 모시고 병원에 갔습니다. 그런데 의사 하는 말이 폐암이 원격 전이되어 그리 됐다고 했어요. 아니, 폐에 있던 암 덩어리가 어떻게 그리 먼 길까지 내려와 어머니 엉덩이에 지구대까지 차렸을까? 하고 생각했습니다. 철학한다는 아들이 자기 몸 챙기느라 바쁘다가 그만 어머니를 위한 보초서기를 소홀히 한 셈입니다. 느려터진 암 균의 침투도 막지 못했으니 적은 오히려 안에 있었고 아들인 내가 바로 내통자가 된 셈이었지요."

자신을 몹시 책망하듯 하는 말투하며 자못 시적인 표현으로 아픔을 토로하는 그의 모습이 영락없는 철학자라는 느낌이 들었다. 그가 병원에 다녀와서 그때의 슬픔을 적어놓은 메모지를 엿보았다.

「봄볕처럼 포근한 인상의 의사가 남의 일처럼 어머니에게 말해준다. 매우 객관적이다. 이제 집에 가셔서 약이나 드세요, 라고. 늦봄 서울 강변북로는 아직 얼음 아래 누워 있다. 벚꽃 잎 하나하나 서리를 지고 있다. 모든 것이 이승의 마지막 일이다. 말 한마디도 서두르게 되었다.」

"엄마, 내 엄마로 와줘서 고맙소야!"

그는 어머니를 모시고 달리는 차 안에서 "엄마, 내 엄마로 와줘서 고맙소야!"라고 소리쳤단다. 그는 고향인 전라도 함평 사투리로 지극한 사랑의 감정을 표현했다. 어머니는 말이 없었다. 그러다가 한참 후에 "그래야……? 나는 미안헌디……."라는 대답이 뒷좌석에서 돌아왔다. 그때 그는 결코 울 수 없었다. 어머니가 곧 죽을병에 걸린 것이라는 느낌을 줄까 봐서였다. 가슴속에서 치밀어 오르는 슬픔을 짓누르고 울음을 참아내느라 울대가 뻣뻣해졌다. 그 통증이 너무 심해서 운전대 잡기가 힘들었다며 1년 전의 상황을 설명했다.

"모친은 폐암 말기입니다. 지금은 시골 요양병원에 모셨어요. 세상에서 제일 잘 참는 사람이 우리 어머니였다고 줄곧 생각해왔었습니다. 그런데 그런 본래의 어머니 모습과 지금 병중의 모습이 달라요. 전혀 딴판입니다. 어머니가 조급해지고 사소한 것도 참지 못해요. 막내며느리로 우리 가문에 들어온 어머니 입장에서 본다면 시어머니 일찍 돌아가시고 치매 걸린 시아버지 시중에다 남편과 아들딸 잘 돌봤으니 인생 후반부에는 그만큼 잘 대우받아야 한다고 기대하셨을 겁니다. 그런데 중병까지 얻었으니……."

:: **아들인 최 교수에게는 어떤 변화가 나타났어요?**

"어머니를 떠올리면 잠 안 올 때가 많았습니다. 잘 자려고 해도 못 잡니다. 술을 먹어도 소용없어요. 한 인간이 여자로 태어나서 저렇게 살다 가야 하나, 그저 불쌍한 생각이 들었습니다. 처음에는 제가 학교를 휴직하고 어머니 가시는 길을 1년간 함께 살려고 했습니다. 저는 초등학교 5학년 때 어머니 곁을 떠나 한 달 이상 같이 있어본 적이 없었어요. 항상 타지에서 살았습니다. 그래서 이참에 어머니 간병을 해야겠다고 결심했습니다.

그런데 주변에서 저를 만류하는 사람들이 많았습니다. 죽음의 길에 환자와 너무 밀착되고 죽음의 여정을 공유하는 것만이 능사가 아니라는 거지요. 그것 또한 진짜 공유도 아니라는 것입니다. 어머니와 함께한다는 것은 그저 함께 있는 것이 아니라 아들인 자신도 육신을 잘 건사하고 맡겨진 일을 하면서 간병하는 일이라는 것을 그때 알았습니다."

그는 이 부분에서 표정이 아주 어두워졌다. 그의 어머니 이야기가 나의 어머니의 추억과 겹쳐지면서 짙은 모성애의 감정이 서로 섞이고 말았다. 사랑으로 연결된 어머니들의 생과 사를 있는 그대로 펼쳐 볼 수 있었기 때문이다.

"제 기억에 어머니가 낳은 자식이 여럿 있었습니다. 어려운 시절이었어요. 절반 이상을 잃었습니다. 어머니는 남은 자식 세 명을 거두어 먹이는 데 공을 들였어요. 제가 초등학교 3학년이었을 때 일이 어슴푸레하게 기억납니다. 어느 날 우리 집에 어머니하고 저하고 둘밖에 없을 때였습니다. 어머니가 선 채로 유산하는 걸 목격했어요. 사람의 몸에서 그렇게 많은 피가 흘러나올 줄 미처 몰랐어요. 방바닥에 피가 흥건하게 고였습니다. 그때 우리 집에 누군가 왔다가 그 모습을 보고는 어머니를 리어카에 실어 읍내에 있는 병원으로 달려갔습니다.

나중에 나타난 아버지가 애들은 병원에 오지 말라고 했습니다. 그런데 저는 학교에서 공부하는 중에도 어머니가 걱정되어 견딜 수가 없었어요. 슬그머니 교실을 나와 읍내에 있는 병원 쪽으로 갔습니다. 그런데 막상 어느 병원이었는지 헷갈렸어요. 눈물도 나오지 않는데 울대가 쪼개질 듯이 아팠습니다. 당시 시골 병원 시설이 얼마나 열악했었는지 짐작하실 수 있지요? 어머니가 얇은 담요를 뒤집어쓰고 있었는데 저와 같은 어린 눈에도 그 모습이 너무 불쌍했습니다. 엄청난 충격이었습니다."

지금 모친의 상태는요, 하고 물었을 때 그의 눈가에서 물기가 흘렀다. "통증을 치료하기 위한 진통제 패치는 요즘 사용하지 않습니다. 의사 이야기로는 암 진행이 멈칫해졌다고 합니다. 그런데 어머니 성품이 많이 달라졌어요."

:: 내가 저런 상태가 된다면 어떻게 해야 할까, 하는 생각을 해봤나요?

"아내와 제가 어머니의 투병생활을 보면서 여러 가지를 배웠습니다. 이런 결심을 했습니다. 우리나라가 좋은 가족 구조를 가지고 있는데 부모가 연로하면 자식이 봉양하고 그 자식이 나이 들면 다음 세대가 또 돌봐주는 지원 시스템을 서로 교환하고 있어요. 그런데 지금은 누군가 한 사람이 아프게 되면 가족 전부가 매달려야 하는 구조가 됐어요. 모두가 정상적인 생활이 불가능하지요.

그래서 건강한 사람은 나이 들수록 그들이 할 수 있는 일들을 찾아서 해야 한다고 봐요. 우리 어머니가 병원에 가실 때는 아버지 식사를 차려드리기 위해 또 한 명의 며느리가 시중들어야 합니다. 혼자 드시게 하면 당신이 이 세상에서 버림받았다고 낙심하거든요. 빠삐용처럼 머나먼 섬에 갇혀 있는 거나 마찬가지다, 라는 생각 말입니다."

:: 빠삐용? 정말 우리는 빠삐용 신세가 됐다고 한탄하는 사람들이 있지요, 하고 내가 웃었다.

“아침 먹고 점심 준비하는 데 한나절이 걸린다 해도 자기생활은 죽기 전까지 자기가 책임지는 독립적 주체 정신이 필요합니다. 일단 병에 걸려도 그런 마음가짐이 필요한 시대입니다. 실제로 아프면 그런 생각 못한다고요? 자연스럽게 그렇게 되도록 자기훈련을 해야 해요. 어머니 병수발을 하면서 우리 집사람하고 나하고 많은 토론을 합니다. 앞으로 우리는 움직일 수 있는 마지막 날까지 우리 일은 스스로 챙기며 생활하자고요. 사지가 불편하더라도 그렇게 하는 것이 진정한 독립이라고 다짐했어요.”

“죽음을 준비하면 결국 삶도 훨씬 튼튼해지거든요”

:: 아무리 그래도 자기 결심이 굳어지지 않는다면 실제는 어렵지 않아요? 왜 그렇게 될까요?

“가령 미국에는 시어머니, 시아버지, 장모, 시누이, 올케 같은 독립된 단어가 없습니다. 그게 없다는 것은 정치적 행위가 따르지 않는다는 것이지요. 그러니까 시어머니 같은 역할이 따로 부여되지 않는 것이지요. 그 단어로 수행해야 될 정치적 의무나 권리가 없다는 뜻입니다. 반대로 우리나라에 그런 단어가 많은 이유는 그 단어에 따라 수행해야 될 일들이 쌓여 있기 때문이지요.”

우리는 한바탕 웃었다. 그는 누구나 존엄을 지켜야 한다고 말했다.

그래야 죽음을 맞이할 때도 장렬한 태도를 가질 수 있다는 것이다. 내가 오래전에 미국의 주요 도시에 있는 크고 작은 병원을 방문했을 때의 목격담을 전해주었다. 환자 입원실 앞에 있는 게시판에 이런 고지문이 게시되었다. "우리 병원은 환자를 존엄하게 대우합니다. 그들은 존엄하게 치료받고 존엄하게 보호받습니다." 하다못해 요양병원에도 그와 같은 알림 내용이 있었다.

그로부터 8년여가 흐른 지금 우리나라의 큰 종합병원에도 변화가 생겼다. '환자의 권리'가 있음을 알리고 그 권리의 첫 번째 항목에 '환자는 존엄하게 대우받을 권리가 있다'고 강조한 것이다. 일부 환자는 존엄하게 죽을 권리를 주장하기 시작했다. 치료하는 자와 치료받는 자, 양쪽에서 큰 변화가 일어나고 있는 것이다.

"병원에서 보면 환자를 저세상으로 보내는 사람이나 당하는 사람이나 서로 준비되지 않은 경우가 많았습니다. 나는 늘 내 죽음이 어떤 모습이 될까 또는 어떤 모습으로 죽어가는 사람이 되어야 할까를 생각합니다. 준비가 없으면 모두가 황당하게 되지요. 살면서 자신이 대면해야 될 문제 중 이보다 더 큰 문제가 있겠어요. 죽음을 준비하면 결국 삶도 훨씬 튼튼해지거든요."

:: 요즘 달라진 일상이 있다면? 어머니의 투병 이후에 나타난 변화랄까 그런 게 있나요?

"죽음은 개념이 아니라 현실이지요. 우리가 사랑, 사랑 하고 말을 많이 하지만 그 사랑이 몸으로 느껴지고 실제로 다가올 때라야 깨달음이 옵니다. 지금까지 저는 삶과 죽음을 많이 이야기했지만 그게 다 개념적인 구조물이었습니다. 그러니까 실제적이지도 않고 현실도 아니었다는 이야기이지요. 그런데 어머니가 죽음을 향해 걸어가는 모습을 보면서 죽음을 현실로 인식하고 하나의 구체적인 사건으로 접촉하는 계기가 되었습니다."

그는 이 부분에서 한 호흡 쉬어가면서 말했다. 죽음을 통해 삶을 들여다보는 시각이 필요하다는 것이다. 나는 치열하게 살면서 담담하게 죽음을 준비했던 스티브 잡스를 화제에 올렸다. 9년 전에 미국 스탠포드대학 졸업식에서 그가 행한 연설을 들어보면 그의 생사관이 얼마나 명확하고 당찬 것인지를 알 수 있다는 내용이었다. 최 교수가 말했다.

"죽음을 준비하는 사람은 반드시 삶을 어떻게 살아야 하는지 알게 됩니다. 세계는 모든 것이 대립적이지요. 한쪽에서 사는 것만을 생각한다면 삶 자체가 지지부진하게 펼쳐지는 것처럼 보입니다. 삶이 재미없지요. 그런데 여기에 딱 죽음이 관계되면 탄성이 생기고 삶이 긴장합니다. 그 탄성이 우리네 삶을 의미 있게 만들고 거기에 생기도 넣어줍니다.

나는 어머니 병간호를 하면서 하루가 얼마나 소중한가를 다시 깨달았습니다. 철두철미하게는 아니지만 나 자신이 바로 삶의 시간 위에 있다는 것을 알았어요. 스스로 잘났다고 여기는 사람들도 죽음 앞에서 남몰래 우는 것을 많이 봤습니다. 보통 사람들은 더 말할 것도 없고요. 어머니가 아프고 나서 남몰래 울기도 했습니다. 한번은 병실을 나서는데 어머니가 뒤돌아보지 말고 그냥 나가라고 하더군요. 병실 문을 닫자마자 그만 울음보가 터졌습니다. 한참을 끄억끄억 울고 있으니까 집사람이 날 달래더군요."

'나는 눈물이 없는 사람을 사랑하지 않는다'

나는 테이블 모서리에 놓여 있는 작은 상자에서 티슈를 꺼내 슬그머니 눈가를 훔쳤다. 최 교수는 멈칫하다가 다시 말을 이어갔다.

"아내 앞에서 울어버리게 되니까 약간 창피한 기분이 들었습니다. 남자라는 의식이 강했던 것 같아요. 집에서 혼자 울 때는 문을 잠갔습니다. 누가 들어올까 봐서요. 그런데 어떻게 하다가 아내 앞에서 눈물이 터져버렸어요. 그동안 시어머니 봉양해온 아내도 미안한 생각이 들었나 봅니다. 아내가 어머니에게 더 잘할 테니 걱정 말라고 했습니다. 나도 아내에게 미안하게 여겨온 것들을 표현했습니다. 그렇게 눈물을 흘리고 나니까 모든 게 다 용해되어버렸어요. 눈물이 치료제였습니다. 우리 부부가 더 성숙한 것처럼 느껴졌습니다."

나는 그즈음 어느 모임에서 같이 참석했던 사람들의 요청으로 정호승 시인의 「내가 사랑하는 사람」을 암송한 적이 있었다. 그들이 삶의 어떤 굴곡에 이르렀을 때 눈물을 왈칵 쏟는 일이 있다고 고백하면서였다. 크고 작은 기업체의 경영자나 정부 고위직에 있었던 아주 단단한 생김새의 남성들도 지나온 세월에 대한 반성과 후회가 겹치면서 자신도 모르게 흘러내리는 눈물을 경험한다고 말했다. 그 눈물이 과연 정상인가, 비정상인가에 대해 서로 물었다.

어쨌거나 나는 그 시를 읊었다.

「나는 눈물이 없는 사람을 사랑하지 않는다/나는 눈물을 사랑하지 않는 사람을 사랑하지 않는다/나는 한 방울의 눈물이 된 사람을 사랑한다/기쁨도 눈물이 없으면 기쁨이 아니다/사랑도 눈물이 없는 사랑이 어디 있는가/나무 그늘에 앉아/다른 사람의 눈물을 닦아주는 사람의 모습은/그 얼마나 고요한 아름다움인가」

「내가 사랑하는 사람」을 절반쯤 암송하자 최 교수는 기쁨이 눈물과 대립되면서도 함께 있다는 것을 그 시가 가르쳐주었다고 말했다.

"우리는 삶과 죽음이 같이 있다는 것을 알고 그렇게 되도록 노력해야 합니다. 나는 가끔 '경계에서'라는 단어를 사용합니다. 우리가 읽는 행위에는 이미 다른 사람의 쓰는 행위가 교차하고 있습니다. 그런데 실제는 읽기만 알고 쓰는 것을 잃어버리곤 합니다. 그런 태도를 가진 사람은 계속 남이 써놓은 것을 읽을 줄만 알아요. 자기 것 쓰는 것은 모르게 되지요.

누군가의 이야기를 듣는다는 표현에는 말하기가 들어 있습니다. 말하기와 듣기가 하나의 사건을 이루고 또 함께 있는 것이지요. 그러니까 그 같은 경계에 있을 때만 자기가 자기로 존재하게 됩니다."

:: 그래서 삶과 죽음도 함께 있다는 말이군요.

"자기가 자기로 존재할 때만 삶의 주인이 되고 삶의 주인이기 때문에 죽음과 함께 있을 수 있습니다."

:: 그런 느낌을 가장 강하게 주고 있는 사람이 있지요. 블랙홀과 빅뱅을 연구해온 영국의 물리학자 스티븐 호킹 말입니다. 21세 때 루게릭병이 발견되어 오늘내일 하며 살아온 과학자이지요. 그런데 그때 그 나이의 세배 반을 넘겨 지금 70대의 인물이 될 때까지 우주의 신비를 풀어가고 있습니다. 그는 죽음이 가까워질수록 삶의 시간을 더욱 아껴 써온 것 같아요. 가냘픈 몸매에 곧 쓰러질 것 같은 몸짓으로 휠체어에 앉아 있는 그가 정말 삶의 주인으로 살고 있는 느낌이 듭니다.

"기업인들이나 정치인들이 세상을 정확히 읽지 못하는 이유는 한쪽에만 있기 때문입니다. 경계선에 서 있어야 하는데 말입니다. 중고등학교 시절에 입은 여름철 교복 상의가 보통 하얬습니다. 누가 더 하얗게 멋스러운 옷을 입는가 하고 은근히 경쟁한 적이 있습니다. 그때 누나가 가르쳐준 것인데 세탁할 때 파랑색을 살짝 넣으면 더 하얗게 보인다는 것이었습니다. 수박을 더 달게 먹으려면 소금을 조금 뿌린다고 하지요? 앞의 이야기와 적절한 비교는 안 되지만 대립되는 것과의 공존만이 어떤 탄성을 만들어줍니다. 삶에 죽음이 끼어드는 것도 마찬가지입니다. 삶과 죽음이 함께 있다는 것을 알게 해주는 교육이 바로 삶의 교육이요 죽음교육입니다."

:: **정치나 종교 지도자의 마지막을 보면 지나치게 세속적이어서 실망하는 경우가 많습니다. 너무 고통스럽게 살다가 떠나는 게 퍼뜩 눈에 들어와요. 왜 그럴까요. 오직 재물과 명예, 권력이 아쉬워서 그럴까요. 호스피스 병동에 있는 보통 사람들이 오히려 편안하게 죽음을 맞이하는데 우리들에게 잔잔한 감동을 줍니다.**

"병원에서 보통 사람들의 그런 모습을 보게 됩니다. 세상이 달라진 것 같아요. 그런데 정작 종교가 어떤 사람을 더 성숙하게 만드느냐에 대해서는 나는 얼른 답이 나오지 않습니다. 성직자들이 모여 사는 사회도, 윤리학을 전공하는 전문가 사회도 뭔가 이상합니다. 꼭 윤리적이지 않습니다. 속세에서 나타나는 일들이 거기에서도 나옵니다. 청소년 성매매를 단속하는 일부 교사들이 이상한 일을 저지르기도 하잖아요. 큰 조직 속에서 일하는 성직자와 시골에서 봉사하는 성직자의 진실성에도 큰 차이가 있는 것 같습니다."

'이 세계에는 죽어가는 일만 존재한다'

생사문제는 결국 우리 사회가 안고 있는 핵심문제로 흘러나갔다. 세상을 살아가는 방식의 뿌리에는 우리가 어쩌지 못하는 인식이 자리 잡고 있다. 최 교수는 하고 싶은 말이 무더기로 쌓여 있는 듯한 표정을 지었다.

"자신의 활동이 어떤 개념 속에 빠져들수록 자기가 사라지는 것 같습니다. 자기의 본래성이 옅어져 버리니까요. 공부도 그것을 몸으로 만들어내야 진짜 공부가 됩니다. 죽음에 대한 이해와 인식이 충분히 됐다고 해서 그것을 성숙하게 맞이할 수 있는 것은 아니지요. 자신이 죽음을 성숙한 사건으로 만들어내야 가능하다고 봅니다. 오히려 보통 사람들이 훨씬 더 편안하게 죽음을 받아들일 수 있습니다. 왜냐하면 이미 실생활을 통해서 죽음을 사건으로 경험했기 때문입니다."

:: 옛날 선사들은요?

"선사들은 멋있게 세상을 떠났지요. 다 그런 건 아니지만. 가장 멋있게 죽은 선사는 선사로 죽은 게 아닙니다. 사람으로 죽었어요. 죽음을 불교 이론으로 무장한 게 아니라 몸뚱이로 맞이한 것입니다. 보통 사람들이 더 편안하게 죽음을 맞이한다는 건 정말 사람으로 죽기 때문에 가능합니다."

:: 우리가 틈만 나면 아는 척을 하고 화제에 올려왔던 노자는 어떻게 죽었을까요? 선사보다 더 멋있게 죽었을까요? 하고 묻자 그는 손을 저었다.

"노자의 죽음은 지금까지 알려진 게 없습니다. 도무지 아는 사람이 없어요. 역사적인 문헌 자료에 따르면 에피소드만 남아 있습니다. 주나라 국경선을 지키던 관원이 뇌물 대신에 도를 전해달라니까 노자가 할 수 없이 『도덕경』을 써주고 관문을 통과했다는 이야기인데 그 이후의 행방이 알려지지 않았습니다. 노자가 로마로 갔다고 주장하는 학자도 있습니다."

:: **철학자의 삶은 보통 사람과 다른가요? 삶의 내용도 좀 알차고 두께도 어느 정도 두툼할 걸로 여겨집니다.**

"전혀 아닙니다. 저는 아녜요. 우리 집사람은 좀 다르다고 보는 것 같은데요. 저는 아침에 일어나면 잠깐의 명상 시간을 갖습니다. 도교에서 수련하는 호흡자세로 앉거나 서서 '나는 곧 죽는다'는 생각을 합니다."

:: **왜 곧 죽는다는 생각을 합니까?**

"그것을 의식하고 있으면 제가 쩨쩨해지지 않을 수 있을 것 같은 느낌이 듭니다. 그럴수록 제가 잡다한 현상세계를 넘어서 더 근본적이고 지성적인 사고나 행동을 하는 데 도움이 되는 것 같습니다. 제가 덜 옹색해지고 덜 게을러지고 그리고 더 진실해집니다. 죽음을 의식할 때와 안 할 때는 다릅니다. 사람들이 명상에 빠지는 것은 좋지만 '나는 곧 죽는다'는 것을 주문처럼 외우며 명상하면 어떨까 하고 생각합니다. 마음을 넓게 써야 하겠다, 관용적이어야 하겠다, 거짓말하지 말아야겠다, 하는 기원이 이뤄질 수 있게 하는 것이 죽음입니다."

:: **강의 시간에는 학생들에게 그런 이야기를 어떻게 꺼냅니까?**

"저는 진리를 찾기 위해서 철학을 하고 있는데 아직 진리는 찾지 못했다고 말합니다. 그러고는 다짜고짜 '여러분이나 나나 금방 죽는다는 사실을 알았다, 이것만은 진리에 가까운 지식이다'라고 강조합니다. 순간 교실이 침묵에 빠집니다. 침묵은 30여 초 이어집니다. 그때 저는 또 한마디 합니다.

'지금 여러분이 조용해진 것은 죽음이란 단어에 충격을 받았기 때문이다, 나는 안다, 여러분의 침묵과 충격은 10분 이상 가지 않는다는 것을. 왜냐하면 여러분은 죽음이란 말로 충격을 받았지 죽어가는 일로 충격을 받지 않았다, 이 세계에는 죽음이 존재하지 않는다, 죽어가는 일만 존재한다, 죽음은 아직 몸으로 만들어지지 않았다'고 설명합니다."

'death & dying'

우리는 흥미로운 이야기 속으로 빠져들었다. 죽음이 그냥 죽음이 아니라 그것을 뒤집어서 삶의 이야기로 엮어나가고 그 삶도 재미있게 꾸려갈 수 있다는 기분이 들었기 때문이다. 나는 미국을 여행하면서 자주 들른 서점 풍경을 설명했다.

책의 분류와 배치가 특이했는데 어느 큰 서점이나 'death & dying' 코너가 있었다. 맨해튼 중심지의 큰 서점이나 구 단위 도서관도 마찬가지였다. 단순히 죽음(death)에 관한 책뿐 아니라 죽어감(dying)을 다루는 책이 엄청 많았다. 죽음이 찾아오기 이전의 정신적 육체적 치료, 사회적 대응과 법적 지원 문제, 스트레스 치료, 호스피스 치료 등을 다양하게 다루는 책들이 dying에 관한 것이었다.

"dying에 해당하는 적절한 우리나라 말이 없습니다. 아직은 우리의 문화가 거기에까지 이르지 못했습니다. 그걸 번역해 쓰는 것도 어렵고 생소하게 느끼는 사람들도 많아요. 죽음뿐 아니라 죽어감의 단계까지 생각하는 문화 수준에 도달하려면 어느 정도 세월이 흘러야 합니다. 누구나 죽음의 시기를 알 수는 없지만 죽어감을 알게 되면 시간을 아껴 쓰며 알찬 삶의 계획도 세울 수 있게 되지요. 우리도 죽어가는 모습을 알게 해줘야 할 것 같아요."

두 시간에 걸친 대담은 여기서 멈췄다. 그의 연구실 창문으로 금요일 석양의 붉은빛이 번지기 시작했다. 건물을 나서자 운동장에서 들려오는 학생들의 왁자지껄한 함성이 3월의 봄기운과 함께 캠퍼스 건물 사이로 퍼져나갔다.

인생에서 마지막까지 버리지 말아야 것

다시 한 달이 지난 4월 중순, 최진석 교수의 연구실을 방문하기 전에 학교 내 서점에 들렀다. 서점 입구에는 큰 글씨로 '따끈따끈한 책'이라고 적힌 안내판이 서 있고 그 아래로 최 교수가 작년에 펴낸 『인간이 그리는 무늬』 등이 판매대에 꽂혀 있었다. 내가 펼쳐 든 그 책의 한 페이지에서 다음과 같은 문장이 눈에 쏙 들어왔다.

「인문학적 통찰이란 뭘까요? 바로 '죽음'이라는 개념에 익숙해 있는 사람에게 '죽어가는 일이' 툭하고 경험되는 거예요. 죽음이라는 명사가 갑자기 동사가 되어 자기에게 파고드는 사건을 경험하는 것입니다.」

지난번 인터뷰에서 그가 이야기한 요점을 다른 문장으로 표현한 것이었다. 연구실에 들어서면서 왜 사람들이 스스로 목숨을 던지는 일이 더 많아질까요, 하고 물었다. 어린 학생들도 선생님도, 어른도 그리고 세상의 잘난 사람들도 툭하면 목숨을 끊거나 자살을 시도하는 일이 시도 때도 없이 일어나 삶이 더욱 불안하게 느껴진다고 말했다.

"우리나라의 자살률이 높은 이유는 아무래도 자존감 있는 사람이 적기 때문이 아닐까요. 자기 가치를 모르거나 인정하지 않는 것이지요. 자살하는 사람들은 사는 것보다 죽는 게 낫다고 여겼을 겁니다. 자기 존재에 대한 가치가 극단적으로 의심될 때, 자신을 더 이상 사랑할 수 없게 될 때 목숨을 끊습니다. 그러면 무엇이 자살할 정도로 자기비하 하는 것일까. 우선 그 사회가 가지고 있는 보편적 기준을 들여다보아야 합니다. 그 기준에서 보면 자신이 가치 있게 느껴지는 경우가 거의 없을 것입니다."

:: 가정이나 사회에서 느끼는 불안감을 이기지 못하고 차라리 죽는 게 낫겠다고 체념하는 사람들이 늘어나는 것 같아요.

"너는 정말 가치 있는 사람이란 것을 일깨워주는 게 좋습니다. 나는 학생들에게 인생에서 가장 마지막까지 버리지 말아야 할 두 가지를 내놓습니다. 자신에 대한 무한신뢰가 그 첫 번째이고 무한사랑이 두 번째입니다. 그런데 삶의 희망이 자신으로부터 나오지 않으면 큰일입니다. 그 희망이 외부의 기준에 의해 흔들리거나 그 기준에 따라 자기 삶을 살려고 하면 어느 땐가 자기는 살 가치가 없다고 포기하기 쉽습니다."

:: 나는 이것이 부족하고 저것도 부족하고, 배운 것도 많지 않고 하는 식으로 결핍의식에 젖어 의기소침한 사람들이 많습니다.

"결핍의식은 누구에게나 있습니다. 많은 것을 가진 사람일수록 더욱 그래요. 상대적이니까요. 또 프로이트나 라캉이 말하듯 우리는 결핍의 존재거든요. 그러나 우리나라처럼 외부 기준에 민감한 나라는 없습니다. 또 그 기준이 굉장히 단일합니다. 우리의 기준이라는 게 별로 없어요. 외부로부터 오는 기준은 항상 훌륭하고 완벽한 모자를 쓰고 있어서 거기에 견주어보면 나 자신이 괜찮은 사람이라고 느껴지기 힘듭니다. 우리의 삶이나 사유의 방식을 들여다보면 그럴 수밖에 없어요.

어느 날 우리 집에서 아내의 일기장을 우연히 보게 됐어요. 우리 집 사람이 미처 덮지도 않고 놔두었던 것인데 펼쳐 있는 걸 안 보는 것도 힘들었어요. 그런데 공부도 어느 정도 하고 나름대로 모범 주부라고 믿어온 아내의 일기장을 보면 내일 모레 곧 죽을 사람처럼 자기평가, 자기비판을 많이 해놨어요. 자신이 살 가치가 없는 것처럼. 우울증도 엿보이고요."

"가장 훌륭한 종교인은 자기 스스로 사이비라고 말하는 사람입니다"

최 교수의 이야기는 나의 흥미를 최고조로 올려놓고 말았다. 배우자의 비밀스러운 이야기에 지나친 관심을 표시하면 그의 목소리가 잦아들 것이고, 그의 사유의 세계를 더 들여다보는 기회도 사라질지 모른다는 걱정이 앞섰다. 나는 계속 무덤덤한 표정을 짓는 데 애를 먹었다. 오래전 생전의 아내 일기장을 우연히 보았다가 한동안 냉전이 지속되었던 나의 추억이 되살아났다. 나는 최 교수의 말이 끊어질까 봐 그래서요, 그래서요, 만을 반복했다.

"아내는 기준에 강합니다. 뭘 하든지 기준에 맞게 하려고 합니다. 그 기준은 대개 완벽한 것이지요. 완벽한 아내, 완벽한 며느리, 완벽한 어머니가 되는 것이지요. 그 기준은 개념으로 돼 있습니다. 그런데 완벽함은 현실 생활에서는 불가능하지요. 가정 분위기에 맞춰가며 해야 하잖아요. 사실 좋은 아내이고 좋은 며느리이고 좋은 엄마임에도 불구하고 나는 못된 아내, 못된 며느리라고 여기거든요."

자신의 생각을 상대방에게 쉽게 설명하기 위해 마음의 울타리를 허물고 감정의 벽까지 무너뜨리는 것은 쉬운 일이 아니다. 나는 최 교수가 인터뷰 중에 스스로 무너지는 모습을 몇 차례 보아왔다. 자신을 까발리고 헤집으면서 느끼는 감정 덩어리도 스스럼없이 내보였다. 그것이 그의 생각의 뿌리를 둘러싸고 있는 자양분이었을 것이다. 따끈따끈한 철학이 거기에 뒹굴고 있을 것이다. 나는 그의 철학이 우리의 의자가 될 수 있다고 말했다.

"의자요?" 그가 물었다.

철학이 서민들에게 의자가 되었으면 좋겠다, 생명을 가볍게 여기지 않도록 그리고 죽어가는 우리들이 삶을 어떻게 보람 있게 살아야 하는가를 가르쳐주는 생각의 씨를 뿌려주었으면 좋겠다, 누구나 쉬어 갈 수 있는 의자가 철학이 아닐까. 최 교수에게 이정록 시인의 「의자」에 대해 이야기했다.

「허리가 아프니까/세상이 다 의자로 보여야/꽃도 열매도, 그게 다/의자에 앉아 있는 것이여/ …… 이따가 침 맞고 와서는/참외밭에 지푸라기도 깔고/호박에 똬리도 받쳐야겠다/그것들도 식군데 의자를 내줘야지」

:: **투병 중인 어머니에게는 최 교수가 큰 의자이지요.**

"우리 어머니는 나밖에 몰라요. 새끼에 대한 느낌이 아버지와는 달라요. 어머니는 자기가 날 낳고 키웠잖아요. 아버지는 씨만 뿌렸고."

:: **최 교수는 이별 준비를 늘 하고 있나요?**

"형식상 이별 준비를 했지만 마음으로는 하지 않는 것 같은, 그러면서도 한 것 같은 그레이 존(grey zone, 회색지대)에 들어가 있습니다. 나는 그것을 '경계선'으로 표현합니다. 마음속으로 이별 준비를 하면서 어떤 일을 하는 것과 이별 준비조차 안 하면서 일을 하는 것에는 큰 차이가 있다고 봅니다. 일의 내용이 굉장히 달라지는 것이지요. 자신이 어떤 주장을 할 때도 그것이 완벽한 진리라고 믿으면서 하는 주장과, 틀릴 수도 있어 결별하려는 마음까지 굳히고 하는 주장 사이에 진실성의 차이는 엄청 큽니다. 그러니까 주장을 그레이 존에 놓고 보는 겁니다."

:: 회색지대에 넣어놓고 들여다보는 게 더 진실성을 갖는다는 말씀인가요?

"나는 우스갯소리로 이런 이야기를 합니다. 가장 훌륭한 종교인은 자기 스스로 사이비라고 말하는 사람입니다. 어떤 종교적 신념에 함몰되지 않고 들락날락하는 사람이 종교를 더 정확히 봅니다. 특정 종교를 비판하면서 그 종교에 대한 신앙생활을 할 수 있다면 그 사람이야말로 더 건강하고 진실한 신자라고 볼 수 있습니다. 신앙 안에 긴장감이 생기는 거지요.

이별 준비도 그렇습니다. 살면서도 죽음으로 가는 길이라는 것을 인식하고 삶과 죽음이 공존함을 아는 것이 경계에 있는 삶입니다. 삶과 죽음이 중첩되어 있는 그레이 존에 우리가 있습니다. 살면서도 항상 우리가 죽음을 향해 가고 있다는 것을 아는 긴장감이 유지되는 것입니다."

:: 젊은 사람들은 어떻게 해야 하나요?

"젊은이들도 죽음교육을 빨리 받는 게 좋습니다. 그것이 바로 삶의 교육이라는 인식이 퍼져야 해요. 젊었을 때부터 생과 사의 경계에서 사는 연습을 할수록 삶도 더 풍성해질 것입니다."

:: **병원을 드나들 때마다 며칠 전에 보았던 환자들이 보이지 않는 경우도 많았나요?**

"직접 목격은 못했지만 한 사람씩 한 사람씩 사라져간다는 것을 알고 있습니다. 다음 날도 또 다음 날도 그럴 것입니다. 자주 봤던 환자가 안 보이면 세상을 떠난 것입니다. 나도 곧 저 대열에 서게 될 것이다, 라고 생각하면 슬퍼지기도 하고 표현하기 어려운 감정도 밀려옵니다. 내가 가지고 있는 한 시간의 의미도 아주 소중하게 여겨집니다. 그들이 죽어가는 모습을 보면 가령 내가 아내와 어떤 트러블이 있었다 치더라도 이해의 지평이 더 넓혀져 곧 화해하게 될 것입니다. 죽음교육이 나에게 준 선물입니다."

:: **죽음의 문제를 장자는 어떻게 다뤘나요?**

"죽음은 장자의 중요한 철학적 주제입니다. 그는 기본적으로 생과 사가 하나의 프로세스라고 봤습니다. 살아가는 것이 죽어가는 것이라고요. 생과 사는 함께 붙어 있다고 생각하면서 거기에 자유를 얻는 것입니다. 우리의 인식에는 사는 것은 좋은 것이고 죽는 것은 나쁘다는 이분법적인 사고방식이 깔려 있습니다.

그러나 장자는 모든 이분법적 구분 가운데 가장 극단적인 삶과 죽음을 서로 연결되는 과정으로 봤습니다. 그래서 극단적 구분을 해소해버립니다. 생사문제가 광활한 주제로 재등장하게 되면서 이 주체는 아주 자유로워집니다. 나중에는 창의적으로 활동할 수 있지요."

인생의 봄도,
계절의 봄도 앗아간 세월호 비극

어느 날 내가 시내버스 정류장 풍경을 훑어보다가 지나가는 버스의 유리창 윗부분에 '철학하는 당신이 발전소'라는 공익광고 글귀가 눈에 들어왔다는 이야기를 꺼냈다. 어, 뭔가 이상하다는 느낌이 들어 다시 다른 버스가 달고 다니는 캠페인 문구를 관찰했는데 '절약하는 당신이 원전 돌리는 발전소'라는 것을 내가 잘못 읽은 것이었다. 철학 교수와의 인터뷰를 골똘히 궁리하다가 생긴 착각이었다고 말했다. 그러다가 내가 대뜸 '철학은 국가를 돌리는 발전소'라고 하면 어떻겠느냐고 했더니 그의 얼굴이 밝아졌다.

그는 며칠 전에 중국의 한 도사가 '철학이 국가 발전의 기초'라고 한 말에 귀가 번쩍 띈 적이 있다고 말했다. 그냥 보통 사람으로 여겨지는 그가 철학을 그렇게 받아들이며 사는 것에 새삼 감동했다고 한다.

"우리는 중진국 레벨에 이르기까지는 철학이나 예술 문화 등이 국가 발전에 연결된다는 인식이 없습니다. 그냥 외국에서 들어온 것을 따라가기만 하는 단계이니까요. 극단적으로 말하면 모방만 잘하면 됐으니까요. 그러나 선진국 단계에 이르러서는 국민을 끌어가고 선도해야 하는데 그때는 철학적으로 세계를 읽을 수 있는 능력이 있어야 가능한 단계가 됩니다. 그러니까 국민을 끌고 간 기억이 있는 나라, 선진국 기억이 있는 나라는 한참 후에 '아, 철학이 이 일을 했구나.' 하는 것을 압니다."

:: 선진국에서는 젊었을 때부터 죽음교육이 실시되는 이유를 짐작할 수 있군요. 우리나라 공직자나 기업인 지식인들이 국내외에서 활동하는 것을 보면 좀 위축되는 모습이 나타나 국민이 속상해하는 일도 생기지요.

"미국의 애플 대표하고 한국 기업 대표가 만난다고 했을 때 누가 더 기품 있게 보일까는 뻔하지 않습니까. 애플이 먼저 사업을 시작했고 우리는 나중에 따라갔습니다. 그리고 애플에게는 뭔가 철학이 있어 보입니다. 그래서 그쪽이 더 당당해 보입니다. 중국의 보통 시민이 건넨 '철학은 국가 발전의 기초이다.'라고 한 말은 우리나라에서 철학하는 사람들로부터도 듣기 어렵습니다."

삶을 더욱 풍성하게 사는 방법은 생과 사의 경계선에서 사는 연습을 해야 한다는 그의 이야기가 무르익어 갈 때 태양은 또다시 서쪽으로 기울어지기 시작했다. 연구실 유리창의 붉은빛이 왼쪽에서 오른쪽으로 옮겨갔다. 나는 다시 2주 후 금요일 오후 3시 그와 마주 앉기로 했다.

그런데 바로 그 2주일 동안 우리는 엄청난 충격 속에서 살았다. 대한민국 국민 전체가 가슴을 도려내는 듯한 아픔을 겪었다. 4월 16일 여객선 세월호 침몰사건이 몰고 온 비극은 계절의 봄도 앗아갔고 인생의 봄도 핍박했으며 솟아오르는 이 나라의 기운도 끌어내렸다. 모든 것이 다 무너져버리는 것 같은 허탈감에 빠졌다.

최진석 교수와 나는 다시 경계선에 섰다. 경계선에서 삶과 죽음을 올려다보기도 하고 내려다보기도 했다. 4월 25일 금요일 오후 3시였다. 우리의 굳어진 표정은 쉽사리 풀리지 않았다.

"그런데 사랑이라는 말은 어디서 왔지요?"

나는 지난 4월 세월호가 진도 앞바다에 침몰하는 위기의 순간에 학생들이 주고받은 문자 메시지 내용을 보고 목이 메었던 사연을 풀어놨다. '말 못할까 봐 미리 보내놓는다. 사랑해.' 엄마에게 이렇게 보낸 메시지는 나의 눈물샘을 자극하는 요소들이 잔뜩 들어 있었다.

감정 표현을 제대로 하지 못하는 우리 숙맥들은 늘 개운치 않은 마음을 억누르며 살아왔다. 그래서 '말 못할까 봐'에 뜨거운 공감을 갖는다. '미리'라는 단어가 던져주는 긴박한 상황과 침몰 위기에서도 엄마 아빠를 향해 '사랑해' 하고 부르짖는 아들딸들의 절규가 우주의 거대한 스피커를 통해 들리는 것 같은 환청에 빠지게 했다. '사랑해'는 우리의 일상에서 너무 멀리 떨어져 있는 단어였다.

:: 많은 희생자들이 바닷물에 잠기기 전에 '사랑해, 사랑해'라고 많은 메시지를 가족에게 날렸어요.

"저도 우리 어머니가 아주 위독한 상태에 빠졌을 때 나도 모르게 '사랑해'라는 말을 했어요. 지금 이 나이에 사랑한다는 단어를 쓰기가 참 어려웠습니다. 나만 그럴까요. 어머니가 갑자기 위독한 상태에 빠져 있을 때는 정말 정신이 없어요. 그냥 그대로 돌아가실 것 같으니까 죽을 둥 살 둥 각오로 사랑한다고 이야기했어요. 그 순간이 지나면 좀 우습기도 하지요. 아, 그 말이 그렇게 꺼내기 어렵다니……."

계면쩍어하는 그 얼굴에서 나도 내 모습을 찾아 읽었다. "아, 그러지 마세요. 나도 그랬어요. 아내가 세상을 떠나기 몇 주일 전에야 겨우 그 말을 했어요, 그것도 귓속말로, 바보같이 했어요."라고 내가 말했다.

"자식한테 사랑한다는 이야기도 듣지 못하고 돌아가신다면 우리 어머니가 얼마나 서운해하실까 하는 생각이 들었어요. 그래서 아무리 어색해도 '사랑해요'라는 말을 두어 번 했습니다."

살짝 얼굴이 붉어진 최 교수의 이야기에 우리는 한바탕 웃었다. 어린이들은 '사랑해'라는 언어에 익숙해 있다. 그러나 중학교를 거쳐 고등학교를 다닐 때쯤 되면 가족과 데면데면해지고 '사랑해'와 멀어졌다가 긴급 상황이 벌어지면 꾹 눌러놓았던 '사랑해'를 몸부림치며 날려 보내는 우리의 청소년들을 거친 바다에서 보았다. 어른들의 사랑 감정 처리법이 은근하게 보일지 모르나 너무 볼품없고 매정스럽게 여겨진다.

:: **그런데 사랑이라는 말은 어디서 왔지요?**

우리 둘은 생소한 질문에 말문을 닫지 못한 채 서로의 얼굴을 쳐다보았다. 언제부터 사랑이란 말이 쓰이기 시작했는지 아는 게 없었다.

"가끔 어머니가 의식불명 상태에 빠지기도 하시는데 간호원이 흔들어도 눈을 뜨지 않으세요. 그러다가도 큰아들이 지금 온답니다, 하고 소리치면 어머니가 번쩍 눈을 뜹니다. 이처럼 사랑 이야기는 무서운 힘을 갖고 있는 것 같습니다. 그런데 우리 시대 자식들은 그 한마디를 하는 데 용을 써야 하니…… 요즘에는 제가 누워 있는 어머니에게 주먹을 불끈 쥐고 '파이팅' 하며 목청을 높이지요. 아주 재미있어하세요. 어머니도 파이팅, 하고 따라 합니다."

미국의 CNN 방송이나 일본의 NHK 방송도 한국의 희생자들이 엄마 아빠에게 보내는 문자 메시지 가운데 '말 못할까 봐 미리 보낸다, 사랑해'를 따로 캡처해 보도했다. 그 나라 사람들도 이 메시지에 담겨 있는 찡한 감정들을 공유하고 있는 것 같다. 거기에 눈물 없는 울음이 묻어 있기 때문일 것이다.

"그런 메시지에 파도와 같은 사랑이 느껴집니다. 만국 공통의 감정이지요. 사랑이라는 말이 어떻게 태어났을까 궁금해집니다. 제가 어머니 모시고 병원에 다니거나 집에서 간병하면서 문득 궁금한 게 있었습니다. 말기환자들이 왜 연명치료를 거부할까, 하고요. 역시 깊은 사랑과 헌신적 배려를 받은 내부적인 충일성 때문에 가능할 것이라는 생각이 듭니다."

:: 환자를 포함해서 세상 사는 모든 이들에게 존엄이라는 문제가 다시 등장합니다. 우리는 세월호 침몰 여객선의 선장에게도, 구조 활동을 하는 정부에게도 존엄한 행동을 기대했는데 그게 없었습니다.

"자신이 리더라는 개념이 없는 것 같아요. 캐나다에서는 초등학교 어린이들이 식사하러 갈 때 맨 앞에 리더를 세웁니다. 오늘은 톰이 리더야, 내일은 브라운이 리더야, 이렇게 순서를 바꿔가면서 훈련을 하지요. 교육 열정이 높은 우리나라에서 그런 리더십 교육이 없습니다. 도망치는 선장이 나올 수밖에 없어요. 내 삶을 제대로 살아야겠다고 생각하면 선장이 죽음 앞에서 그렇게 일생을 망쳐버린 행동을 할 수는 없을 것입니다."

:: 이렇게 어려운 시기에 우리가 귀담아들어야 할 노자의 충고는 무엇일까요.

"노자의 이야기 가운데 총욕약경(寵辱若驚)이라는 말이 있습니다. 총애를 받거나 수모를 당하거나 모두 깜짝 놀란 듯이 하라, 는 뜻입니다. 나라가 경사가 났다고 교만해서는 안 됩니다. 그럴수록 깜짝 놀랄 만한 새로운 모습으로 탈바꿈해야 합니다.

이와 반대로 나라가 환난을 당했을 때 이를 치욕으로만 여기면 어떻게 되겠습니까. 우리는 절대 재기하지 못합니다. 노자의 말은 이런 메시지를 담고 있습니다. 세월호 참사사건 등 지금과 같은 어려운 시기일수록 깜짝 놀랄 만한 개선책이 있어야 도약이 가능하다는 뜻입니다."

"죽음을 고귀하게 맞이하려면 삶을 고귀하게 해야 한다"

최진석 교수는 이번 여객선 침몰사건을 보면서 삶과 죽음이 분리된 것이 아니라 하나라는 마음을 더욱 굳힌 것 같다. 고귀하지 못한 삶은 인생을 더욱 추악하게 만든다, 죽음을 고귀하게 맞이하려면 삶을 고귀하게 해야 한다, 고 다시 정리했다. 삶에 관한 이야기가 모두 죽음에 관한 것으로 되돌아왔다.

:: **관료와 산하기관 책임자들이 유착 관계를 맺으면서 국민의 안전을 위협하고 부패가 만연하고 있습니다. 관료들이 목에 힘주고 다니는 일을 막을 수 없을까요.**

"목에 들어간 힘을 다른 사람이 빼주긴 어렵습니다. 자기가 뺄 수밖에요. 자신이 맡고 있는 직책이 자신의 삶의 가치를 만들어주는 것이 아니라는 것을 깨달아야 합니다. 우리나라 상류층 사람들은 너무 굳어 있고 이기적이며 자기관리에 소홀한 것 같습니다. 자기반성이 따라야 하지요. 요즘 학생들과 함께 『조선왕조실록』을 공부하고 있습니다. 그중에 「세종실록」을 보면 한글을 창제할 때 이야기가 나옵니다. 신하들이 한글 사용을 반대하는 여러 가지 이유 가운데 하나가 눈에 띕니다. 백성들이 법에 대해 너무 알면 관리하는 데 힘이 든다는 것입니다.

세종은 한자로 되어 있는 법률 조문을 몰라 백성들이 억울한 일을 많이 당하고 있기 때문에 그런 일이 없도록 한글을 만들려고 하는데 신하들은 딴생각을 한 것입니다. 관리들은 백성을 어디까지나 관리 대상으로만 보고 있는 데 반해 세종은 백성을 지켜주고 보호해야 할 대상으로 여겼습니다. 그런데 지금도 여전히 관리들은 국민을 관리 대상으로만 보고 있는 것 같습니다."

금요일 오후 3시는 최 교수가 우리 모두에게 의자를 내놓는 날이다. 잠시 쉬어가면서 그의 생사 철학에 몸을 기대는 시간이었다. 몸이 아픈 자, 마음이 아픈 자, 슬픔에 겨워 눈물을 흘리는 자가 첫 번째 줄 의자에 앉는다. 최진석 그 자신도 이 의자에 앉아 어머니의 몸 안에서 끊임없이 여행하는 암세포를 지켜보며 '파이팅'을 외친다.

다음 줄에는 삶이 고달프다고 여기는 보통 사람들이다. 꿈을 키워나가는 학생들은 그다음 줄 의자에 앉는다. 그들은 생활인의 보호를 받아가며 즐겁고 보람찬 삶의 가치를 몸으로 익혀나가야 한다. 맨 마지막 줄에는 의자가 없다. 정치인들과 관료들은 앉을 자격이 없으므로 오로지 서서 몸으로 배워야 한다. 국가와 국민을 이끌어가는 그들의 철학이 여전히 뒤죽박죽이어서다. 그러나 가짜 눈물을 거두고 생사철학만이라도 제대로 배우려 한다면 그들에게 간이의자가 제공될 것이다. 간이의자는 변덕이 심한 사람들에게 안성맞춤이다.

사랑하는 사람들을 위한 '철학하는 의자'에서 일어났다. 나는 나의 에너지를 돌리는 발전소가 내 가슴속에 있는지를 다시 확인한다. 세 번째 금요일 오후 석양이 정말 아름답다.

인터뷰, 셋

죽음 앞에서 "나는 가짜다"를 외치다

소설가 최인호

55년 친구 정준명

청년문화의 기수였던 최인호 작가가 암으로 쓰러졌을 때 그의 글방에서 사랑에 대한 이야기를 나눠보려고 한 적이 있었다. 내가 2년 전에 한 신문에 삶과 죽음의 이야기를 반년여 동안 연재하고 있을 즈음이었다. 그가 내 글을 찾아 읽는다는 소식을 전해 들었기 때문이다. 그는 유독 '사랑'이라는 단어를 많이 썼다. 특히 그가 『샘터』에 연재했던 「가족」에서 뻔질나게 등장하는 그 단어가 처음에는 매우 어색하게 느껴졌지만 시간이 흐르면서 점점 온기로 다가왔다.

정신적 육체적 고통의 시간을 맞이한 그와 마주하면 삶의 소중한 것들에 스며 있는 사랑의 정체를 알 수 있을 것으로 기대했다. 그러나 그는 대답을 미뤘다. 글 쓰는 사람이 글 쓰는 사람을 취재하는 것에 부담을 느끼지 않았나 하고 여겨졌다. 무엇보다 그는 무서운 질병에 시달리는 자신을 드러내고 싶지 않았을 것이다.

그로부터 10개월 지나 최인호 씨가 세상을 떠났을 때 그의 영결식장에 참석했던 우인(友人) 대표가 정준명 씨라는 것을 소문으로 들었다. 그는 내가 언론사에 있을 때부터 익히 알고 있는 인물이었다. 삼성그룹 일본본사 사장을 거쳐 현재 김앤장 법률사무소 고문으로 일하고 있었다. 그가 자그마치 반세기를 넘어 무려 55년 동안이나 최인호 씨와 붙어 다닌 사이라는 것을 나중에야 알았다. 오랫동안 장안에서 이름을 떨친 소설가와 중진기업인과의 우정이란 쉽게 상상되지 않는 조합이었다.

10대 초반 어린 시절부터 60대 후반 끝 무렵에 이르기까지 생전의 최인호 씨와 정준명 씨의 첫 인사가 항상 "야, 이 새끼야, 잘 있었어." 로 시작된다는 것도 흥미로웠다. 최인호 씨는 세상을 떠나기 며칠 전에도 똑같은 욕지거리를 남겼는데 결국 그것이 이별인사가 되고 말았다. 그들의 교분의 깊이를 보여주는 거칠고도 찐득한 말투였다.

최인호 씨의 생사관을 탐색하기 위한 정준명 씨와의 인터뷰는 그렇게 시작되었다. 한사코 손사래를 치기만 했던 그도 한풀 꺾이고 말았다. 최인호라는 작가를 삶의 저편에서 들여다보겠다는 나의 의도가 선의로 받아들여졌다.

정준명이 기억하는 최인호의 최후는 "작가가 아니고 환자로 떠나서 제일 슬프다."였다. 삶의 마지막 단계에서는 "혹시 무슨 일이 생기면 강제로 내 생명을 연장시키려 노력하지 말 것을 부탁한다."라는 토막글도 남겼다. 그런 최인호에 대한 정준명의 추억은 산 고개를 넘을 때마다 색다른 풍경이 전개되듯 서정적인 영화 필름처럼 돌아가기 시작했다.

"서울고등학교 2학년 시절이었어요. 담임선생이 생물을 가르쳤습니다. 어느 날 종례시간에 시험 성적을 발표하면서 최인호를 일으켜 세웠습니다. '야, 36점이 뭐야. 공부하기 싫은 놈도 담임선생 과목은 잘하려고 하는데 너는 내 과목에 36점이라니.' 하고 질책했습니다. 그랬더니 최인호가 벌떡 일어나 '선생님, 점수가 인생의 전부는 아니잖아요.'라고 말대꾸를 했어요.

화가 난 담임선생이 지우개를 휙 집어 던졌습니다. 늘 모범생 비슷하게만 생활해온 나는 나중에 '그래, 최인호 너 말이 맞다.'고 얼렀습니다. 재미있었던 것은 나중에 화가 풀린 그 선생님 말이었습니다. 학생 때 독특한 아이들이 나중에 큰 인물이 된다는 이야기였어요. 그 선생님이 예견한 대로 최인호는 유명작가로 성장했습니다."

가수 윤복희에 열광한 10대 반항아

최인호는 별난 아이였다. 단 한 번도 제대로 워커 구두끈을 매고 학교에 다닌 적이 없었다. 항상 끈이 풀려 땅바닥에 질질 끌렸다. 가방과 모자는 한쪽 팔에 끼었다. 언제나 삐뚜름한 자세에다 건들거리는 모습이었다. 담배 피우다 들키면 최인호는 "선생님, 어떻게 아셨어요?" 하고 능글거렸다. 그러나 밉상은 아니어서 선생님들이 넘겨 봐주곤 했다.

"최인호는 기막히게 난국을 잘 넘어갔습니다. 다른 사람이 따라갈 수 없는 재주가 있었어요. 그는 본래 키가 작았습니다. 키가 작으면 교실에서 대개 앞자리에 배정되지요. 앞자리에 앉으면 선생님이 뭘 시키는 게 많잖아요. 그는 기회만 생기면 곧장 뒷자리를 찾아다녔습니다. 그가 '키 순서대로 앉히는 건 문제가 있다. 눈 나쁜 사람이 앞자리에 앉아야 하는데 이건 뭐야. 거지 같은 학교야.'라고 쫑알거리면서 친구들의 지원을 받으려고 했습니다.

학교는 맨날 늦었어요. 기율부 선배들이 정문을 지키고 있으면 용케도 피해 돌아갔습니다. 비밀통로를 꿰뚫고 있었습니다. 더구나 그가 재학시절 한국일보 신춘문예에 당선되면서 선배들이 그의 일탈을 대강대강 눈감아주었습니다."

최인호의 게으름이나 삐딱한 동작은 중학교 때부터 몸에 배어 있었다. 집안에서 엄격하고 정돈된 생활에 익숙해온 정준명에게는 최인호의 학생 생활이 파격으로 느껴졌다. 그때부터 극과 극으로 만나 질긴 우정이 쌓여갔다. 정준명은 최인호의 어린 시절 그가 살던 서대문구 아현동의 ㄷ자형 한옥 집 구조를 그렸다. 댓돌 위에 늘 어지럽게 놓인 그의 워커 신발 위치까지 기억하고 있었다.

"등교할 때마다 부근에 살고 있는 최인호를 데리러 가면 그는 여전히 이불 속에 있었습니다. 빨리 가자고 재촉할수록 그는 더 이불 속으로 기어 들어갔어요. 최인호는 늘 뒤로 뺐습니다. 맨날 지각이었어요. 어떤 규정된 형식에 갇히는 걸 싫어했습니다. 젊었을 때도 그랬고 나이 들어서도 그랬어요. 그가 넥타이 매는 걸 보기 어려웠습니다. 결혼식이나 장례식에 참석할 때도 마찬가지였습니다. 친구들이 최인호에게 '야, 그래도 그렇지 노타이는 너무하잖아.' 하고 쏘아붙이면 '경건한 마음으로 오면 되는 거지, 뭐.'라고 응수했습니다."

제도와 틀이 주는 압박감을 그는 버텨내기 힘들어했다. 그의 삐딱한 행동은 고등학교 시절의 작품 「벽 구멍으로」부터 시작하여 1970

년대 초 젊은이들에게 히피 정서를 퍼뜨린 소설 『바보들의 행진』으로 이어지면서 반항은 더욱 요동친다.

그는 과감하게 미니스커트를 입고 거리를 활보했던 가수 윤복희에 열광했다. 폭발적인 가창력과 육감적인 의상으로 〈늦기 전에〉, 〈월남에서 돌아온 김상사〉 등을 부른 김추자에게 환호했다. 잠자던 돌부처도 깨어났다고 야단들이었다. 그들의 파격이 최인호의 일탈과 코드가 맞아떨어졌다.

"최인호가 세상의 주목을 받게 된 고등학교 시절의 「벽 구멍으로」는 해프닝을 몰고 다녔습니다. 신춘문예로 당선되긴 했지만 작품 내용이 신문에 게재하긴 부적절하다는 통보를 받았습니다. 신문사에서는 그가 성년이 되면 신겠다고 했습니다. 그런데 막상 그가 20세가 됐을 때 원고가 분실되었다는 연락을 받고 신문사로 쫓아가 작품을 찾느라 소동이 벌어졌습니다. 원고의 행방은 끝내 오리무중이었습니다. 이를 되찾지 못해 맥이 탁 풀린 최인호가 내게 와서는 분을 참지 못했습니다."

어디로 튈지 모르는 럭비공 같았던 소설가

그런 그가 60대 중반에 닥친 암의 공격에는 어떻게 대항했을지 심히 궁금한 일이었다.

고등학교를 졸업한 후 최인호는 연세대학교 영문학과로, 정준명은 다른 대학에서 의학을 전공하며 서로 다른 인생항로를 걷기 시작했다. 최인호가 계속 작품 활동을 하는 동안 정준명은 해부실에 놓인 시신을 들여다보는 시간이 많았다.

"2학년 때였어요. 시체 해부를 하는 시간이 있었는데 그때 사람들이 죽은 후 어떻게 되는지를 알기 위해 경기도 벽제 쪽에 있는 용미리 공원묘지를 미리 가본 적이 있었습니다. 장지 관리 사무실 게시판에는 '오늘도 다녀갑니다' '아들아, 엄마는 너를 사랑한다'와 같은 갖가지 메모가 덕지덕지 붙어 있었는데 한마디로 우리의 삶과 죽음이 거기에 다 펼쳐져 있었습니다. 그걸 보자마자 몰려오는 삶의 허무감을 억누를 수 없었습니다.

그래도 내가 의학도이니 인간의 몸이 어떻게 생겼는지 알아야겠다 마음먹고 학교 해부실에 들어섰는데 눈앞에 놓인 시신이 어슴푸레하게만 보일 뿐 실체에 다가갈 수 없었습니다. 해부실을 뛰쳐나온 나는 그 뒤 월남 파병 대열에 섰습니다. 그런데 그만 위생병으로 배치되고 말았어요. 또 죽어가는 사람들과 맞부닥뜨리는 운명이었습니다.

십자성 부대의 영현중대 화장소대를 자주 드나들었어요. 거기서 나는 다시 인생을 읽기 시작하고 항로를 바꾸었습니다. 제대 후에 전자공학을 공부해서 삼성전자 사원이 되었습니다."

"어느 모임에서 전쟁 이야기가 나왔어요. 그래서 전쟁에서 내가 목격한 인간의 죽음과 참혹함에 대해 설명했더니 최인호는 귀를 쫑긋하며 매우 흥미 있게 들었어요. 그때 최인호의 반응이 이랬습니다.

'야, 이 새끼 웃기네. 용케 월남에서 살아왔네. 아니, 총알이 안 날아오는 데만 돌아다닌 거 아니야.' 했고, 어느 때는 '이 새끼가 나보다 한 수 위야. 세상에 이거저거 다 구경하고.'라며 부러워했습니다."

젊음의 열기를 받아 많은 작품을 쏟아내기 시작한 최인호는 1970년대부터 본격적으로 인기작가로 등장하면서 유명인사가 되었다. 정준명은 1990년대 후반에 삼성그룹 일본본사 사장이 될 때까지 둘 사이의 인생담론은 계속 이어졌다. 활동분야가 다른 둘 사이에 라이벌의식은 없었지만 최인호는 정준명의 인생을 신기하게 여겨 그의 경험담에 귀를 기울였다. 작품 취재차 도쿄에 자주 들른 최인호는 언제나처럼 멋대로 했다.

"도쿄의 널찍한 회사 사무실은 완전 흡연금지 구역이었습니다. 그런데 그는 아랑곳하지 않고 내 비서에게 재떨이를 달라고 했습니다. 비서가 눈치를 보더니 할 수 없이 커피 받침잔을 갖다 주었습니다. 어떤 때 종이컵을 들이밀면 거기에다 물을 부어 담배꽁초를 버렸습니다. 그가 피워댄 시거 담배 냄새가 온 사무실에 번져 수백 명의 현지 직원들이 눈이 휘둥그레졌는데도 아랑곳하지 않았습니다. 1990년대 말 그가 쓴 『상도』의 일본어판 출판을 도와줄 때도 마찬가지였어요. 그는 내 비서에게 미안했는지 나중에는 곱게 수놓은 한국 복주머니를 챙겨가지고 왔습니다."

1980년대 중반에 나는 도쿄에서 재일교포 역사학자이자 소설가인 김달수 선생을 몇 차례 만난 적이 있었다. 그는 최인호가 『왕도의 비밀』이나 『잃어버린 왕국』을 쓰기 위해 몇 차례 일본 답사를 할 때 그와 동행한 뒷이야기를 들려주었다.

"아, 이 친구가 참 발랄하고 재주도 많은데 어디로 튈지 알 수가 없어서 여러 번 당황했어요. 한·일 간 고대 역사를 꽤 공부도 했지만 잘못된 것도 있어요. 그걸 바로잡아 주면 마구 우겨대는 거야. 그게 아니라고. 예정된 하루 일정을 갑자기 확 바꾸기도 하고. 좀 버릇없다 싶었지만 그래도 좋은 글 쓰겠다는 그의 집념이 대견해서 여기저기 안내해줬는데 아, 그래도 힘들었어요. 그 친구는 럭비공이야. 어디로 튈지 몰라." 하고 입맛을 다셨다.

김달수 씨 나이는 최인호의 아버지뻘이었다. 전후 일본에서 활동해온 그에게는 형식에 얽매이지 않고 자유분방한 한국의 베스트셀러 작가가 대견하면서도 조마조마해 보였던 모양이다. 나는 오히려 최인호가 자존심 강한 김달수 선생에게 크게 결례하는 일이 생기지 않을까 걱정했었다.

그즈음 국내에서는 최인호와 배우 이미숙 사이의 러브 스토리가 나돌았고 급기야 두 사람이 홍콩으로까지 이별 여행을 떠났다는 소문이 파다했다. 정준명은 이 스캔들에 대해서만은 굳게 입을 닫았다. 아는 바 없다는 것이다.

쉽게 고통에 좌절하지 않는 또 다른 모습

정준명이 일본 근무를 마치고 귀국한 후 두 사람의 접촉은 더욱 빈번해졌다. 최인호의 몸에 이상이 나타나면서 정준명의 의학상식이 발동했다. 최인호 건강에 문제가 있다는 신호가 잡혔다.

"2007년 어느 날 최인호가 나한테 자기 귀를 만져보라고 해요. 귀 밑에 뭔가 잡히는데 그게 피지 같기도 하고…… 그런데 아프진 않아, 하면서 대수롭지 않게 여겼어요. 당시에 인호는 치과의사로 있는 친구한테서 임플란트 시술을 받는 중이었는데 그 친구 말이 치과진료 중에 가끔 임파선이 부어서 그런 일이 나타날 수도 있다고 안심시켰다는 거예요.

그런 일이 있은 후 1년 정도 지났는데 최인호가 귀 밑 부분이 점점 딱딱해졌다고 말하기에 그러면 빨리 병원에 가보아야지, 하고 서둘렀어요. 그때서야 최인호도 좀 달라져 보였어요. 의사를 만나고 나온 최인호는 '나는 침샘에 종양이 생겼는데 악성은 아니고 양성이라고 해. 의사가 겁주는 소리도 안 하는 것 보니까 내 건 아무것도 아닌가 봐.'라고 웃었습니다. 그러고서도 그는 줄곧 술을 마시고 담배도 피워댔습니다. 얼마 지나고 나서 의사가 정밀검사를 하겠다고 하자 최인호 표정이 확 달라졌어요.

수술이 시작된 건 2008년입니다. 환자가 지켜야 할 병원의 규칙이 얼마나 많습니까. 담배도 끊어야 하고 시간 맞춰 약도 먹어야 하고 주기적으로 각종 검사 받아야 하고. 그는 인생의 막판에야 그 규칙을 지키기 시작했습니다. 최인호의 아내가 있었기 때문에 그 규칙이 지켜진 것 같습니다. 그는 아내한테 꼼짝 못했어요. 그런데도 몰래 나가서 담배를 피웠습니다. 그다음 해에 침샘암이 폐로 옮겨가고 또 그다음 해에 침샘암이 재발했습니다. 다시 1년이 흘렀을 때 최인호가 항암치료를 중단했어요.

그때 우울증이 나타나고 삶의 비관도 늘어났습니다. 그러나 유심히 지켜보면 그는 어떤 사명감을 잃지 않았습니다. '나는 할 게 많다, 나는 글을 써야 한다.'고 되뇌었습니다. 그의 얼굴에서 쉽게 고통에 좌절하지 않는 또 다른 최인호를 발견했습니다. 최인호는 자꾸 쓸 게 있다고 말했습니다. 뭘 쓸려고 그러지? 종교와 관련된 건가, 하고 생각했습니다.

2010년 어느 날 그의 병실을 들렀는데 손에 골무를 끼고 있었습니다. 왜 이래, 하고 물으니까 손톱이 빠져 맨 손가락이 물체에 닿으면 아프고 일단 골무를 끼면 통증이 덜하다는 것, 그리고 글 쓸 때 미끄러지지 않아 좋고 긴장감이 들어서 좋다고 말했습니다. 최인호는 그때 『낯익은 타인들의 도시』를 쓰고 있었습니다. 만년필로 원고를 쓸 때는 아무래도 손에 무리가 갔겠지요. 남편 최인호의 모습을 보기에 너무 짠했던지 그의 아내가 '글 좀 그만 쓰라고 해주세요.' 하며 내게 지원을 요청했습니다."

최인호는 점점 쇠약해지고 영양 섭취도 어려워졌다. 최인호의 아내가 남편 병간호에 꼼짝없이 매달리자 정준명의 아내가 자주 병실을 드나들며 먹을 음식을 마련해 갔다. 연하게 다진 갈비찜과 밤, 대추, 오이채, 각종 야채 등을 몇 입 먹어본 뒤 최인호는 "야, 미세스 정, 음식 솜씨가 보통 아냐."라며 고마워했다.

"나는 병이 사람을 죽이지 않는다고 생각한다. 사람을 죽이는 것은 오직 죽음일 뿐"

몇 개월이 흐른 뒤 최인호는 병원에서의 모든 검사를 중단했다. 암 환자가 주기적으로 체크하는 CT나 PET 검사마저 스스로 마다했다. 치료 중단으로 그가 이별을 준비한다는 소문이 나돌았다. 2011년의 일이었다. 그는 1975년부터 35년 동안 연재해온 「가족」(샘터사)에서 맨 처음 수술을 받았을 때의 감정을 이렇게 적었다. "나는 병이 사람을 죽이지 않는다고 생각한다. 사람을 죽이는 것은 오직 죽음일 뿐, 병은 죽음으로 가는 과정에 지나지 않는다."고. 최인호는 그로부터 3년 후에 갖가지 검사를 중단했을 때에 복잡한 심중을 드러냈다. 정준명은 죽음에 대한 최인호의 두려움이 커진 것 같다고 말했다.

"그의 아버지와 형, 막내 누나, 큰 누나가 사고와 질병으로 쓰러지고 어머니마저 암으로 세상을 떠나면서 최인호도 초조감을 보였습니다. 그 병이 자기에게로 내려왔다면서 자기 아들에게도 술 담배 그만하라고 당부하고 또 당부하곤 했습니다."

최인호는 「가족」을 통해 "나는 글쟁이로 지금까지 뭔가 아는 척 떠들고 글을 쓰고 도통한 척 폼을 잡았지만 한갓 공염불을 외우는 앵무새에 불과하였구나."라고 푸념했다. 그리고 그는 자주 눈물을 흘렸다. 병원 복도에서 만난 환자들을 보면서 칼로 찌르는 것과 같은 고통을 느끼며 절로 울면서 고개를 숙이고 다녔다.

"그는 눈물도 많고 정도 많았습니다. 잘 울었어요. 형이 세상을 떠난 이후 더욱 그런 것 같았습니다. 그의 어머니가 힘들게 6남매를 길러냈어요. 내가 슬픈 이야기를 하면 최인호 눈에서 눈물이 핑 돌아요. 그러면 딴 데를 쳐다보곤 했습니다.

다른 사람에게 눈물을 보이지 않으려고요. 콧물이 줄줄 흐르기도 했어요. 그는 예나 지금이나 문학소년이었습니다. 나는 아무도 없는 데서 우는데 최인호는 자기 마누라 앞에서도 울어요."

정준명은 남자의 눈물의 흔적을 더듬었다. 최인호가 좀 거칠어 보였던 것은 이런 내면의 여린 점을 감추기 위한 위장된 행동이라는 설명이었다. 그가 자주 뻔뻔해 보이는 것도 위장된 것이었다. 위장하는 재능도 당해낼 재간이 없었다. 최인호는 휴머니즘에도 감동하고 눈물을 흘리다가도 자신이 전쟁경험이나 죽음 문제에 맞닥뜨려본 적이 없었던 것을 안타까워했다.

"〈라이언 일병 구하기〉 영화를 같이 본 적이 있었습니다. 프랑스 노르망디 상륙작전에서 오하마 해변에 상륙한 미군의 전투장면이 나옵니다. 밀러 대위가 막대한 전사자와 부상자를 낸 끝에 해변을 점령하는 데 성공했지만 라이언 4형제 중 3형제가 전사했습니다. 그런데 아들 셋의 전사 통보를 받을 어머니를 위해서 막내아들만은 꼭 귀환시켜야 하는 작전이 전개됩니다.

바로 이 어머니의 슬픔을 덜어주기 위한 인간적인 전투에 최인호가 눈물 흘리고 말았습니다. 아, 저런 전쟁도 다 있네, 하면서요. 옛날에 본 우리나라 영화 가운데 김승호가 주연한 〈마부〉가 있었지요. 그런데 주인공이 주막집에서 막걸리를 마시기 전에 술잔에 손가락을 넣어 휘익 젓는 장면이 나옵니다. 김승호가 대본에도 없는 손가락 연출을 하면서 인간적으로 설명 안 되는, 그러나 가장 서민적인 특성을 충분히 살려냈다고 좋아했습니다."

최인호는 그의 유고작인 『눈물』(여백)에서 여러 개의 자화상을 완성한 빈센트 반 고흐가 "내 자화상은 그대로 하나의 거대한 거짓말이야."라고 말한 것을 꼬집어냈다. 그러면서 최인호는 고백한다. "고흐의 말처럼 저도 하나의 거대한 거짓말 그 자체입니다. 제 말은 남에게 인정받기 위한 하나의 속임수에 지나지 않습니다. 제 입에서 나오는 말들은 대부분 거짓말입니다. 제 행동은 과장되어 있습니다. 저는 비겁한 쥐처럼 겁이 많으면서도 항상 만용을 부리고 있습니다."

'어디서 무엇이 되어 다시 만나랴'

최인호의 삶과 죽음은 종교를 통해서 볼 때 아주 다채롭게 투영된다. 생활인으로서의 최인호와 작가로서의 최인호, 그리고 환자로서 최인호가 어떻게 종교의 구원을 받았는지는 보는 사람에 따라 달리 평가될 수 있다. 그는 기독교 집안에서 태어났다. 사찰에 들어가 스님과 숙식을 같이하고 자주 새벽예불에도 참석했다. 그는 불교예찬론자이기도 하다.

그러고는 어느 날 유교 정신을 강조하고 도교에 빠진 적도 있었다. 나중에는 여러 가지 이유로 가톨릭에 귀의했다. 이슬람교에 대해서만은 미처 관심을 보이지 않았다. 정준명은 자신이 지켜본 최인호의 이 같은 종교 섭렵이 작품을 쓰기 위한 작가적 취향과 함께 방황의 성격이 짙다고 말했다.

최인호는 매우 다면적이다. 이처럼 여러 가지 측면이 얽혀 있기 때문에 이거다, 하고 최인호의 생사관이나 종교관을 한 줄기로 잡아낸다는 것은 어려운 일이라는 것이다.

최인호는 어느 때 「가족」에서 '이별 연습'이라는 단어를 꺼낸다. "나는 어릴 때부터 사람들과 헤어지는 것을 싫어하는 편이었다. 헤어지거나 이별하기를 싫어하는 성격은 비단 사람과의 인연뿐이 아니다. …… 요즘은 이별이 많아져 간다. 지금까지는 사람과의 만남이 많아 플러스 인생이었다면 이제부터는 사람과의 헤어짐이 많아 마이너스 인생이 되어버린 듯싶다."고 썼다.

최인호는 수많은 화가와 예술가 들이 그러했듯 '우리가 무엇이 되어 다시 또 만날 수 있을까'를 언급한다. 김광섭의 시 「저녁에」를 향한 그의 특별한 사랑은 그 시가 고독에 지쳐 있었던 화가 김환기를 구원하고 예술가적 영감을 주었을 것이라는 생각 때문이었다.

「저렇게 많은 별 중에서 별 하나가 나를 내려다본다/이렇게 많은 사람 중에서 그 별 하나를 쳐다본다/밤이 깊을수록 별은 밝음 속에 사라지고 나는 어둠 속에 사라진다/이렇게 정다운 너 하나 나 하나는/어디서 무엇이 되어 다시 만나랴」

그 무렵 최인호의 글 욕심은 육체적 쇠약과 반대로 더 커져갔다. 죽음의 그림자가 느껴질수록 그는 저항하며 뛰쳐나가려고 했다. 가톨릭 서울주보에 이렇게 썼다.

「아이고 어머니, 엄마. 저 글 쓰게 해주세요. 앙앙앙앙. 아드님 예수께 인호가 글 좀 쓰게 해달라고 일러주세요. 엄마, 오마니! 때가 되지 않았다 하더라도 아드님은 오마니의 부탁을 거절하지는 못하실 것입니다. 저를 포도주로 만들게 해주세요.」

최인호의 절절한 심정을 담은 이 글이 여전히 많은 사람의 기억에 남아 있다.

그가 투병 중에 탈고한 『낯익은 타인들의 도시』를 펼치면서 나는 강한 피로감을 느꼈다. 한꺼번에 몇십 쪽 넘어가기가 힘들었다. 꼭두

각시들로 채워진 현실을 비판하는 것으로 느껴졌다. 이 세상을 자세히 들여다보니 가면을 쓴 사람들이 많고 그들을 통해 무엇을 알 수 있을까, 무엇이 진실일까 궁금해하며 최인호 스스로가 무너져 내린 것 같은 환상이 그려졌다. 마치 삶의 저편에서 이쪽을 내려다보는 시선이 느껴진다.

그가 암환자가 되어 죽음의 그늘에 들어서는 절박한 심정이 되었을 때 삶에 쫓겨 다니는 인간 군상에 대한 감정은 다양했을 것이다. 온갖 거짓과 위선이 최인호라는 작가의 안테나에 빨려 들어가 수집 분석되었을 것이다.

와병 중에 시달린 자기갈등

내가 어느 호스피스 병동에서 만난 많은 환자들의 평온한 얼굴에서 무서운 진실을 발견하고 내심 고개를 숙였던 것은 세상을 읽는 그들의 만만치 않은 시선 때문이었다. 그들은 때때로 병실에 오고 가는 사람들의 동선을 지켜보고 눈길을 파악하면서 '인간'을 날카롭게 평가하는 놀라운 능력을 엿보였다. "방금 병실에서 사라진 저 남자는 자기 아내를 전혀 사랑하지 않아요. 아내 간병은 열심히 하지만…… 가만히 보니 가면을 썼어요."라고 중얼거리는 한 여자환자를 목격한 적이 있었다.

그때 최인호가 투병 중에 내놓은 작품을 읽으면서 '가면'이라는 단어가 정지화면이 되어 다시 클로즈업되었다. 환자에 따라서는 취각과 청각, 시각이 날카롭고 예민하다. 육체적 고통과 싸우다 마음이 비틀어지고 시간과 다투다 심신이 지쳐가면서도 귀를 열어놓고 있는 것은 경이로운 일이었다.

정준명은 최인호가 어린 시절부터 어른이 되고 중년 이후에 이르기까지 눈썰미가 뛰어났다고 말했다. 특히 마이너리티(소수자)의 일거수일투족을 관찰하면서 그들의 말에 귀를 기울이고 묘사하여 작품을 만들어내는 창조력에 반했다. 그는 어떤 점도 선으로 연결해내는 재간이 뛰어났다. 그러나 최인호가 세상을 떠나기 전에 펴낸 『낯익은 타인들의 도시』에 대해서만은 의견이 시원스럽지 못했다.

최인호의 종교를 프리즘에 비춰보면 다양한 색깔을 띠는 것처럼 그는 삶도 마지막 단계에서 더욱 복잡한 감정을 드러냈다. 그는 『낯익은 타인들의 도시』에서 가면을 쓴 사람들의 진짜 얼굴과 가짜 얼굴들을 묘사하느라 애를 썼다. '봐라, 사람들이란 다 이런 모습이야.' 하고 말하는 것 같았다.

최인호가 이 책을 쓰게 된 내면의 세계를 엿볼 수 있는 일화를 정준명이 소개했다.

"그가 입퇴원을 거듭하던 때였어요. 집으로 돌아온 어느 날 우리 둘이 이야기하다가 '야, 나는 가짜다, 라는 제목으로 글을 쓰면 어때? 재미있지 않겠어? 자세히 보니 사람들이 다 가짜야, 나는 정준명 너보다 더 가짜이고 말이야. 그 책이 마음에 들면 너도 한번 써봐. '나도 가짜다'라는 제목으로 쓰면 괜찮을 거야.' 하고 말했어요. 그런데 몇 달 후에 『낯익은 타인들의 도시』가 나왔어요. '나는 가짜다'가 나올 줄 알았더니 뜻하지 않은 책이었어요."

최인호는 와병 중에 자기갈등에 시달렸던 나날이 많았던 듯하다. 내가 유명한 작가라고? 그건 가짜야, 내 작품이 좋다고? 그것도 가짜야, 내 삶이 뭐였지? 생각해보니 그것도 가짜야, 하는 상념이 꼬리를 물고 일어나면서 최인호가 생의 좌절감에 빠진 듯한 느낌을 받았다고 정준명은 말했다.

최인호가 본 세상의 가짜는 삶의 도처에서 발견된다. 국회 청문회에서도 가짜 장관이 나오고, 가짜를 추궁하는 국회에서도 가짜 정치인이 나오고, 죄인을 심판하는 판검사에게서도 가짜가 나오고, 학생들을 가르치는 교수에게서도, 구원을 간절히 바라는 신도들 앞에 선 성직자에게서도 가짜가 나오고…… 이렇게 가짜 인생들이 들끓고 있는 세상에서 최인호는 무엇을 쓰고 싶어 했을까. 죽음의 그림자를 밟고 있었던 최인호는 자신의 삶에 대한 후회와 반성, 겸허함까지 범벅이 된 인생보고서를 쓰고 싶어 했는지도 모른다. 치열한 글쓰기를 갈망하는 작가의 마지막 불꽃이 타오르고 있었다.

최인호는 철학자 칸트의 말을 빌려 "사람은 문명이 진보하면 할수록 점점 더 배우가 되어간다. 남에 대한 존경과 호의, 정숙함과 공평무사의 가면을 쓰고 있다. 그러나 아무도 그런 것에는 속아 넘어가지 않는다."라고 『가족』에 적었다.

삶과 죽음이 바뀐 현실 세계의 이야기

그러면 최인호 자신은 왜 실제로 가면을 썼을까 나는 궁금했다. 한창 작가로 활동 중이었던 2000년대 초 최인호는 이어령 선생의 권유로 가면을 만들어 쓴 적이 있었다고 고백한 글을 내놓았다.

"살아 있을 때 자신의 얼굴 하나쯤 가면으로 남겨두는 것도 재밌지 않겠어. 어차피 우리의 얼굴이야 가면이니까 말이야."라는 이야기를 듣고 그는 데스마스크를 뜨기 위해 대학로의 어떤 작업장으로 갔다.

「얼굴에 겹겹이 석고를 바르고 그 무게가 가중되자 문득 질식할 것 같은 공포감을 느꼈다. 석고가 건조되면서 열이 발산되고 …… 나는 죽음을 예행 연습하는 느낌이었다. 살아 있는 그대로 미라를 만드는 간접체험을 해본 느낌이었다. 완성된 종이 마스크를 든 화가가 '코가 참 크시네요.'라고 말했다 …… 나는 백가면을 들고 물었다. '이게 내 얼굴입니까?'」(「가족」에서)

최인호는 이 가면을 자신의 작업실 입구 천장에 걸어놓고 "잘 있었나, 친구, 오랜만이야."라고 말하면서 우리는 모두 가면의 탈을 쓴 어릿광대라고 중얼거렸다. 나는 정준명에게 최인호의 작업실에 그 가면이 걸려 있는 것을 본 적이 있느냐고 물었다. 그는 고개를 흔들었다.

정준명은 수년 전 최인호에게 죽음에 대해 건넨 말을 기억해냈다.

"그가 몸이 성할 때 일본 한 기업인의 삶과 죽음 이야기를 해줬습니다. 전후에 일본 자동차 판매상으로 유명한 세 명이 있었습니다. 패전 후 미국 자동차를 수입할 수 없었던 이들은 독일 자동차 등을 들여오고 고장 난 자동차를 수리해주면서 엄청난 돈을 벌었는데 나이가 80을 넘긴 이들 중 야나세라는 유명인사가 어느 날 또 다른 판매상 대표였던 미야하라에게 특별한 부탁을 하나 내놓았습니다. 미야하라보다 한 살 위인 자신이 세상을 떠나면 장례식에 참석해 조사를 해달라는 요청이었습니다. 그런데 약속과는 달리 미야하라가 먼저 사망해 부득불 야나세가 거꾸로 미야하라의 시신 앞에서 그를 위한 조사를 발표하게 되었습니다."

삶과 죽음이 바뀐 현실 세계의 이야기를 최인호는 쫑긋하며 귀를 기울였다. 도요타 등 기라성 같은 일본 재계 대표들이 참석한 장례식 날 우인대표로 참석한 80대 후반의 야나세는 지팡이에 의지한 채 떨리는 발걸음으로 계단을 오르고 있었다. 조문객들은 그가 쓰러지지 않을까 조바심을 냈다. 안내자들이 뛰어가 그를 부축했다. 노쇠한 야나세가 지팡이를 흔들며 그들을 뿌리쳤다. 어찌나 단호한 제스처였는지 모두가 놀랐다.

그는 계단을 올라가다 쉬고 또 올라가다 쉬는 것을 반복했다. 연단에 이르자 지팡이를 제단 옆에 세우고 저고리 안에서 조사를 꺼내 읽기 시작하려던 참이었다. 그는 미야하라의 영정을 쳐다보면서 말했다.

"미야하라 군. 너 나하고 약속이 다르잖아. 내가 죽으면 네가 조사를 해준다고 말했는데 네가 먼저 가? 패전 후 먹을 게 없었던 때 우리는 우정으로 서로를 일으켜 세웠잖아. 그런데 네가 먼저 가버려? 이런 나쁜 놈. 너는 나쁜 놈이야."

야나세가 조사에도 없는 이야기를 시작했다. 풋풋하고 끈적끈적한 젊은이들의 우정 어린 단어로 조사를 대신 해버리자 조문객들은 한 순간 몸이 굳어진 것처럼 꼼짝도 하지 않았다.

모두가 감전된 것처럼 장내는 무거운 침묵이 흘렀다. 그 영결식장에 참석했던 정준명으로부터 이 이야기를 전해 들은 최인호도 깊이 감동한 듯 말이 없었다. 그때만은 정준명을 '이 새끼'라고 부르지 않았다.

"그 자리에서 내가 최인호에게 부탁했지요. 어렸을 때부터 네가 먼저 죽느냐 내가 먼저 죽느냐 우리도 농담처럼 말했는데 나이 먹어갈수록 누가 어떻게 될지 모른다, 그래도 내가 먼저 죽을 것 같으니 그때는 유명 작가인 네가 와서 내 조사를 해달라, 고 했지요. 그러면 최인호는 야, 그딴 거 걱정하지 마라, 고 약속했습니다."

청계산을 오르며
라이너 마리아 릴케의 시를 떠올리다

그즈음 최인호는 『상도』를 써서 유명세를 날릴 때였다. 최인호와 정준명의 사이가 알려진 것도 같은 시기인 2000년쯤이었다. 삼성사장단회의에서 초빙연사로 나타난 최인호가 강연 마지막에 정준명이가 내 친구라고 밝히면서 소문이 퍼져나갔다.

"내 근무지가 다시 서울로 바뀌면서 주말이면 우리는 이따금 만나 청계산을 올랐습니다. 최인호는 콧노래를 부르며 늘 바람처럼 앞서 가면서 나에게 이렇게 소리쳤습니다. '야, 너 그런 식이면 나보다 5년 빨리 가겠다'고 말입니다.

그는 무척이나 햇볕을 좋아했습니다. 글 쓰는 공간에서 벗어나 햇볕을 만끽하고 싶어 했고 산을 달렸습니다. 그렇게 건강을 챙겼습니다. 그가 체력을 다지고 산을 날아다니는 걸로 봐서는 몸이 무거워진 나보다 당연히 훨씬 오래 살 것으로 여겼지요."

세월은 마냥 흘러갔다. 최인호는 지난 몇 년 동안 병치레를 하면서도 자신은 꼭 살아남는다고 정준명에게 큰소리쳤다. 그러던 최인호가 점점 작아져갔다. 조숙하고 반항적이되 삶을 사랑한 친구 최인호는 작품이름으로 자기 생애를 차근차근 쌓아왔다고 정준명은 설명했다.

최인호는 1962년 「벽 구멍으로」 인생 보기를 시작했다. 그는 『견습환자』 『술꾼』이 되어 삶을 기웃거렸고 『타인의 방』을 거쳐 『별들의 고향』에 들렀다가 『우리들의 시대』를 걱정했다. 『불새』처럼 날다가 『고래사냥』도 하고 『잠자는 신화』가 있다는 것을 세상에 알렸다.

『개미의 탑』에서는 끝없이 헤맸다. 『깊고 푸른 밤』에서 고달픈 삶의 눈물을 흘리고 『겨울 나그네』처럼 헤맸다. 『길 없는 길』에 길을 내기도 하고 『도시의 사냥꾼』이 되었다가 『잃어버린 왕국』을 찾고 『왕도의 비밀』도 풀어주었다. 『상도』가 얼마나 중요한지를 세상에 가르쳤다.

그는 『유림』처럼 고민했으며 『해신』으로 사람들에게 경각심을 갖게 했다. 마지막에는 골무를 끼고 펜을 날리면서 『인생』이나 『낯익은 타인들의 도시』로 세상을 한탄했다. 정준명의 머릿속에 남아 있는 가장 인상적인 최인호 추억은 무엇일까.

"그의 집에 가면 이런 장면을 목격하게 됩니다. 최인호는 책상머리에 앉아 머리를 왼손으로 받친 채 만년필을 쥔 오른손으로 죽죽 글을 써내려 갑니다. 어찌나 악필이었는지 괴발개발 그림 그리는 것 같다고 하면 야, 이 새끼야, 이건 그림이 아니고 글이야 하고 대들었습니다. 누구도 읽을 수 없는 암호 같은 글자였습니다. 막힘없이 원고지 빈칸을 메워가는 모습은 아무도 흉내 내기 어려울 정도로 무서운 속도였습니다. 끊임없이 공부하면서 자기 문장을 가다듬었습니다. 마치 대장장이가 벌건 쇠붙이를 계속 두들기듯이 했어요."

글을 쓴다는 것에 대한 최인호의 욕심도 컸고 소설가로서 그의 영역을 확보하려는 집념도 강했다. 최인호가 『잃어버린 왕국』을 썼을 때 정준명을 잘 아는 기업인들이 '잃어버린 조선'을 써보면 어떻겠느냐고 물었다. 이 이야기를 전해 들은 최인호가 펄쩍 뛰면서 화를 냈다.

"서로 글 쓰는 분야가 다르더라도 우리나라는 출판시장이 좁아 다른 책이 잘 팔리면 자신의 소설 영역까지 영향을 받는다고 했습니다. 그래서 나는 베스트셀러를 쓸 능력이 없으니 걱정 말라고 해도 그는 손을 휙 저었습니다. 최인호는 내 아내에게 '미세스 정, 이 새끼 밤에 뭐 하나 잘 보세요. 글 못 쓰게 하세요, 얘까지 글 쓰면 난 뭘 먹고 살라고.' 하며 웃었습니다."

최인호는 항암치료를 중단하고 집에서 가족의 병 수발을 받으면서 간간이 집 근처 청계산을 오르며 라이너 마리아 릴케의 「엄숙한 시간」이란 시를 떠올렸다는 글을 남겼다. 정준명이 스위스에 있는 릴케의 고향을 다녀온 소감을 이야기 한 뒤의 일이었다.

「지금 이 세상 어디선가 울고 있는 사람은/이 세상에서 까닭 없이 울고 있는 사람은/나를 위해 우는 것이다 …… 지금 이 세상 어디선가 죽어가고 있는 사람은/까닭 없이 이 세상에서 죽어가고 있는 그 사람은/나를 응시하고 있는 것이다」

정준명은 출퇴근길이나 휴일에 서울의 같은 아파트 1층에 있는 라운지에서 최인호가 소파에 파묻혀 있는 것을 자주 목격했다. 신문지와 잡지 그리고 찻잔을 앞에 놓고 혼자 먼 곳을 쳐다보거나 코를 골며 잠자고 있는 경우가 많았다. 그는 돌아눕다가 정준명과 눈이 마주치면 "야, 이 새끼야, 왜 왔어. 야, 나 떠나면 내 아들이나 잘 봐줘."라고 몇 마디 던지고는 다시 눈을 감곤 했다.

"나는 내가 작가가 아니라 환자라는 것이 제일 슬프다!"

최인호는 암이 발견된 이후 사람과 만나는 것을 거부했다. 선가의 말 중에 '살아도 온몸으로 살고 죽어도 온몸으로 죽으라.'는 말을 되새겼다. 그는 아내와 아들 내외를 빼놓고는 누나, 심지어 딸아이에게도 병원 입원사실을 알리지 않았다. 그가 더욱 외부와 단절할 것을 마음먹은 것은 그다음 해인 2009년 김수환 추기경이 선종하면서인 것 같았다.

최인호는 이렇게 적었다. "(김수환 추기경이) 같은 병동에 입원해 계신다는 소식을 들었다. 찾아뵙고 싶었지만 그 깔끔하시던 분께서 대소변조차 혼자서 해결하지 못할 만큼 쇠약해지셨다는 소식을 듣자 문병을 포기했다. 입장을 바꿔 생각하면 나라도 누군가 찾아올 것을 싫어했을 것이기 때문이다." 이때부터 정준명의 병실 방문도 줄어들었다.

"최인호가 그 시기부터 내가 방문하는 것조차 꺼렸습니다. 내 아내만은 예외였습니다. 오랜 우정에서 볼 때 그에게는 우리 둘 사이에 뭔가 정리해야 될 말이 있었을 것입니다. 그러나 점점 작아지는 자신의 모습을 친구인 나에게조차 보이고 싶지 않은 유명작가로서 자존심도 있었겠지요."

정준명이 최인호를 마지막으로 본 것은 그로부터 얼마 후인 2013년 추석이었다. 다시 며칠이 지나서 가족의 연락을 받고서야 그가 세상을 떠났다는 것을 알았다. 정준명은 그때의 심정을 "최인호는 모자란 인생을 살다 갔고 나는 남는 인생을 살고 있다."고 말했다.

끝까지 작가로 살고 싶어 했고 글을 쓰다 죽고 싶어 했던 최인호에 대한 우정의 표현이었다. '펜을 들고 죽었어야 하는데 환자로 죽은 최인호'에 대한 안타까움이 짙다. '나는 내가 작가가 아니라 환자라는 것이 제일 슬프다.'는 최인호의 독백을 새삼 떠올렸다.

그는 명동성당에서 열린 최인호 영결미사에서 우인대표로 섰다. 정준명이 세상을 떠나면 시신 앞에서 조사를 해주겠다고 약속했던 최인호와 운명이 뒤바뀌었다고 생각했다. 정준명은 얼떨떨한 느낌을 억누르지 못한 채 제단 앞 가족석에 앉았다. 관 속에 누워 있는 최인호가 자신을 향해 "야, 이 새끼야 잘 좀 해. 떨지 말라고."라면서 또 욕지거리를 하는 것 같았다.

최인호는 그가 자주 오르던 청계산이 올려다보이는 서울추모공원에서 한 줌의 재가 되었다. 고별식에서 정준명은 다시 우인대표로 섰다. "최인호는 본능적으로 마르지 않는 샘터를 기웃거리며, 보이지 않는 놀라운 힘을 깨달으려고 몸부림치다가 떠났습니다."라고 말하고 주룩 눈물을 흘렸다. "최인호는 소용돌이치는 우리 시대의 아픔을 떨쳐내느라 몸이 먼저 더 아팠던 것 같습니다."라는 구절에서 마음의 통증을 느꼈다.

최인호가 불가마에 들어갈 때까지 그는 침묵을 지켰다. 70이 다 된 그를 여전히 '이 새끼야' 하고 불러온 친구가 불 속으로 사라졌다. 그때 조문객들 사이에서 최인호가 마지막으로 남긴 시가 무슨 의미인지를 알고 싶어 하는 궁금증이 일어났다.

「먼지가 일어난다/살아난다/당신은 나의 먼지/먼지가 일어난다/살아야겠다/나는 생명, 출렁인다」

먼지가 뭘까. 고통일까? 구원일까? 그리고 마지막 부분의 '나는 생명'을 어떻게 읽어야 할까. 내가 생명, 이라는 뜻일까? 작가로서 욕망이 넘치고 있다는 말일까? 정준명은 '나는 생명'에서 '나는'을 'I am'이 아닌 'flying'으로 해석하고 싶어 했다.

생전의 최인호는 늘 질문했다. '나는 누구인가, 나는 이제는 어디로 가는 것일까'를 끈질기게 물었다. 숱한 문화 예술인들이 매달려왔던 숙제였다.

「우리들의 인생이란 수많은 이별 연습을 통해, 이별이 헤어짐도 사라짐도 아닌 또 다른 만남의 시작임을 배워나가는 훈련장일지도 모른다.」

정준명이 기억하고 있는 최인호의 글이었다.

책을 나가며

이별 서약은 삶의 서약

광화문에 있는 그 카페에 들어서면서 나는 코리아노를 주문한다. 중년 여성들이 창문 곁을 독차지했다. 남성들도 눈에 띈다. 자세히 보니 20대 남녀도 있다. 그런데 그들도 코리아노를 마시고 있다. 이런 커피가 젊은이들 입맛에 맞을까 하며 나는 고개를 갸우뚱했다. 커피에 설탕과 가루우유를 섞은 다방커피를 이곳에서는 코리아노라는 이름으로 메뉴에 올려놨다.

아메리카노만 제일인가. 아저씨 아줌마들이 즐겨 찾는 커피에도 근사한 이름을 붙여주면 입맛도 살아나겠지. 그래서 코리아노라는 이름을 붙여놓았단다. 어쩌다 마시고 싶을 때가 있다. 산에 올랐을 때, 비바람에 몰려 몸이 지쳤을 때, 눈을 뒤집어쓰고 쏘다니다가 난로 옆에 앉았을 때 다방커피 맛이 살짝 그리울 때가 있지.

그럴 때 다방커피보다 코리아노라는 이름으로 이걸 마시면 어떨까. 이건 다방커피의 세계화야. 아니 마음의 세계화야, 하고 나는 생각했다.

뉴욕 맨해튼에 있는 휘트니 미술관에 들렀다가 유독 '무제(Untitled)'라는 제목의 작품이 많이 걸려 있는 것을 나는 의아해했다. 도대체 웬 '무제'가 이렇게 많이 쏟아져 나오지, 하고 고개를 갸우뚱했다. 그런데 2층, 3층으로 올라갈수록 '무제'는 더 늘어났다. 도슨트의 설명이 이랬다. "작품에 제목을 붙여놓으면 관람자의 자유로운 감상을 방해할 수 있어요. 상상하는 데 방해가 되면 안 되잖아요. 그래서 작가들이 무제라는 제목을 좋아하는 것 같아요."

배가 고파 지하에 있는 레스토랑에서 순번을 기다리다가 주방 앞에 걸려 있는 그 레스토랑의 이름을 보았다. Untitled였다. 무제라는 식당에서 나는 샌드위치 맛에 빠졌다. 그런데 얼마 후 서울 광화문 부근에 있는 갤러리에 들렀다가 역시 '무제'라 붙여진 작품들이 더 많이 늘어난 것을 발견했다. 언제부터 우리는 무제의 세계로 들어선 것일까. 이것도 세계화의 한 추세일까.

나는 이 책의 원고를 마감하는 시간이 가까워질수록 우리네 삶과 죽음에도 근사한 제목을 붙여 바람개비로 삼았으면 하는 마음이 간절했다. 그런데 근사한 제목이 떠오르지 않았다. 그냥 옛날 유행가나 요즘 팝송에서 닳고 닳은 '이별'로 세상을 다시 들여다볼 수 있는 창문으로 삼았으면 하는 욕심도 났다.

그러다가 '이별 서약'이나 '이별 선서'라는 창문은 어떨까, 세상이 답답할 때는 창문을 떼고 무제의 세계로 들어가도 될 것이다. 누구나 철저히 반성하며 살려고 하겠지, 잘난 사람 못난 사람 반성하지 않으면 지가 별수 있겠어, 불화로나 무덤 앞에서 펑펑 울어야겠지, 그런데 때가 너무 늦었어, 도대체 '사전의료의향서'는 또 뭐야, 그게 무슨 소리야, 그냥 알기 쉽게 '이별 서약'이라고 하면 되지, 다들 마음 정리를 하며 지금의 삶을 재미있게 살려고 하면 될 텐데, 하며 나는 멋대로 상상했다. 많은 사람들이 웰다잉에 관심을 보이고 있다. 자신도 모르게 세계화의 바람을 타고 있다.

나는 이 책에 등장하는 모든 인물들(야만주의자로 지목된 일부 의사들은 제외)을 오랫동안 지켜보았다. 그들은 우리 사회의 삶의 질을 조금씩 변화시켜나가는 힘을 가지고 있었다. 실제로 세상은 많이 달라져 갔다. 그들이 작은 변화를 만들었고 작은 변화가 다시 큰 변화를 몰고 왔다. 내가 이 책에서 '2009년, 한국에 죽음을 가르치다'에 의미를 두고 싶어 하는 이유도 우리가 삶과 죽음의 질을 동시에 찾는 전환점을 맞았기 때문이다. 이 글을 쓰는 힘도 그 같은 변화에서 슬금슬금 흘러나왔다.

프랑스에서 만든 영화 〈아무르〉가 작년 1년 가깝게 우리나라 극장가에서 상영되는 롱런 기록을 남겼을 때 관람객들의 태도가 퍽 흥미로웠다. 영화가 끝날 때의 깊은 침묵은 시작하기 전의 분위기와는 사뭇 달랐다. 300석의 큰 극장을 완전히 메웠던 관람객들이 마치 비밀통로를 빠져나가듯 조심스러워했다. 그때 일제히 의자에 옷이 스쳐 가는 소리가 그렇게 크게 들린다는 것을 나는 처음으로 알았다.

이 영화 상영을 전후해서 죽음을 다룬 많은 영화들이 우리를 찾아왔다. 사실적으로 삶을 그린 작품들이었다. 시간이 지나가면서 다시 살펴보니 그런 영화가 우리에게로 온 것이 아니라 우리가 그런 영화를 찾아갔다. 〈굿바이〉, 〈엔딩노트〉, 〈볼케이노〉 등이 다 그렇다.

이와 비슷한 내용의 드라마가 줄지어 안방으로 들어왔다. 삶을 긍정적으로 보는 힘이 길러진 것은 '이별 서약'이 주는 에너지 때문이라고 믿고 싶다. 스스로 치유하는 힘을 우리 모두가 기르고 있기 때문이다. 치유하는 힘은 멀리 있는 것이 아니라 내 안에 있었다. 이별 서약은 삶의 서약이었다.

기파랑耆婆朗은 삼국유사에 수록된 신라시대 향가 찬기파랑가讚耆婆朗歌의 주인공입니다. 작자 충담忠談은 달과 시내의 잣나무의 은유를 통해 이상적인 화랑의 모습을 그리고 있습니다. 어두운 구름을 헤치고 나와 세상을 비추는 달의 강인함, 끝간 데 없이 뻗어나간 시냇물의 영원함, 그리고 겨울 찬서리 이겨내고 늘 푸른빛을 잃지 않는 잣나무의 불변함은 도서출판 기파랑의 정신입니다.

이별 서약, 떠날 때 울지 않는 사람들

1판 1쇄 발행_ 2014년 7월 25일
1판 2쇄 인쇄_ 2014년 8월 10일

지은이_ 최철주
펴낸이_ 안병훈

펴낸곳_ 도서출판 기파랑
등록_ 2004. 12. 27 | 제 300-2004-204호
주소_ 서울시 종로구 대학로8가길 56(동숭동 1-49 동숭빌딩) 301호
전화_ 02-763-8996(편집부) 02-3288-0077(영업마케팅부)
팩스_ 02-763-8936
이메일_ info@guiparang.com
홈페이지_ www.guiparang.com

사진 제공_ 한영희, 정정현

ISBN_ 978-89-6523-884-3 03800